BLAUE KRIMIS

HEYNE

## Claus Fischer

# TULPEN AUS AMSTERDAM

## Kriminalroman

Originalausgabe

WILHELM HEYNE VERLAG
MÜNCHEN

HEYNE BLAUE KRIMIS
Nr. 02/2123

Herausgegeben
von
Bernhard Matt


Printed in Germany 1985
Umschlagfoto: Mall Photodesign, Stuttgart
Umschlaggestaltung: Atelier Ingrid Schütz, München
Gesamtherstellung: Elsnerdruck GmbH, Berlin

ISBN 3-453-10726-8

# Prolog

Als Paul Grisbi drei Stunden später noch einmal zurückkehrte, waren die drei Schimmel verschwunden. Er blieb ungefähr eine Minute hinter dem Lenkrad sitzen und wartete. Es war wie am Mittag, nur daß jetzt niemand mehr auf dem Hof lebte. Paul dachte, wie schön es wäre, wenn die Schimmel noch durch das hohe Gras galoppierten. Es wäre auch schön gewesen, wenn die fünf Angehörigen des *maquis,* die hier vor vier Stunden erschossen worden waren, noch lebten. Aber nicht jeder Tag konnte damit enden, daß alles beim alten blieb, daß man selber überlebte und der Feind genauso.

Für einen späten Oktobernachmittag herrschte noch immer eine ungewöhnliche Hitze. Der heftige Wind, der den ganzen Tag über geweht hatte, war nun kaum mehr als ein Hauch. Das mit vereinzelten Büschen bedeckte Hügelland verschwand am Horizont hinter dem violetten Rauch der Dämmerung. Die weißen Mauern des Hofs hoben sich von der dunklen Erde ab, als hätten sie etwas von dem grellen Licht des Tages in sich aufgesogen und gespeichert. Es roch nach trockener Erde und schwach nach Meer. Das monotone Sirren von Zikadenbeinen lag über den Erdwällen.

Paul griff nach der Walther P 38, die er stets auf dem Beifahrersitz liegen hatte, wenn er allein unterwegs war. Der Kolben der schweren Waffe schien dieselbe Temperatur zu haben wie seine verschwitzte Handfläche. Seine Finger ließen feuchte Flecken auf dem Metall zurück. Er stieg aus.

Vor vier Stunden hatte er die junge Frau mit dem kurzgeschnittenen, rotblonden Haar und der Schußwunde in der linken Seite gefunden. Sie hatte im Schlafzimmer gelegen, und dort mußte sie immer noch sein, denn Paul hatte sie weder erschossen noch gemeldet. Er hatte den anderen geholfen, die Toten zu begraben und war dann mit ihnen abgezogen, ohne sich noch einmal umzudrehen, weil er wußte, daß er zurückkommen würde, um nach der Frau zu sehen.

Jetzt war er da und ging über den Hof auf die Küche des Bauernhauses zu. Seine Schritte verursachten außer den Zikaden das einzige Geräusch. Die Mauer des Hauses war mit Einschußtrichtern übersät. Unter der Weißelung hatten die Steine einen rötlichen Ton.

Vielleicht war die Frau schon tot. Vielleicht hatte sie das Bewußtsein verloren und war verblutet. Vielleicht hatte sie sich auch verbunden und lag jetzt irgendwo im Inneren des Hauses in einer dunklen Ecke wie ein Tier, das sich zum Sterben zurückgezogen hat. Vielleicht hatte sie sogar eine Waffe und würde ihn angreifen. In jedem Fall mußte sie noch hier sein, und wahrscheinlich hatte sie ihn auch zurückkehren gesehen, allein, aber immer noch in Uniform.

Paul blieb vor der Küchentür stehen und rief: »Mademoiselle, ich bin hier, um Ihnen zu helfen. Ich will Ihnen nichts tun. Ich will Ihnen helfen.«

Er hörte das Echo seiner Worte und dachte: Warum hältst du dann eine Pistole in der Hand, du Idiot? Er trat langsam in den dunklen Raum hinter der zerfetzten Fliegengittertür. Noch immer hing der Geruch des Massakers in der Luft. Auf dem Kachelboden lagen Holzsplitter und geschwärzte Patronenhülsen. An den Wänden wechselten sich Blutspritzer und Einschußlöcher ab.

»Mademoiselle, ich will Ihnen nichts tun. Ich bin hier, um Ihnen zu helfen.«

Die junge Frau lag auf dem Bett. Sie starrte dem Deutschen aus weit aufgerissenen Augen entgegen. Ihr herbes Gesicht war schweißbedeckt. Ein goldfarbener Ohrring schimmerte matt. Die junge Frau atmete heftig, bewegte sich aber nicht. Die Wunde an ihrer Seite war verbunden, aber auf dem Verband zeichnete sich bereits wieder ein dunkler Fleck ab.

Paul ließ die Pistole sinken. Er bemerkte eine Petroleumlampe auf dem Nachttisch und zündete sie an. Das Licht holte das Gesicht der jungen Frau aus den Schatten der Dämmerung heran. Paul schob die Walther in die Pistolentasche an seiner Koppel, obwohl er jetzt sah, daß nicht Angst die Augen der Französin weitete, sondern Haß.

»Wie fühlen Sie sich?« fragte er und dachte, daß das eine ziemlich dumme Frage für jemand sein mußte, der eine Kugel abgekriegt hatte und in seinem Versteck mitanhören mußte, wie alle seine Freunde erschossen wurden.

Die Lippen der jungen Frau zitterten. Die Spitzen ihrer vom Schweiß dunkel gefärbten Haare klebten an Stirn und Schläfen.

»Mein Name ist Paul, Paul Grisbi. Und wie heißen Sie?«

»Frankreich!«

Paul nickte. *La France,* das Wort klang nicht nur wie ein Pfeil, es sollte auch so treffen. »Schön, Frankreich, Sie brauchen einen Arzt. Ich bringe Sie hin.«

»Das werden Sie nicht tun«, sagte eine Stimme hinter Paul. Triumph blitzte in den Augen der Französin auf, dann mußte sie husten, und Schmerz trübte das Leuchten der Augen ein.

Paul drehte sich um. Sein erster Eindruck war, daß er noch nie einen Jungen mit einem so traurigen Gesicht gesehen hatte. Der Junge trug eine schmutzige Kordhose, Schnürschuhe und einen ausgefransten Pullover. Er war unrasiert, das dunkle Haar ringelte sich hinter den Ohren zu kleinen Locken. Paul schätzte ihn auf ungefähr zwanzig, wenn man die Pistole in seiner rechten Hand ignorierte, die ihn etwas älter wirken ließ. In der linken Hand hielt der Junge einen Rucksack.

»Wer sind Sie?« fragte Paul. Es war eine Eigenart, die die Uniform mit sich brachte. Man mußte alles wissen und immerzu Fragen stellen.

»Der Bruder von der«, sagte der Junge und nickte in Richtung des Betts.

»Warum wollen Sie nicht, daß ich sie zu einem Arzt bringe?«

»Wir haben unsere eigenen Ärzte«, sagte der Junge, der sehr wohl wußte, daß man vorsichtig sein mußte, wenn man überleben wollte. »Von Ihnen will ich nur, daß Sie mir sagen, wer uns verraten hat.«

»Eine Frau aus dem Dorf.«

»Wie heißt sie?«

»Ich habe kein Gedächtnis für französische Namen.«

Der Junge trat dicht an Paul heran, so dicht, daß die Mündung der Pistole die Schließe von Pauls Koppel berührte. Er roch nach Rauch, Gras und Schweiß. Seine braunen Augen waren neben dem traurig verkniffenen Mund das, was man von seinem Gesicht am längsten in Erinnerung behielt, und sie starrten Paul an. Die eine Hälfte seines Gesichts wurde von der Petroleumlampe beleuchtet, die andere lag im Schatten.

»Dort auf dem Bett liegt meine Schwester. Ich habe sie drei Tage nicht gesehen, weil ich als Kurier unterwegs war. Dann komme ich zurück und finde fünf Kameraden tot und eine Schwester schwerverletzt, und ein Deutscher, der an all dem beteiligt war, will sie zu einem Arzt bringen. Ich liebe meine Schwester, ich habe die anderen geliebt, und ich will wissen, wer uns verraten hat.«

Paul ließ die Augen nicht von dem Gesicht des Jungen. Er konnte ihm den Namen der Frau nicht sagen, weil er ihn nicht wußte. Davon abgesehen ließ sich ein Verrat nicht mit einem zweiten beantworten, schon gar nicht, wenn eine Pistole auf einen gerichtet war.

»Serge –«, flüsterte das Mädchen auf dem Bett.

Paul schlug den Arm mit der Pistole zur Seite, drängte den Franzosen gegen die Wand und zog die Walther. Nach einem Moment völliger Überraschung vertiefte sich die Trauer im Gesicht des Jungen.

»Geh schon«, sagte Paul. »Sie braucht dich.«

Der Junge, der Serge hieß, ging schleppend zum Bett hinüber, während Paul die Waffe aufhob, mit der er bedroht worden war. Es handelte sich um ein italienisches Fabrikat.

»Alîne«, sagte der Junge. Er setzte sich auf den Bettrand und ergriff die Hand der Verwundeten.

Serge und Alîne, dachte Paul Grisbi und steckte die Walther wieder ein, Serge und Alîne und Frankreich, das bald verblutet sein wird. Der Fleck auf dem Verband wurde zusehends größer. Durch die Ritzen zwischen den zugezogenen

Vorhängen fiel kein Licht mehr herein. Wieviel Uhr mochte es sein? Sieben? Der Junge und das Mädchen auf dem Bett sahen sich nur an, so als posierten sie für ein Foto über die heldenhaften Opfer, die das Leben in der Résistance manchmal mit sich brachte.

Paul trat ans Bett, hob die italienische Pistole und setzte die Mündung an die Schläfe. Der Junge zuckte nicht zusammen, er setzte sich lediglich aufrecht hin. Sein Atem ging stockend. Du bist mutig, dachte Paul, aber das wußten wir ja schon vorher, sonst wärst du nicht im Widerstand.

»Serge und weiter?« fragte er, ohne die Pistole wegzunehmen.

»Mallet.«

»Serge Mallet, Ihre Schwester braucht dringend einen Arzt. Für heute sind genug gestorben, oder, was das angeht, für den ganzen Krieg. Ich will den Namen dieses Arztes gar nicht wissen. Sie sagen mir nur, wohin ich Sie und Ihre Schwester fahren soll.«

Paul entlud die Waffe und legte sie auf den Nachttisch neben die Lampe.

»Warum wollen Sie das tun?«

»Vielleicht kann ich keine Frauen sterben sehen, die das Leben noch vor sich haben. Vielleicht kann ich überhaupt niemand sterben sehen. Vielleicht finde ich, daß es einen Unterschied macht, ob man jemand tötet, der einem an den Kragen will, oder jemand, der etwas dagegen hat, daß man sich in seiner Heimat breitmacht.«

Serge Mallet blickte zu ihm auf. »Tut es das?«

»Weiß ich nicht.«

»Wasser«, sagte Alîne heiser.

Serge blieb noch einen Herzschlag mit durchgedrücktem Kreuz sitzen, dann nickte er und stand langsam auf. Er ging zu einer massiven Holzkommode neben dem Fenster, auf der ein hellblau lasierter Tonkrug stand. Er goß etwas Wasser aus dem Krug auf ein Tuch und wischte Alîne damit das Gesicht ab. Dann ließ er etwas mehr Wasser in seine hohle Hand laufen und hob den Kopf des Mädchens mit der anderen Hand an, damit es die zwischen seinen Fingern hindurchrinnende Flüssigkeit erreichen konnte.

Anschließend schob er seinen Arm unter Alînes Schulter. Er suchte Pauls Blick. »Helfen Sie mir.« Der Deutsche war größer und breiter als der Franzose. Serge ging mit der Lampe voran und leuchtete die Stufen aus, als Paul das Mädchen die Treppe hinuntertrug. Alîne war sehr leicht. Ihre geschlossenen Augen glänzten im Licht der Petroleumlampe wie nasse Muscheln.

Sobald sie an der Tür nach draußen waren, blies Serge Mallet die Lampe aus. Es war kühl geworden. Paul trug das Mädchen durch die Dunkelheit zu dem offenen Kübelwagen, legte sie auf die Rückbank und breitete eine schmutzige Decke über den zierlichen Körper. Alîne stöhnte leise, als er die Stellung ihrer Beine veränderte, damit sie beim Fahren nicht von der Bank rutschte. Der Mond überzog das Land mit bleicher Helligkeit. Der Ohrring des Mädchens blinkte.

Paul zog die Decke über Alînes Kopf. Dann setzte er sich hinter das Steuer und forderte den Franzosen auf: »Steigen Sie ein.« Schweigend kletterte Mallet neben ihn. Paul hob seinen Stahlhelm vom Boden auf und sagte: »Hier!«

Der Franzose starrte erst Paul an, dann den Helm. »Nur für alle Fälle«, sagte Paul. »Von nahem wird Sie sowieso niemand für einen Deutschen halten.«

Serge ergriff den Helm und setzte ihn auf. Er war etwas zu groß. Bestimmt überlegt er jetzt, was der *grand chef* dazu sagen würde, dachte Paul. Oder er fragt sich, ob ich nicht doch in letzter Sekunde mein wahres Gesicht zeige und ihn in die Falle locke.

Paul ließ den Motor an. »Wie lange brauchen wir?«

»Eine halbe Stunde«, antwortete Serge Mallet. »Wenn nichts dazwischenkommt.«

Wenn etwas dazwischenkommt, ist der Krieg so oder so für uns zu Ende, dachte Paul. Er legte den Rückwärtsgang ein und wendete. Während er fuhr – nicht mit Höchstgeschwindigkeit, wegen der Verletzten auf der Rückbank, aber doch so schnell, daß er kein Aufsehen erregte – versuchte er nicht darüber nachzudenken, was er tat. Dazu war später noch Zeit, falls es ein später gab. Bisher hatte er noch nichts davon gehört, daß ein Angehöriger der Wehrmacht einem Mitglied des *maquis* geholfen hätte. Aber im Krieg und wenn es um Frauen ging, war alles möglich, also hatte es auch das bestimmt schon gegeben.

Serge Mallet saß schweigend neben ihm und starrte geradeaus. Mit der rechten Hand klammerte er sich an der neben den Sitzen etwas herabgesetzten Karosserie fest. Ab und zu blickte er sich um, aber die Decke verbarg Alîne vor seiner Besorgnis. Hinter dem Kübelwagen wirbelte eine Staubwolke auf wie Rauch von einem Feuer.

Das Haus des Doktors – eine typische Landarztpraxis, beschützt von einer hohen Buchsbaumhecke und einer Gruppe jahrzehntealter Bäume – lag auf der anderen Seite des Dorfes ein gutes Stück abseits von den übrigen Häusern. Sie erreichten es nach einer knappen Dreiviertelstunde, ohne aufgehalten worden zu sein. Alle Fenster waren dunkel.

Paul half dem jungen Franzosen, seine Schwester aus dem Wagen zu holen. Sie atmete schwach und unregelmäßig. Serge hielt sie wie eine Braut, die man über die Schwelle des Schlafzimmers tragen will. »Ich hätte nie gedacht, daß ein Deutscher . . .«

»Sehr richtig, das macht der Krieg. Ich hätte es auch nicht gedacht, aber ich habe schon vor dem Krieg gelebt, und mit etwas Glück lebe ich auch danach noch. Bis dahin vergesse ich Sie und Alîne. Viel Glück.«

Das Mondlicht lag auf dem Land, dem Wagen, dem Dach des Hauses, den beiden Männern und der angeschossenen Frau. Ich darf nicht vergessen, die Decke irgendwo loszuwerden, dachte Paul, und dann gehe ich in eine Kneipe, wo man als Deutscher was zu trinken kriegt. Er hatte bis Mitternacht Zeit.

Serge Mallet trat einen Schritt zurück, dann noch einen. Er schien nach Worten zu suchen, aber Paul kam ihm zuvor.

»Wollen Sie, daß sie in Ihren Armen stirbt oder daß die ganze Gegend zusammenläuft? Los, verschwinden Sie schon.«

Er drehte sich um und kletterte wieder in den Kübelwagen.

»Danke, *camarade.*« Serge drehte sich ebenfalls um und ging langsam auf das Haus zu. Paul wartete, bis die Dunkelheit Serge und Alîne Mallet verschluckt hatte. Dann ließ er den Motor an, schaltete die Scheinwerfer ein und fuhr davon.

# 1

Hinter Utrecht wechselte Paul auf die E 9 und trat das Gaspedal wieder bis zum Anschlag durch. Die Landschaft wurde noch eintöniger. Dunkle Felder, durchzogen von Entwässerungskanälen, ein paar Bäume, deren Konturen aus dem Nebel wuchsen; mehr konnte er nicht erkennen.

Paul hatte die Straße fast für sich allein. Um halb vier Uhr morgens waren kaum Personenwagen unterwegs, und auch die Laster mit Ladungen für Amsterdam würden erst im Morgengrauen auftauchen. Wenn er das Tempo halten konnte, brauchte er nur noch etwas mehr als eine Stunde, bis er am Ziel war. In der Windschutzscheibe spiegelte sich das kleine rote Lämpchen, mit dem der Tacho anzeigte, daß die erlaubte Höchstgeschwindigkeit überschritten war. Als ob die paar Kilometer etwas ausmachen, dachte Paul. Achtzig durfte er fahren, sechsundneunzig gab der Motor her. Für die Sicherheit spielte das keine Rolle, wohl aber für die Bank. Der Sattelschlepper war neu und erst zu zwei Dritteln abbezahlt. Wenn man sich auf eigene Füße stellte, war es wichtig, daß man schnell auf einen grünen Zweig kam. Das Geld wurde einem nicht nachgeworfen, die Kilometer brachten es. Je schneller man eine Fuhre abgeliefert hatte, desto schneller gab es die nächste.

Die Cassette mit der Hitparade von vor einem Jahr war abgelaufen. Paul hielt das vibrierende Lenkrad mit der linken Hand und schaltete das Radio ein. Ein Jazztrio auf einem der holländischen Kanäle zeichnete helle Klangfiguren in die Dunkelheit. Vor einer Stunde hatte er vier von den gelben Pillen geschluckt, die ihn langsam wieder munter werden ließen. Nur der Fuß auf dem Gaspedal wirkte immer noch wie abgestorben. Man müßte zwei rechte Füße haben.

Paul wühlte mit der freien Hand in den Papieren auf dem Beifahrersitz, die er für den Zoll bereitgelegt und dann nicht wieder weggeräumt hatte. Wägeschein, T 2, EWG-Ursprungszeugnis, Zulassungen für Zugmaschine und Sattelauflieger – bloß keine Zigaretten. Dann eben nicht.

Er kurbelte das Seitenfenster herunter. Feiner Nieselregen wurde ihm ins Gesicht geweht. Als der Regen stärker wurde, schaltete Paul die Scheibenwischer an. Ihr Wienern übertönte das Jazztrio. Die starken Scheinwerfer schoben die Dunkelheit über die Straße.

Noch eine Stunde, bis es hell wurde. Vielleicht anderthalb, bei dem Regen. Der schwache Widerschein der Instrumente zerlief auf den Fenstern. Wenn das Wetter sich hielt, würde es nicht einmal einen anständigen Sonnenaufgang geben. Die künstlich verdrängte Müdigkeit schien einen dunklen, wattigen Punkt in Pauls Hinterkopf zu bilden. Immerhin hatte er seit rund vierundzwanzig Stunden nicht mehr geschlafen. Irgendwo mußte er doch noch eine Schachtel Zigaretten haben; etwas zu rauchen und einen Becher Kaffee.

Fünfunddreißig Tonnen Metall, Holz und Hartgummi rollten dem anbrechenden Tag entgegen. Die glänzende Plane des Sattelaufliegers krauste sich naß im Wind. Vom Meer her zog Nebel über die Straße, eine ganze Waschküche. Als der Laster die Nebelbank hinter sich gelassen hatte, war es hell geworden. Ein trüber Himmel spannte sich wie ein nasses, graues Laken über das flache Land. Rechterhand glitt eine Ortschaft vorbei; an einem Haus hing die rotweiß-blaue Nationalflagge, vom Wind gegen die Mauer geklatscht. Die Scheinwerferstrahlen des Ford waren auf dem glänzenden Asphalt kaum noch zu erkennen.

Hinter der Nebelbank hatte Paul wieder voll aufgedreht. Bald mußte er mit dem ersten Verkehr rechnen. Er beugte sich vor, um noch einmal nach Zigaretten zu suchen, aber auch jetzt hatte er nicht mehr Erfolg als vorher. Er lehnte sich zurück, rutschte auf dem Sitz hin und her und konzentrierte sich wieder auf die Straße.

Ein Paar aufgeblendeter Scheinwerfer kam ihm auf seiner Fahrspur entgegen. Er blinzelte nicht. Seine von den Amphetaminen übernatürlich geweiteten Pupillen zogen sich zusammen, und er trat auf die Bremse, obwohl es sinnlos war. Selbst durch eine Vollbremsung hätte er den mit sechsundneunzig Kilometern Höchstgeschwindigkeit dahinrasenden Lastzug nicht mehr rechtzeitig zum Stehen bringen können. Er merkte, wie der Sattelauflieger zu schleudern begann, nahm den Fuß sofort wieder von der Bremse und trat aufs Gas, um die Schleuderbewegung abzufangen.

Dann durchbrach der Schock die Gelassenheit, die ein Tag ohne Schlaf, die Nacht und die Pillen aufgebaut hatten. Mit einem Schlag war Pauls Mund trocken, die Stirn dafür schweißfeucht. Sein Gehirn nahm Informationen wahr, ohne sie noch verwerten zu können. Die entgegenkommenden Scheinwerfer wurden über der schlierigen Fahrbahn rasch größer. Der Wagen mußte zweimal so schnell sein wie der Ford. Paul betätigte abwechselnd Bremse und Gaspedal, um den Sattelzug gerade zu halten, damit das andere Fahrzeug ihm ausweichen konnte. Ein Blick streifte die Instrumente. Der Zähler zeigte 678 545 Kilometer. Drehzahlmesser und Öldruckanzeiger waren in Ordnung. Paul hatte genügend Zeit, alles zu registrieren, denn das Geschehen schien sich im gleichen Tempo zu verlangsamen, mit dem er ihm in Gedanken vorauseilte.

Wieder geriet der Ford ins Schleudern, während der Abstand zwischen den beiden Fahrzeugen sich rapide verringerte. Der Porsche – Paul erkannte jetzt, daß es sich um einen Porsche handelte – fuhr dicht an der unterbrochenen weißen Mittelmarkierung. Einen Moment lang schien er ausweichen zu wollen, aber dann hielt er weiter direkt auf Paul zu, ehe er in letzter Sekunde auf die andere Spur hinüberzog.

Ein weißer Porsche 924, dachte Paul und verweilte gemächlich bei der Erkenntnis. Sein Verstand hatte sehr viel Zeit, denn jetzt wurden Hände und Füße von den Reflexen gesteuert. Der Porsche hatte sich verschätzt, vielleicht nur um Zentimeter. Pauls rechter Fuß trat das Bremspedal voll durch, während seine Hände gleichzeitig das Steuer herumrissen. Der schwere Sattelzug machte sich auf der glatten Straße selbständig, alles andere war unvermeidlich. Gleich, dachte etwas in Paul, und dieses Wort schien die beiden verschieden schnell ablaufenden Ebenen des Unfalls wieder zusammenzuheften.

Er nahm noch wahr, daß hinter dem Steuer des Porsche zwei bleiche Gesichter zu ihm hochlachten, dann schoß er von der Straße hinunter. Seine Hände umklammerten immer noch das jetzt völlig nutzlose Lenkrad, sein Fuß traktierte immer noch die leer schnappenden Pedale. Er ritt auf einem bockenden Pferd, besser, auf 308 wildgewordenen Pferden aus Gummi, Plastik und präzisionsverarbeitetem Metall.

Dann kippte die Zugmaschine nach vorn, die Lenkung schlug hin und her. Die Ventile unter der Motorhaube begannen zu hämmern. Pauls Zähne schlugen gegeneinander. Der ganze Lastzug folgte der Neigung des Sattelschleppers. Paul zog den Kopf ein, versuchte, sich gegen den Überschlag zu schützen. Fast im selben Moment kippte der Himmel am Seitenfenster vorbei nach unten, das Netz der Entwässerungskanäle war verschwunden. Paul hielt sich am Steuer fest. Sein Brüllen vermischte sich mit dem Aufheulen des Motors. Wäsche in der Trommel, dachte er. Der ganze Sattelzug wurde durch die Luft gewirbelt.

Einige hektische Herzschläge lang drehten sich die Räder in der Luft. Metall kreischte auf, die Windschutzscheibe zerplatzte, und Sicherheitsglassplitter flogen wie Konfetti durch die Kabine. Dann stand alles für Sekunden wieder aufrecht, ehe es noch einmal kippte. Erdbrocken und Grasfladen wurden durch die kaputte Scheibe hereingeschleudert.

Ruhe. Zischend schmorte ein Kabel durch. Wie lange dauerte es, bis der Sprit auslief und Feuer fing? Benommen schüttelte Paul den Kopf, dann tastete er nach dem Türgriff. Er war abgebrochen. Das ganze Führerhaus hatte sich verzogen. Unten konnte man noch weniger hinaus. Paul legte sich auf den Rücken und trat die obere Tür mit beiden Füßen auf. Dann wand er sich aus dem eingedellten Metallgehäuse.

Der Porsche hatte nicht angehalten.

In einigen Metern Entfernung hockte sich Paul auf das Feld und starrte seinen Laster an. Fünfunddreißig Tonnen inklusive Ladung, zehn Achsen, eine Fahrerkabine mit Blumen in Töpfen, ergometrisch berechnete Sitze mit einer Schlafkoje dahinter, alles innerhalb weniger Minuten zerstört. Totalverlust, dachte Paul, 120000 Mark für immer im Eimer; er dachte nur das, weil die Tatsache, daß ihm nichts passiert war, daneben bedeutungslos erschien.

Wenig später züngelten Flammen auf und begannen an dem zerstörten Ungetüm zu lecken wie Ferkel an den Zitzen einer riesigen, verunstalteten Sau. Farbe und Gummi warfen Blasen und fingen Feuer. Ruß nahm dem ehemals rostroten Lack seinen Glanz. Schließlich entzündete sich sogar die noch regennasse Plane und gab nach und nach den Blick auf schwarze Autoersatzteile frei, die von ihren Paletten gesprungen waren. Der Widerschein des Feuers flackerte über Pauls Gesicht.

Schwere, ölige Wolken zogen über die Felder, die von dem brennenden Sattelzug beleuchtet wurden. Für die kurze Dauer einer zärtlichen Vision schien es Paul, als könnten die Flammen dem Laster gar nichts anhaben, als streichelten sie ihn nur, statt ihn zu vernichten. Dann wurde seine Aufmerksamkeit auf zwei holländische Polizeibeamte gelenkt, die die Böschung herunterstolperten. Ihr Wagen stand mit rotierendem Blaulicht auf dem Seitenstreifen der Schnellstraße.

Einer von ihnen lief auf Paul zu, der andere machte sich mit der Gelassenheit eines Brandmeisters an dem Führerhaus des Lasters zu schaffen, versuchte hinaufzuklettern und einen Blick auf das Armaturenbrett zu werfen.

»Weg da«, brüllte Paul, »der explodiert Ihnen ins Gesicht.«

Er wollte zum Wagen laufen, aber der andere Polizist hielt ihn am Arm fest. Er sagte: »Der weiß, was er tut.«

Paul starrte ihn entgeistert an.

»Sind Sie in Ordnung?« fragte der Polizist. »Kein Schock?«

»Quatsch. Wovon denn? Ihr Kollege da scheint nicht ganz in Ordnung zu sein.«

»Er weiß, was er tut. Immerhin hat er keinen Laster die Böschung hinuntergejagt.«

»Nein, aber er könnte gleich mit einem Laster die Böschung hinaufgejagt werden.«

»Der weiß, was er tut.«

Der andere Polizist sprang vom Führerhaus und näherte sich ihnen. Seine Hände waren schwarz. Auch sein Gesicht wies Rußflecken auf. Er hatte einige Papiere aus den Flammen geangelt, darunter den Führerschein und die Zulassungskarten. Sonst hatte er nichts gerettet.

»Klarer Fall«, sagte er zu seinem Kollegen. »Über tausend Kilometer auf dem Fahrtenschreiber. Der Bursche muß völlig übermüdet sein.«

Ich muß doch einen Schock haben, dachte Paul. Er hatte ›übermüdet‹ verstanden.

»Übermüdet?« brüllte er. »Ein weißer Porsche mit aufgeblendeten Scheinwerfern auf meiner Fahrbahn . . .«

Er vollendete den Satz nicht. Er sah den Gesichtern der Polizisten an, daß er ihn nicht zu vollenden brauchte, diesen nicht und keinen anderen, der nach Ausrede klang.

»Welche Versicherung soll Ihnen das denn abkaufen?« erkundigte sich der, der ihn am Arm festgehalten hatte. Wahrscheinlich hatten sie solche oder ähnliche Ausreden schon so oft gehört, daß sie sie nicht einmal mehr ins Unfallprotokoll aufnehmen würden.

Paul spürte, wie er müde wurde. Gleichgültig beantwortete er die Fragen der Polizeibeamten. Aus mehreren Richtungen stapften Leute auf die Unfallstelle zu. Was wollten sie?

Paul blickte zu Boden und sah seine Füße, die Schuhe lehmverkrustet. Sie schienen gar nicht zu ihm zu gehören. Viel zu weit weg. Was gehörte ihm überhaupt noch? Seine Hände? Er bewegte die Finger. Der Laster brannte immer noch. Er hatte keine Ähnlichkeit mehr mit dem, den Paul so stolz erworben hatte. Eigentlich war nichts mehr so wie vor dem Unfall. Die Dinge besaßen nur noch eine seltsam vertraute Ähnlichkeit.

Paul dachte, daß er jetzt auch tot sein könnte. Vielleicht hatte er doch einen Schock. In jedem Fall war er müde.

»Wir sind hier fertig«, sagte der Polizist, der ihn am Arm festgehalten hatte. »Wir nehmen Sie mit nach Amsterdam. Sie müssen noch den Auftrag für die Beseitigung der Schäden unterschreiben.«

»In Ordnung«, sagte Paul. Nach Amsterdam wollte er ja schließlich auch; sehr schön. Sie stiegen die Böschung zur Schnellstraße hinauf. Auf der Gegenfahrbahn näherte sich ein Löschzug, gefolgt von einem Krankenwagen. Paul trampelte sich die Lehmklumpen von den Schuhen, während die Feuerwehrmänner mit schweren Schaumlöschern auf den brennenden Laster zustolperten.

»Kommen Sie«, sagte der redseligere der beiden Polizisten. Er öffnete die hintere Tür des Polizeiwagens. Als Paul einstieg, legte der Beamte ihm schützend die Hand auf den Kopf, damit er sich nicht an dem niedrigen Verdeck stieß.

»Sie haben nicht zufällig auch noch Aufputschmittel genommen?« fragte der Fahrer des Streifenwagens.

»Witzbold«, sagte Paul. »Für wie alt halten Sie mich eigentlich?«

»Für sechsundfünfzig, wenn Ihre Angaben stimmen«, erwiderte der Fahrer. »Aber in der Beziehung seid ihr Brüder nicht besser als die Hippies an den Grachten.«

»Vielleicht. Trotzdem habe ich keine genommen.«

Er war froh, daß die beiden Beamten sich seine Pupillen nicht genauer ansahen. Oder sie dachten, daß der Schock sie geweitet hätte.

Halbfertige Neubauten tauchten rechts und links der Straße auf, die ersten Häuser von Amsterdam. Inzwischen schleppten sich ganze Lastwagenschlangen auf die Stadt zu. Links wurden sie von Personenwagen überholt, auf der anderen Seite von Radfahrergruppen in Kompaniestärke.

»Wohin bringen Sie mich?« wollte Paul wissen.

»Ins Präsidium.«

Hoofdbureau van Politie, erinnerte sich Paul, Elandsgracht 117, mitten in der Stadt. Wenn sie die direkte Strecke über die Rijnstraat und den Stadt Houders Kade nahmen, konnten sie bei dem Verkehr ungefähr in einer halben Stunde dort sein.

Der Beifahrer deutete aus dem Fenster und sagte: »Da hat es kürzlich einen deiner Kollegen erwischt.«

Paul blickte hinaus. Die durchbrochene Leitplanke war noch nicht repariert worden. Man konnte sogar noch die Bremsspuren auf dem Asphalt sehen.

Ruiniert, dachte Paul, einer mehr. Ein Unfall am Ende einer langen Nacht, ein Feuer, in dem alles verbrennt außer dem Fahrtenschreiber, und die Leute bei der Versicherung lachten sich ins Fäustchen, wenn das Unfallprotokoll auf ihrem Schreibtisch landete. Seine ganze Existenz als unabhängiger Unternehmer mit eigenem Laster lag schwarz verkohlt irgendwo hinter ihm auf einem holländischen Kartoffelakker. Jetzt würde er bis an sein Lebensende in fremden Lastern Kleckerfahrten machen müssen, alles, was ihm angeboten wurde. Er konnte es sich nicht mehr aussuchen.

»Serge Mallet.«

Paul öffnete die Augen. »Entschuldigen Sie, was haben Sie gesagt?«

»Serge Mallet«, wiederholte der Beifahrer, »so hieß dein Kollege. Ein Elsässer. Den hat's ganz schön erwischt.«

Sind Sie sicher, hätte Paul beinahe gefragt, haben Sie den Namen richtig verstanden? Aber wie viele Serge Mallets gab es auf Europas Schnellstraßen, und wie viele von ihnen waren Elsässer? Und wie viele unter ihnen hatten dann noch dauernd Pech? Also hatte es ihn wieder einmal erwischt, diesmal in Holland. Serge, den Kollegen, der mehr war als nur einer, der auch Laster fuhr. Sie kannten sich seit über dreißig Jahren, und seit mindestens zwanzig davon waren sie befreundet. Paul sah den Elsässer vor sich, wie er im Cockpit seines Lasters thronte, die Scheibe regennaß, und dann sah er einen weißen Porsche aus dem Zwielicht auf der falschen Spur heranschießen.

»Schwer?« fragte er.

Der Beifahrer zuckte mit den Schultern. »So viel Glück wie du hatte er jedenfalls nicht.«

Paul beugte sich vor und starrte zwischen den beiden Beamten hindurch auf die nasse Windschutzscheibe.

»Wie geht es ihm?«

Der drängende Unterton in seiner Stimme irritierte den Fahrer. »Leider haben wir ihn lange nicht mehr besuchen können. Die Blumen bekommt er immer per Fleurop aus dem Präsidium.« Paul ließ sich wieder zurücksinken. Im Krankenhaus also. Früher oder später landeten die meisten da, mit einer zerschmetterten Kniescheibe, einer Gehirnerschütterung oder einer Venenentzündung vom Rauchen.

Es war heiß im Wagen. Die Scheibenwischer klappten hin und her. Regen schlug gegen die Seitenfenster und staubte von den Planen der Lastwagen. Die Straßenbeleuchtung war noch nicht ausgeschaltet. Paul versuchte den Porsche zu hassen, aber es gelang ihm nicht. Er hatte einen Fehler gemacht und dafür bezahlt, die Zukunft ging auf seine eigene Rechnung. Er würde wieder lernen müssen, einen Boß zu haben. »Wie wär's, wenn Sie mir eine Zigarette geben würden?« fragte er den Beifahrer.

Der Holländer reichte ihm eine Packung Peter Stuyvesant nach hinten. Paul holte sein altes, abgegriffenes Feuerzeug aus der Tasche. Die Benzinflamme tanzte auf dem ausgefransten Docht wie ein kleiner Buschbrand. Das Feuerzeug wanderte zurück in die Hosentasche, dabei fühlte Paul zerknittertes Papiergeld in großen Scheinen. Wenigstens war er noch nicht völlig abgebrannt, obwohl das und ein paar Hunderter in einer Schublade zu Hause sein ganzes Vermögen darstellten.

Das Pärchen in dem Porsche – waren es zwei Männer gewesen oder ein Mädchen und ein Mann? – hatte wahrscheinlich Geld wie Heu. Denen machte es nichts aus, ihr Leben aufs Spiel zu setzen. Wenn sie es verloren, konnten sie sich im Himmel ja immer noch eine goldene Wolke kaufen.

## 2

Die Formalitäten an der Elandsgracht nahmen nicht viel Zeit in Anspruch. Paul unterschrieb eine Reihe von Formularen, die seine weitere Anwesenheit in Amsterdam überflüssig machten. Die Behörden würden das Wrack bergen, die Schäden ausbessern und ihm dann die Rechnung schicken.

»In welchem Krankenhaus liegt Serge Mallet?« fragte Paul, als er fertig war.

»Wer?« fragte der Beamte, der die Papiere aneinanderheftete.

»Der elsässische Kollege, den es vor ein paar Tagen auf der E 9 erwischt hat.«

»Woher sprechen Sie so gut Holländisch?« wollte der Beamte wissen.

»Vom Lesen der Beschriftung eurer Käsepackungen.«

Der Beamte grinste müde. »Pieter van Foreestkliniek, Walborg 2.«

»Wie komme ich dahin?«

»Nehmen Sie ein Taxi.«

Paul verließ das Hoofdbureau van Politie und gelangte über eine Brücke in die Kinkerstraat, wo er ein Taxi fand. Amsterdam im Regen. Von den sommergrünen Bäumen troff das Wasser, der Kanal unter der Brücke hatte eine Gänsehaut vom Regen.

Genau das richtige Wetter, um Serge wiederzusehen, dachte Paul mit einem Anflug von Bitterkeit. Wenn es eine Filmszene gewesen wäre, hätte es auch geregnet. Zwei Verlierer reichten sich am Krankenbett die Hand, während tiefhängende Wolken dunkle Schatten auf ihr Leben warfen. Nur daß diese Wolken Serge fast sein ganzes Leben lang begleitet hatten. Seine Jugend war in den Krieg gefallen, danach hatte er die falsche Frau geheiratet, und das Kind aus dieser Ehe war gestorben, nachdem die Mutter sie beide verlassen hatte.

Paul erinnerte sich noch an die Hochzeit kurz nach dem Krieg in Colmar. Er hatte seinen Augen nicht getraut, als er

Josie gesehen hatte, wie sie vor der Trauung auf dem Bett saß, rothaarig, mit einem kleinen Schmollmund, in ihrem Brautkleid, das die Mutter und die Schwester aus alten Gardinen genäht hatten. Siebzehn Jahre war sie an diesem Tag alt gewesen. Als sie volljährig geworden war, hatte sie Serge verlassen. Solche Dinge passierten ihm ständig, aber wenn man ihn fragte, wie's ginge, lautete die Antwort immer: »Blendend, *mon vieux.*«

»Darf ich Sie bitten, nicht zu rauchen«, sagte der Taxifahrer umständlich auf Deutsch. »Ich bin dabei, es mir abzugewöhnen.«

»Entschuldigung.« Paul drückte die kaum entzündete Zigarette im Aschenbecher aus. Als er das unbewußt aus der Hemdtasche gezogene Päckchen wieder verstaute, stellte er fest, daß es sich um die Zigaretten des Polizisten handelte.

Verdammt jung waren sie gewesen, als sie sich im Krieg zum erstenmal getroffen hatten, wenn auch nicht zu jung, um schon Individualisten zu sein. Individualisten bleiben immer Zivilisten. Statt sich zu hassen, hatten sie einander mit Respekt behandelt. Vielleicht waren sie deswegen Freunde geworden.

»Da wären wir«, meldete sich der Chauffeur wieder, »Walborg 2.«

»Nehmen Sie auch deutsches Geld?« fragte Paul.

Der Fahrer musterte die Flecken auf dem hellblauen Hemd und verweilte einen Moment bei den Fädchen, die zwei abgerissene Knöpfe zurückgelassen hatten. »Wenn's sein muß«, sagte er dann und holte ein zweites Portemonnaie aus dem Handschuhfach.

Paul blickte aus dem Fenster, während der Fahrer den Kurs umrechnete. Es regnete nicht mehr so stark. Die Mauern des Hospitals zeigten große Nässeflecken. Wie die meisten Krankenhäuser sah es so heruntergekommen aus, als müßte es der Chefarzt mit seinem eigenen Nettoeinkommen in Schuß halten.

»Zwölf Mark«, sagte der Fahrer. Paul bezahlte, stieg aus und ging auf das Portal der Klinik zu.

Während es ihm gelungen war, sich nach dem Krieg einigermaßen hochzustrampeln, hatte es von Serge immer neue Hiobsbotschaften gegeben. Josie hatte ihn zwei Jahre nach der Geburt ihres gemeinsamen Sohns Jean-Loup verlassen. Ein Jahr darauf war der Kleine gegen einen Topf mit kochendem Wasser gestoßen, während Serge telefoniert hatte. Der Topf war umgekippt, das kochende Wasser hatte Jean-Loup so stark verbrüht, daß er acht Stunden später gestorben war.

Es hatte lange gedauert, aber nach zwei Jahren ging es Serge wieder blendend, *mon vieux*. Er verkaufte sein kleines Haus, kaufte sich einen der ersten Wohnwagen und begann Motorradrennen zu organisieren, an denen er natürlich selber teilnahm. Als er verunglückte und sein Partner mit der Kasse durchbrannte, während er für ein paar Wochen im Krankenhaus war, brauchte er genau zwei Wochen, um nach seiner Entlassung erneut seinen ganzen Lebensstil zu ändern. Er verlegte sich auf primitive Keramikobjekte, die er selber modellierte und anschließend fotografierte, weil er sie nicht nur verkaufen, sondern auch ein bebildertes Buch für Bastler schreiben wollte.

Kurz nachdem Paul sich den kleinen Hof in der Nähe von München gekauft hatte, erwarb auch Serge ein verfallenes Gehöft in der Bretagne, aber im Gegensatz zu Paul behielt er es nicht lange. Während Paul sein Geld damit verdiente, für andere zu fahren, erst Taxis, dann Autobusse, Möbelwagen und schließlich Fernlaster, lernte Serge Gitarre und schloß sich einer Band an, die Zigeunerjazz spielte.

Seit ein paar Jahren hatte Serge auch auf Lastwagen umgesattelt. Im vorletzten Winter war er vom Beifahrersitz eines Milchcontainers geschleudert worden, als ein Kumpel nachts auf spiegelglatter, abschüssiger Straße die Kontrolle über seine Maschine verloren hatte. Der Fahrer konnte sich nicht aus der verzogenen Kabine befreien, die sich mit der auslaufenden Milch füllte. Serge versuchte über eine halbe Stunde, den Kopf seines bewußtlosen Kumpels hochzuhalten, bis seine Arme ihm nicht mehr gehorchten. Der Fahrer war ertrunken.

Danach wurde der Elsässer zum Atheisten. Er ging so weit, daß er sich einfach nicht vorstellen konnte, daß jemand an Gott glauben und dennoch ein guter Mensch sein könne. Paul erinnerte sich daran, wie er mit Serge und seinem Mädchen vor gut einem Jahr in einem Bar-Tabac gewesen war. Beim zweiten Calvados stellte sich heraus, daß das Mädchen nicht nur an Gott glaubte, sondern auch überzeugt war, er wüßte, was überall auf der Welt vorginge, weil nichts ohne seine Billigung geschehe. Der Abend endete damit, daß das Mädchen aus dem Laden lief und Serge ihr von der Tür aus nachbrüllte: »Es ist mir ganz egal, daß du schön bist und klug und gut im Bett! Du bist schlecht! Hörst du? Du bist abgrundtief schlecht!«

Paul lächelte, als er die Tür zur Pieter van Foreestkliniek aufstieß. Er fragte an der Pforte nach dem Zimmer, in dem sein Freund lag und ging in die angegebene Richtung. Bei dem trüben Wetter wirkten die langen, nach Gummi, Leinen und Bettpfannen riechenden Gänge noch deprimierender als gewöhnlich in einem Krankenhaus.

In einer Ecke stand eins der Gestelle, auf dem die Patienten in den OP gefahren wurden. Wahrscheinlich hatte Serge vor kurzem auch auf einem solchen Ding gelegen. Und wenn Paul den Ford nicht in die Polderlandschaft gerissen hätte, dann hätten sie jetzt zu dritt das Vergnügen auf der schmalen Liege gehabt – er und die beiden aus dem Porsche.

Paul blieb stehen und studierte die Nummer der nächsten Tür. Anscheinend hatte er die Schwester an der Pforte mißverstanden. Weit und breit kein Zimmer mit der Nummer 217. Am Ende des Gangs stand eine Tür offen. Schubweise pladderte jetzt wieder das Wasser gegen die großen Fensterscheiben.

Aus der offenen Tür drang ein Stöhnen. Paul setzte sich in Bewegung, denn er hoffte, in dem Raum vielleicht eine Schwester zu finden, die er nach Serge fragen konnte. Das Stöhnen wiederholte sich und ging in ein hohes, schrilles Wimmern über. In der kleinen Kammer lag ein alter Mann.

Er war so schmal und schien so leicht zu sein, daß er kaum die Matratze eindrückte. Seine Haut war straff gespannt und fast durchsichtig, seine strähnigen Haare schimmerten feucht. Seine Augen waren tief in die schwefelgelben Höhlen gesunken und was man von ihnen sehen konnte, hatte den ausdruckslosen Glanz eines Glassplitters.

Eine Schwester beugte sich über das wimmernde Skelett. Als sie sich wieder aufrichtete, bemerkte sie Paul. Leise kam sie auf ihn zu. Außer ihr und dem Mann auf dem Bett war niemand in der Sterbekammer. An der Tür drehte sie sich noch einmal um.

»Fünfundzwanzig«, sagte sie. »Heroin.«

Paul sagte nichts. Er wollte umkehren und keine Sekunde länger in dem Krankenhaus bleiben. Statt dessen blieb er stehen und sah zu, wie der grausame Gott Heroin seine Wucherzinsen eintrieb. Wieder ein Punkt weniger für das Mädchen im Bar-Tabac. Die Schreie erschienen Paul wie Worte aus einer Muttersprache, die sie alle längst vergessen hatten.

»Gehört er nicht in eine Drogenklinik?«

»Heute abend ist es vorbei. Jemand hat ihn auf der Straße gefunden. Warum soll man ihn noch durch die halbe Stadt fahren? Er spürt nicht einmal alle Schmerzen, die er hat.«

»Man hört's«, meinte Paul.

»Was wollen Sie?«

»Ich suche Zimmer 217. Serge Mallet.«

Ein flüchtiges Lächeln auf den Lippen der jungen Frau. »Mallet, 217, ja. Sind Sie ein Freund von ihm?«

»Ich hoffe. Wir haben uns lange nicht mehr gesehen.«

»Ja«, sagte sie mit einem seltsamen Lächeln, dann füllten sich ihre Augen plötzlich mit Tränen, als der Sterbende wieder zu stöhnen begann. Trotz der Tränen klang ihre Stimme beherrscht und ruhig, als sie hinzufügte: »Mallet ist ja auch quicklebendig.«

»Ich wäre auch hier, wenn er der Junge in dem Bett da wäre«, antwortete Paul genauso ruhig.

Die Schwester blickte zu Boden. »Entschuldigen Sie. Es geht mir nur so an die Nieren. Ich bringe Sie zu 217.«

»Nur wenn Sie hier weg können«, wandte Paul ein. »Sonst reicht es, wenn Sie mir noch einmal den Weg beschreiben.«

»Ich werde später wieder nach ihm sehen«, sagte die junge Schwester und schloß leise die Tür. Dann setzte sie sich energisch in Bewegung.

»Sie sind Deutscher, oder?«

Paul brummte zustimmend, während er sich bemühte, mit ihr Schritt zu halten. Am Ende des Gangs konnte er das Spiegelbild der Schwester in einer automatischen Glastür sehen. Schlank und klein, setzte sie ihre Schritte mit fast militärischer Exaktheit. Unter dem weißen Käppchen lugten frisch frisierte Haare hervor.

Und dahinter er selber: etwas größer, etwas breiter, etwas untersetzter, den Schritten nach eher ein Ringkämpfer, wenn auch mit etwas mehr Schliff. Beim Gehen glättete er sich mit einer Hand das Haar.

»Jetzt regnet es schon seit drei Tagen«, sagte die Krankenschwester. »Die Stadt ist bei diesem Wetter nicht sehr anziehend.«

Paul wollte antworten, daß bei diesem Wetter überhaupt nichts anziehend sei, beschied sich dann aber wieder nur mit einem Brummen.

»Zimmer 217, da wären wir.« Schwungvoll öffnete die Schwester die Tür, als hätte sie für jedes Zimmer eine andere Stimmung parat, die nichts über die Szenen des Elends in den anderen Räumen verriet. »Besuch für Sie, Monsieur Serge.«

Der Elsässer saß aufrecht im Bett, zwei große Kissen im Rücken und eine ramponierte Gitarre auf dem Schoß.

»Paul!«

Serge lag nicht allein auf 217. Im dritten Bett neben ihm hob ein Mann den Kopf und begann den Elsässer zu beschimpfen. Nicht nur die Gitarre, nein, jetzt auch noch Gebrüll, wie sollte man da gesund werden und außerdem . . .

»*Ta gueule,* Mensch, weißt du überhaupt, wer das ist? Paul, komm rein, mein Alter!«

Er breitete beide Arme aus und grinste glücklich. Dann schob er die Gitarre beiseite, als wollte er, daß Paul sich auf seinen Schoß setzte.

»Noch so ein Verrückter wie Sie, wahrscheinlich«, schimpfte der zweite Mann und vergrub seinen Kopf wieder unter den Kissen.

Paul blickte sich um. Vier Betten, zwei davon leer. Auf dem Nachttisch neben Serge lag ein Krimi aus der Série Noire, ein Strauß weißer Tulpen ragte aus einer schmucklosen, schlanken Vase. Der Regen wurde vom Wind diagonal über das breite Fenster getrieben.

Die Beine des Elsässers waren bis zu den Knien eingegipst. Er hatte sich heute noch nicht rasiert. Seine Haare ringelten sich über dem Kragen der gestreiften Schlafanzugjacke zu kleinen Löckchen. Genau wie die buschigen Augenbrauen und die Bartstoppeln wiesen sie erste Spuren von Grau auf. Obwohl Serges Bräune während der Tage im Hospital etwas gelitten hatte, sah er nicht krank aus.

Paul setzte sich auf einen Stuhl neben dem Bett. »Wie geht's?«

»Blendend, *mon vieux*«, antwortete Serge. »Woher wußtest du bloß, daß sie mich hier vergraben haben?«

»Ich hatte einen Unfall auf der E 9. Nur ein paar Kilometer von der Stelle, wo es dich erwischt hat. Die Flics haben mir von dir erzählt.«

»Du, einen Unfall? Was ist mit deinem Laster? Du fährst doch neuerdings auf eigene Rechnung, oder?«

»Totalschaden«, erklärte Paul.

»Da wird sich die Versicherung aber freuen.«

Paul schüttelte den Kopf. »Der Fahrtenschreiber war noch ganz.«

»*Merde!* Hattest du Pillen geschmissen, oder bist du eingeschlafen?«

Paul erzählte ihm alles, von der Ladung, dem Wetter und dem weißen Porsche. Er stellte fest, daß er darüber reden konnte, ohne sich aufzuregen.

»*Maudit,* so ein Schwein!« empörte sich Serge. »Den muß

man suchen und ihm einen Denkzettel verpassen. Kümmern die Flics sich darum?«

Paul schüttelte wieder den Kopf. »Sie haben mir das nicht geglaubt, ein Porsche auf der falschen Fahrbahn, morgens um fünf. Nein, nein, für die ist das eine gelaufene Sache. Wie ist das eigentlich bei dir passiert?«

»Bei mir? Ich habe bloß die Kurve falsch kalkuliert, kann ja passieren. Sonst ist alles in Ordnung.«

»Und die Beine? Der Gips?«

»Die Schienbeine sind angeknackst, das wird wieder.« Serge holte eine Schachtel Gitanes aus der Schublade, bot Paul eine Zigarette an, schob sich selber auch eine in den Mund und zündete beide mit einem grünen Wegwerffeuerzeug an. »Möchtest du was zu trinken? Ich habe Cognac im Schrank.«

»Nein, danke.« Der Rauch überlagerte den Krankenhausgeruch.

Serge beugte sich vor. »Hör mal, kannst du eine Fuhre für mich machen? Du brauchst doch jetzt unter Garantie Geld.« Er grinste schief. »Ich kann ja hier nicht weg. Haben sie dir einen provisorischen Paß gegeben oder hast du deinen eigenen noch?«

Paul klopfte gegen die Brusttasche seines Hemdes. Den Paß trug er immer da, wo er nur verlorenging, wenn ihn auch sein Besitzer nicht mehr brauchte.

Serge blickte Paul an, und Paul betrachtete Serge. Er erinnerte sich, wie der Elsässer einmal über Freundschaft philosophiert hatte. »Freundschaft ist die einfachste Sache der Welt«, hatte er gesagt. »Es klopft an der Tür, und du sagst herein. Da steht jemand und bittet: Hilf mir. Wenn du ihm hilfst, bist du sein Freund.«

»Was ist das für eine Fuhre?« fragte Paul.

»Rat mal!« Serges Gesicht trug einen verschmitzten, geheimnisvollen Ausdruck.

Paul zuckte mit den Schultern. »Käse?«

»Nein«, platzte Serge heraus. »Tulpenzwiebeln. Tulpen aus Amsterdam.«

Paul stimmte in Serges Lachen ein. Der Elsässer griff nach seiner Gitarre und spielte die ersten Akkorde einer verjazzten Version von ›Tulpen aus Amsterdam‹. Der Mann drei Betten weiter stöhnte verzweifelt.

Serge legte die Gitarre weg und sagte: »Zur Zeit fahre ich für Pépé Poujouly in Marseille. Eine miese Ratte, aber er bezahlt für die Lieferung, und wenn man Geld braucht, kann man sich den Job eben nicht immer aussuchen. Das Zeug liegt bei der Spedition Boerhaave, Amersfoordt Laan, ganz hier in der Nähe. Am besten holst du es noch heute ab und fährst früh los. Sonst geben sie es morgen jemand anderem.«

»Was für eine Karre?«

»Volvo. Hast du bestimmt schon gefahren. F 89 mit Kühlaufbau.«

Paul nickte. »Wann kommst du denn hier raus?«

Serge ließ sich Zeit mit der Antwort. Er drückte den Rest seiner Zigarette auf einer Untertasse aus. Der Regen klang wie das Geräusch einer fernen Schreibmaschine. Metallbelag auf dem Fenstersims, dachte Paul. Der Mann im anderen Bett schien wieder eingeschlafen zu sein.

»In einer Woche, vielleicht«, sagte Serge dann. »Oder anderthalb. Und was dann kommt ...« Er zuckte mit den Schultern.

»Wieso? Was kommt dann?«

»Vielleicht höre ich auf zu fahren. Nein, um ehrlich zu sein, ich höre mit größter Wahrscheinlichkeit auf.«

»Ich verstehe«, sagte Paul. Verstand er wirklich? Warum hatte er dann nach dem Unfall nicht dieselben Gedanken gehabt, wenn er wirklich verstand.

»Ich baue ein neues Kartenhaus«, erklärte Serge.

Alles klar, dachte Paul. So hatte Serge von seiner Ehe mit Josie gesprochen. Ein Kartenhaus mit Stützen aus Streichhölzern. Natürlich, wenn einer aufhörte, steckte meistens eine Frau dahinter. Die Frauen vertrugen das nicht, wenn die Männer tage- und nächtelang unterwegs waren.

Er warf einen Blick auf seine Armbanduhr, ein altmodisches Modell zum Aufziehen. Es war kurz vor eins. Serge schaute zum zweiten belegten Bett hinüber. »Schläft er?«

»Sieht so aus.«

»Gut. Hör mal, kannst du mir einen Gefallen tun? Ich habe da in Marseille jemand, der lange nichts von mir gehört hat. Ein Mädchen. Fällt der Groschen?«

»Dingeling.« Paul lächelte. Er konnte einfach nicht anders bei dem stolzen Leuchten in Serges Augen. »Wie heißt sie?«

»Madeleine.« Serge blickte noch einmal mißtrauisch zu seinem schlafenden Zimmergenossen hinüber. »Die Kleine hat bloß einen Haken. Sie ist nicht die treueste. Es muß nicht mal ein Märchenprinz ankommen, damit sie schwach wird. Sie hat auf mich nicht gerade gewartet und wird es wahrscheinlich auch jetzt nicht allzu lange tun. Verstehst du?«

»Muß ziemlich kompliziert sein, wenn du an so einer hängst«, meinte Paul.

»Gar nicht. Sie war die erste seit über zehn Jahren, bei der ich an ein Haus dachte, wenn ich Karten in der Hand hielt. So was versucht man zu halten. Ich gebe dir ein Bild, damit du sie erkennst. Es ist das einzige, das ich habe.«

»Nun spiel nicht verrückt«, wehrte Paul ab. »Ich brauche doch bloß an ihrer Tür zu klingeln.«

»Und wenn sie nicht da ist?« Serge hatte schon begonnen, in der Schublade zu kramen. »Ich will sie dir wenigstens zeigen. Hier.«

Erwartungsvoll reichte er Paul ein kleines Schwarzweißfoto im Format 6 × 9.

Nachdenklich betrachtete der Deutsche das Bild. Grüne Augen, überlegte er, bestimmt sind sie grün, mit den Pupillen einer Katze. Einer müden Katze. Vermutlich rote Haare, die sie einfach mit der Hand kämmt und nie ganz aus der Stirn bekommt. Angedeutete Augenbrauen, aber eine kräftige, gerade Nase. Die Lippen waren sehr schön, sie besaßen genau den richtigen Schwung. Wo sie sich berührten, verlief eine lange, gerade Linie, in deren Mitte sich ein dunkles, winziges Dreieck befand. Madeleines Blick war offen, müde, verletzlich, verstehend. Eine Frau, die an sich selbst mehr leidet als an anderen.

Verflucht, Serge, du hast dir da eine richtige Schönheit herausgefischt, dachte Paul. Was erwartest du denn von der, ausgerechnet du?

Dann sah er wieder auf und gab Serge das Bild zurück. Natürlich wartete so eine nicht auf einen Märchenprinz. Sie wußte ja, daß es keine gibt. »Herzlichen Glückwunsch, wenn es gutgeht.«

»Es muß.« Serge betrachtete das Bild, ehe er es zurücklegte. »Diesmal muß es gutgehen. Ich will ja nur, daß du einmal nach ihr siehst. Ich habe ihr von dir erzählt. Wenn du da bist, wird sie nichts tun, was sie nicht auch täte, wenn ich da wäre. Einverstanden?«

Paul nickte, obwohl er kein gutes Gefühl dabei hatte. was stellte Serge sich eigentlich vor? Daß er jeden verprügelte, mit dem Madeleine sich einlassen wollte? Der Elsässer wußte doch selber, daß man eine Frau auf diese Weise nicht halten konnte; oder hatte es zumindest früher gewußt.

Paul stand auf. »Das nächste Mal will ich dich wieder hinterm Steuer sehen.«

»Aber dann nur hinter dem eines Sportwagens«, antwortete Serge mit einem Lachen.

Der Deutsche holte die Schachtel Peter Stuyvesant aus der Hemdtasche. »Hier, die lasse ich dir da. Ich muß jetzt gehen. *Salut.*«

»*Salut.*« Serge hob die Hand, Innenfläche nach außen. »Und viel Glück. Wenn du länger in Marseille bleibst, sehen wir uns da.« Dann blickte er rasch weg und sah dem Regen zu, der über die Scheibe rann, als Paul das Zimmer verließ.

# 3

Die Spedition Boerhaave in der Amersfoordt Laan lag ungefähr zwei Kilometer von der Pieter van Foreestklinick entfernt, Luftlinie. Auf dem Weg dorthin kaufte Paul sich Kleidung zum Wechseln und einige andere Sachen, die er für die lange Fahrt brauchen würde. Etwa anderthalb Stunden nachdem er Serge verlassen hatte, stand er vor dem Schild mit der Aufschrift ›Boerhaave‹, das über der Einfahrt prangte.

Das Exportbüro lag rechterhand von der Einfahrt gegenüber einer Lagerhalle, vor der ein Daf-Sattelzug stand.

»Sind Sie Serge Mallet?« fragte der Mann im Exportbüro.

»Nein. Mallet liegt im Krankenhaus. Ich fahre an seiner Stelle.«

Der Mann hatte keine Einwände. Er holte einen flachen Stapel Papiere aus einer Schublade und überreichte ihn Paul. »Der Wagen wird gerade an Rampe 3 vom Zoll verplombt. Wägebescheinigung und LKW-Frachtbrief bekommen Sie nach dem Wiegen. Hier sind EWG-Ursprungszeugnis und Zulassung. Gültigen Führerschein und Reisepaß haben Sie?«

Paul nickte und wollte sie vorzeigen, aber der Mann winkte ab.

»Gehen Sie zu Rampe 3, und fahren Sie dann zum Wiegen. Denken Sie daran, sich die Verschlußanerkenntnis geben zu lassen. Und bleiben Sie nicht länger als sechs Stunden pro Tag am Steuer, sonst kriegen Sie Ärger. Es ist ein Kühlwagen, Sie brauchen also nicht zu rasen.«

»Das ist eine alte Geschichte«, sagte Paul. Der Mann war wohl noch nicht lange im Geschäft.

»So alt, daß ihr sie alle schon vergessen habt. Übrigens, noch was: Sie fahren Tulpenzwiebeln für die Compagnie Générale Transatlantique, aber Sie laden bei Poujouly in Marseille ab. Waren Sie schon einmal dort?«

»Nein.«

»Die Spedition liegt im Stadtteil Saint-Mauront. Etwas

schwer zu finden, wie ich gehört habe. Aber Sie schaffen das schon. Gute Fahrt!«

»Danke.«

Paul begab sich zur Rampe 3, die in einer riesigen Halle rechts vom Ausgang des Exportbüros lag. Die Zollbeamten waren gerade fertig geworden.

Langsam ging Paul um den Laster herum. Ein Volvo F 89, 330 PS, zulässiges Gesamtgewicht des Schleppers 22 Tonnen. Anscheinend hatte er bei Serges Unfall nicht allzuviel abbekommen, denn außer einigen Stellen, an denen der braune Lack abgekratzt war, sah man ihm nichts an.

Paul stieg in das Führerhaus, deponierte die Sachen, die er für die Fahrt gekauft hatte, auf dem Beifahrersitz und ließ seine Hand kurz auf dem Schaltknüppel liegen. 2 × 8 Vorwärtsgänge, zwei weitere um zurückzusetzen. Dann stieg er wieder aus und musterte den Kühlaufbau. Aurepan, vermutete er, Kompaktschaumisolierung; dahinter ließen sich −130 Grad Celsius halten.

*Ich bin Paul Grisbi, Laster,* stellte er sich vor. *Wir fahren zusammen nach Marseille. Mit deinem Vorgänger habe ich einen Unfall gebaut, das war ein Ford. Aber du hast ja selber gerade Pech gehabt. Vielleicht machen wir es diesmal besser. Ich werde jedenfalls tun, was ich kann.*

Eine große, dunkle, schweigende Masse, dachte Paul. Unheimlich, wie ein gestrandeter Wal. Urzeitlich. Nur daß man einen Wal nicht durch die Gegend fahren kann. Er antwortet nicht, aber er hat mich gehört. Wenn wir unterwegs sind, werde ich wissen, ob wir Freunde geworden sind.

Er stieg zum zweitenmal ein, rutschte auf dem Hydrauliksitz hin und her, bis er bequem saß, und überprüfte dabei die Sicht in den beiden Rückspiegeln. Dann pumpte er mit dem rechten Fuß Kraftstoff, ehe er den Motor startete. Eine Säule blauen Qualms stieg hinter dem Laster auf. Am Ende der Rampe schwenkte er das Lenkrad nach links, um auf die Waage zu rollen. Schließlich hatte er die letzten Papiere und verließ das Gelände der Spedition. Im Rückspiegel tauchte das Schild mit dem Schriftzug ›Boerhaave‹ auf, ganz in Rot getaucht. Das Wetter hatte sich geändert. Die Strahlen der untergehenden Sonne blitzten auf weggeworfenen Limonadedosen am Rand der Straße.

## 4

In einem Gartenrestaurant am Wasser aß er Wiener Schnitzel mit Pommes Frites. Das Essen war ungefähr so warm wie die Abendluft, und die hatte die gleiche Temperatur wie das Bier. Aber Paul ließ sich seine Laune nicht verderben. Er saß unter einem Kastanienbaum. Girlanden mit buntbemalten Lampen spannten sich über der Terrasse. Die farbige Beleuchtung spiegelte sich in den schwarzen Wellen der Singelgracht. Neben Paul standen vier Gartenstühle, ein Schlagzeug und eine Tuba. Etwas weiter weg, aber noch unter demselben Baum, saß eine Frau in einem schwarzen Cashmerekostüm. Sie hatte nur eine Kleinigkeit gegessen und saß jetzt vor ihrem zweiten Campari. Beim Trinken spreizte sie die Zehen ihres linken Fußes. Ein muskulöser Fuß, der Paul gefiel.

Kurz nachdem er fertig gegessen hatte, öffnete die Frau ihre kleine Lederhandtasche mit dem silbernen Bügel und holte einen Kamm heraus. Sie fuhr sich durch die kurzen schwarzen Haare. Sie hatte ein gespanntes Aussehen, als konzentriere sie sich auf etwas, das vor ihr lag. Wie ein junges Bürschchen vor der Eisbar, dachte Paul. Eine Schauspielerin vielleicht. Als sie bezahlte und ging, blieb er sitzen, denn er war müde und wollte bald schlafen.

Nach vier weiteren Bieren bezahlte er und mußte beim Aufstehen feststellen, daß er betrunken war. Nicht zum Umfallen oder daß ihm schlecht gewesen wäre, aber doch so, daß es keinen Zweifel gab. Draußen blieb er stehen und betrachtete den rötlichen Mond, der über der schmalen Straße hing. Er schwankte leicht. Er hatte seit einer Ewigkeit nicht mehr geschlafen.

Eine Kette von Wagen war entlang der Gracht geparkt.

Leicht gewölbt spannte sich eine Pflastersteindecke zwischen den beiden Bürgersteigen. Am Ende der Seitenstraße flutete der Verkehr auf einem der großen Boulevards in Technicolor und VistaVision vorbei, begleitet von einem 6-Kanal-Stereoton-Hupkonzert. Hier vor dem Restaurant war die Beleuchtung weniger prächtig. Ein Wagen bog von der Hauptstraße ab. Seine Scheinwerfer blendeten Paul einige Sekunden, bis er vorbei war. Die Rücklichter der geparkten Wagen öffneten sich wie rote Katzenaugen und schlossen sich wieder. Paul ging die Straße hinauf, weg vom Boulevard. Es war die Richtung, in der seine Pension lag.

An einem Wagen standen die junge Frau in dem schwarzen Cashmerekostüm und drei junge Männer. Die Frau schien Angst zu haben. Paul ging nicht besonders leise, aber auch nicht übermäßig laut. Die dunkle Stimme der Frau, leicht aufgerauht vor Furcht, und die breiten, leicht ironischen Worte der Jungen hingen über der Gracht. Die Gruppe sah aus, als wäre sie von einem Fotografen für eine farbige Reportage über das Nachtleben von Amsterdam arrangiert worden. *Die scharlachrote Frau und ihre Freier.*

Paul überquerte die Straße und ging nun an den geparkten Wagen entlang. Er spürte die Wirkung des Biers kaum noch. Er fühlte sich lediglich angenehm müde und ruhig.

Die junge Frau neigte ihren Kopf zur Seite. Einer der Burschen, die trotz der Wärme Lederjacken trugen, hatte seine Hand zur Faust geballt und gegen ihr Ohr gelegt, als wollte er sie das Rauschen des Meers hören lassen.

Paul trat auf die Gruppe zu. *»Politie!«* sagte er barsch.

Die Gesichter der Jungen, die alle noch im schulpflichtigen Alter zu sein schienen, wandten sich ihm sehr langsam zu. Einer von ihnen trug einen Motorradhelm. Es war derselbe, der seine Faust an das Ohr der jungen Frau gelegt hatte und es jetzt zu verdrehen begann. Ein Laut, mehr Überraschung als Schmerz, entfuhr den Lippen der Frau.

»Haut ab!« sagte Paul und warf das neue Jackett, das er sich heute gekauft und bis eben unter dem Arm getragen hatte, auf den Gepäckraum des Wagens.

Die Haltung der Jungen war straffer geworden. Einer öffnete den Mund. Kräftige Zähne wurden sichtbar. Auf der anderen Seite der Gracht war ein Fenster geöffnet worden. Der Lichtschein reichte bis auf diese Seite des Wassers.

Punks, dachte Paul, bis hinter die Kiemen voll Stoff. Der Eindruck verstärkte sich, als er die absolute Ruhe bemerkte, mit der der Anführer zu Boden sah und dann die Augen wieder hochschlug, um ihm ins Gesicht zu blicken. Die Lider waren verfärbt, fast violett, wie kleine Ostereier.

Der Anführer ließ seinen Helm fallen. Das Scheppern lenkte Paul einen Herzschlag lang ab. Dann sah er die Faust auf sich zufliegen. Er duckte sich und schlug sofort zurück.

Der Junge stürzte und schien über das Pflaster zu schliddern. Der Schlag hatte etwas in Paul freigesetzt. Er fühlte sich wohl, erwartete den nächsten Angreifer, aber der kam nicht mehr. Die Jungen nahmen ihm den Bullen zwar nicht ab, aber vielleicht hatte er ja einmal als Preisringer Trophäen eingeheimst. Der, den er zu Boden geschickt hatte, lief schon, bevor er wieder ganz auf den Beinen war, und die anderen folgten ihm. Ihre Schritte, rasch wie die von fliehenden Tieren, verhallten in der Dunkelheit.

Paul ließ die Arme sinken. »So, Mademoiselle!« Er griff nach seiner Jacke und hängte sie am gekrümmten Mittelfinger über die Schulter.

Das Lächeln der jungen Frau zeigte eine Mischung aus Dankbarkeit und verhüllter Abneigung.

»Ich bin ordnungsgemäß registriert«, sagte sie rasch.

»Ich bin nicht von der Polizei.«

Sie trat ganz nah an ihn heran, stellte sich auf die Zehenspitzen und gab ihm einen Kuß auf die Wange. Luxuriös, dachte Paul vage und lächelte.

»Jetzt sehe ich es«, sagte die Frau. »An deinen Augen.«

Sie gingen ein paar Schritte nebeneinander, erst ohne ein bestimmtes Ziel, aber je länger sie gingen, desto selbstverständlicher wurde das Ziel.

Sie führte ihn ein Treppenhaus hinauf, in dem es wie in einer Tierhandlung stank. Endlich ein Geruch! Nachtleben, das verband sich für Paul mit Gerüchen nach Bier, kaltem Zigarettenrauch, erbrochenem Essen, billigem Parfum, Schweiß, Fäulnis – komisch, denn meistens roch es doch nie so.

Die Einrichtung ihres Zimmers bestand im wesentlichen aus einem großen Bett, einer Kommode, einem Schrank, einem Spiegel, einer Waschgelegenheit, einer rotverhängten Deckenlampe und einer teuren Stereoanlage.

»Ich heiße Marieken.«

Pauls Name schien sie zu enttäuschen; sie mußte wohl gedacht haben, er hieße Maciste oder ähnlich, so wie er sich für sie geschlagen hatte, wie ein Gladiator in den Römerfilmen, die sie früher immer im Kino gesehen hatte.

Sie begann eine Reihe senkrecht stehender Platten durchzublättern.

»Möchtest du was hören, Pink Floyd oder die Stones? Roxy Music?«

»Nein.«

»Magst du keine Musik?«

»Doch«, sagte Paul. »Glenn Miller hat mir immer gut gefallen.« Er hatte ein paar Scheine herausgezogen, um im voraus zu bezahlen, aber Marieken wollte von ihm kein Geld. Nackt und verwundbar lag sie mit gespreizten Beinen auf dem Bett. Ihre Haut schimmerte rötlich, an einigen Stellen traten die Knochen hervor. Paul fand nicht, daß der Name Marieken zu ihr paßte, zumindest nicht zu ihrem Aussehen. Er schaltete das Licht aus, weil das Fenster keine Vorhänge hatte. Gedämpft fiel das Licht der Straße herein, und Marieken war ein dunkler Schatten auf dem gestreiften Laken, und Paul vergaß ihren Namen.

»Stell deinen Fuß zwischen meine Beine«, verlangte sie. Paul gehorchte, und sie stöhnte.

Er war jetzt zum Umfallen müde. Der Unfall, Serge, viele schlaflose Stunden drückten ihn auf Marieken nieder, und er stampfte wie ein Stier, um sie für die Nacht von sich abzuschütteln.

# 5

Abfahrt.

Marieken war rührend gewesen. Sie war mit Paul aufgestanden, hatte ihm Kaffee gekocht und dann noch ein dikkes Paket mit belegten Broten zurechtgemacht, das jetzt neben ihm auf dem Beifahrersitz lag.

Es war schon so hell, daß er die Scheinwerfer nicht mehr brauchte, aber noch ziemlich kalt, und er freute sich, als der Dieselviertakter warme Luft in die Kabine zu pumpen begann. In der Nacht hatten sich vor und hinter den Laster andere Wagen gestellt. Auf der gegenüberliegenden Seite blinkte eine Kompanie nagelneuer Parkuhren. Der Himmel war stahlblau.

Paul folgte den Wegweisern nach Antwerpen, denn er wollte auf die E 10 nach Brüssel und von da aus dann bei Laon auf die E 2 und über Reims, Dijon, Lyon, Valence, Orange auf der A 7 nach Marseille.

Zufrieden lenkte er den Volvo durch die leeren Straßen und genoß den Geruch nach warmem Kunststoff, kalter Asche und Dieselöl, der die verdreckte Kabine erfüllte. Wie immer, wenn er einen fremden Laster fuhr, überschlug er im Kopf die Kosten des Modells: Kaufpreis ungefähr 124000 Mark, aufgerundet, dazu noch knapp 7000 für die Bereifung. Betriebskapital 77000 Mark. Kfz-Steuer 6300; Haftpflichtversicherung 2500 und ein weiterer Tausender für die Vollkaskoversicherung, die Mehrprämien beim Gewerblichen Güterverkehr nicht miteingerechnet. Alles in allem kein großer Unterschied zu dem Ford, den er selber besessen hatte.

Die Betonschleifen des Verkehrskreuzes über den Grünanlagen des Haarlemmermeer Polder schimmerten knochenbleich im Licht der aufgehenden Sonne. Linkerhand brach in den Fensterscheiben eines Bürohochhauses ein gleißendes Reflexfeuerwerk aus.

Paul warf einen Blick auf den Kilometerzähler. 297000, also waren noch rund 360000 im Motor, wenn der Volvo gut gefahren worden war. Wahrscheinlich hatte er die dritte Bereifung, denn im allgemeinen wurde alle 125 000 Kilometer gewechselt. Der Tank war bis obenhin voll – damit kam er bei 36 Litern auf 100 Kilometer ein ganzes Stück, ehe er wieder anhalten mußte. Alles war bestens, sogar die Federung des Fahrersitzes.

Paul schob sich eine Zigarette in den Mund. Jetzt brauchte er bloß noch zu fahren und am Ende der Strecke dann zu kassieren. Er schaltete das mit Leukoplast an der Sonnenblende befestigte Transistorradio an. Einen Moment dachte er noch an Marieken, dann dachte er an gar nichts mehr, sondern konzentrierte sich nur noch aufs Fahren und die Verkehrsmeldungen im Radio.

Die Schlechtwetterfront der Vortage war nach Skandinavien weitergezogen und die Fahrbahn so weit er sehen konnte in strahlenden Sonnenschein getaucht. Er schaltete die Heizung aus und warf einen Blick in den Außenspiegel. Vor ihm schleppte sich ein Möbelwagen mit höchstens fünfundsiebzig dahin. Die Überholspur war frei. Erst ganz hinten tauchte ein PKW auf.

Schalten, Gas. Paul schwenkte das Steuerrad herum, scherte auf die Überholspur aus, schaltete wieder und trat den Gashebel weiter herunter. Das Lenkrad vibrierte in seinen Händen. Langsam fiel der Möbelwagen rechts zurück.

Ein weiterer Blick in den Außenspiegel. Der PKW, ein Citroen SM, war herangekommen und saß ihm fast auf der Stoßstange, aber Paul ließ sich von den Lichthupensignalen nicht aus der Ruhe bringen. Er brauchte seine Zeit, um zu überholen, dann zog er den Volvo wieder auf die rechte Fahrspur. Der Citroen raste an ihm vorbei, mußte aber wenige Meter weiter schon wieder bremsen, weil ein Volkswagen nicht schnell genug ausgewichen war. Paul schaltete. Der Möbelzug hinter ihm hing noch eine Weile im Außenspiegel und verschwand dann ganz.

Bei Mons wechselte Paul auf die Route Nationale nach Reims, und wenig später war er an der belgisch-französischen Grenze. Die Abfertigung lief genauso reibungslos wie am Morgen beim Zoll zwischen Holland und Belgien. Die Beamten warfen nur einen kurzen Blick auf den LKW-Frachtbrief und die Zollschnur, ehe sie den Volvo passieren ließen. Paul mußte an die Picon-Reklame denken, die früher immer im Fernsehen zu sehen gewesen war. Genauso sollten französische Uniformierte sein, rotbackig und freundlich.

Gegen Mittag war er schon einige Zeit auf der E 2 und machte bei St. Dizier an einem Relais Routier Halt. Er bestellte ein Steak au poivre und trank dazu einen leichten Vin du pays, anschließend einen Mirabelle und eine Tasse starken Kaffee. Nachdem er getankt hatte, legte er sich im Fahrerhaus des Volvo hin und schlief eine knappe Stunde. Er träumte von einem Mädchen namens Lissie, die mit vollem Namen Elisabeth Vellmann hieß und an die er schon seit Jahren nicht mehr gedacht hatte.

Er erwachte vom Summen des Generators über dem Dach der Fahrerkabine, der die Temperatur im Kühlaufbau niedrig hielt. Lissie Vellmann, dachte er. Sie wohnte bestimmt schon seit Jahren nicht mehr in Berlin. Hübsch hatte sie in ihrer Uniform ausgesehen, der der Flakhelferinnen. Das war sie wohl auch nicht mehr.

Paul zog sich noch einen Kaffee im Automaten, ehe er sich wieder hinter das Steuer klemmte. Noch ungefähr 190 Kilometer bis Dijon, dann hatte er schon über die Hälfte der Strecke geschafft. Die Marne, die die ganze Zeit rechts von der Fahrbahn gewesen war, floß jetzt auf der linken Seite weiter. An der Ausfahrt der Raststätte schob sich mit frechem Preßlufthupton ein Peugeot-Sportwagen neben den Volvo, der darauf wartete, sich in den fließenden Verkehr einzufädeln. Paul beobachtete den Fahrer, einen jungen Mann mit Schiebermütze und Sonnenbrille, im Außenspiegel. Im richtigen Moment jagte er den Motor hoch. Der Peugeot verschwand in einer grauen Abgaswolke.

Den Rest der Strecke nach Dijon legte der Volvo in einer langen Schlange anderer Fernlaster zurück. Der Himmel bewölkte sich. Schatten glitten über die Autobahn. Auf der

Höhe von Langres gerieten die Laster in ein Gewitter. Der Himmel war dunkler geworden, die Wolken am Horizont verdichteten sich zu einem grauen Brodeln. Die letzten Sonnenstrahlen betasteten die Landschaft wie fahle Finger. Dann zuckten Blitze und tauchten die langen Autoschlangen in grelles Hellblau. Die Scheinwerfer der entgegenkommenden Fahrzeuge zersprangen auf der Windschutzscheibe. Das Motorgeräusch wurde dunkler und voller. Regen trommelte auf das Dach der Kabine, und die Scheibenwischer spielten Hasch-mich mit dem in Bächen herabstürzenden Wasser.

Kurz vor Dijon hörte es auf zu regnen, und die Wolkendecke teilte sich wieder. Die Sonne stand jetzt schon tief. Ein Flugzeug zog einsam über den Himmel. Sein Kondensstreifen leuchtete golden wie ein Kometenschweif.

## 6

An einem Relais Routier in der Nähe von Dijon stellte Paul den Volvo ab, aß zu Abend und machte sich Sorgen über seine Zukunft. Was war dieser Poujouly für ein Mann? Eigentlich mußte er in Ordnung sein, wenn Serge für ihn fuhr. Andererseits hatte der Elsässer ihn als miese Ratte bezeichnet. Vielleicht fuhr Serge inzwischen für jeden, der ihm ein paar Sous bot. Immerhin hatten sie sich einige Zeit nicht mehr gesehen. Wie auch immer, in Marseille würde Paul Klarheit erhalten.

Er erwachte zwei Minuten nach Mitternacht und wußte, daß etwas nicht stimmte. Er rieb sich die Augen, strich sein Haar glatt und lauschte. Obwohl die Luft kühl war, schwitzte er. Sein Herz klopfte. Irgend etwas beunruhigte ihn, aber was? Gelegentlich fuhr auf der Autobahn ein Wagen vorbei. Sonst war alles still. Genau, das war's. Als er nach dem Mittagsschlaf in St. Dizier erwacht war, da hatte – da hatte der Generator gesummt. Und jetzt summte er nicht mehr. Kein Geräusch. Mit einem Satz war Paul aus dem

Fahrerhaus und starrte zu dem milchweißen Kasten empor, der an der Front des Kühlaufbaus hing.

Stumm.

Sag was, dachte Paul, *fang an zu summen.* Aber der Generator blieb stumm. Paul kletterte auf die Sitzbank im Führerhaus und zog sich am Verdeck hoch, bis er mit dem Nabel die obere Kante des Türrahmens berührte. Dann hielt er sich mit einer Hand fest, während er mit der anderen gegen den Generator hämmerte. Er verlor das Gleichgewicht und konnte sich im Fallen noch so drehen, daß er auf den Füßen landete. »Mist!« Der Generator tat keinen Mucks.

Wenn irgendein Aggregat ausgefallen war, dann bedeutete das, daß die Luft im Kühlaufbau sich bei der Hitze der bevorstehenden Fahrt unaufhörlich erwärmen würde. Es bedeutete, daß er mit Tulpen ankam, statt mit Tulpenzwiebeln. Und das wiederum bedeutete, daß Poujouly ihm den Krieg erklären würde, noch ehe er den Mund aufmachen konnte, um einen Vorschuß zu erbitten.

Gottverdammte Scheiße, dachte Paul, warum immer ich? Warum konnte das dämliche Ding nicht vom Fahrzeugmotor aus betrieben werden wie tausend andere auch?

Es war zum Heulen. Nur daß Heulen in einer solchen Situation nichts half. Paul stieg wieder in das Führerhaus und ließ den Motor an.

Um diese Zeit wurde die A 7 fast nur von Lastwagen befahren. Immer wieder war das Umschalten der auf Hochtouren laufenden Motoren zu hören. Paul drehte das Fenster herunter, zündete sich eine Zigarette an und rollte auf die Autobahn. Gelbe Scheinwerfer und rote Rückstrahler glitten aneinander vorbei. Die Windschutzscheibe reflektierte die Glut der Zigarette. Die auch um diese Zeit noch hellerleuchtete Stadt blieb zurück. Die Fahrbahn schwang sanft in eine Kurve hinein. Die Scheinwerfer holten den hellen Beton aus der Dunkelheit heran. Auf der Gegenfahrbahn tröpfelte der Verkehr aus Lyon und Nîmes dahin.

Als es hell wurde, hatte Paul Chalon erreicht. In einem Bartabac, das schon geöffnet hatte, schlang er hastig sein

Frühstück herunter. Inmitten anderer Fernfahrer, die sich angeregt unterhielten, rauchte er eine Gauloise aus einem Päckchen, das er gerade gekauft hatte. Hinter der Theke hingen Miniaturausgaben der Nationalflagge neben Fotos von Eddie Mercks und dem Luxusliner ›France‹. Die ersten Sonnenstrahlen legten sich auf die Insel in der Saône. Aus einem Nachtcafè nebenan drang das einsame Klingeln eines Flipperautomaten, und eine Frauenstimme in der Musikbox bat Argentinien, nicht um sie zu weinen.

Am frühen Nachmittag hatte Paul Valence erreicht, die kleine Stadt an der Rhône mit ihren großen Platanen. Das war schon der Süden hier, die Sonne brannte herab, das Land wurde ocker im Schatten und gelb auf den bloßliegenden Felsen. Paul hielt, um zu tanken und ein Automatenessen zu sich zu nehmen, denn er war zu unruhig für eine ausgiebige Mahlzeit. Er wollte endlich diesem Pépé Poujouly gegenübertreten und die Gewißheit haben, daß er auch diese Fuhre versaut hatte und endgültig in einer Pechsträhne gelandet war.

Der Verkehr hatte zugenommen. Ein Laster hinter dem anderen schob sich über die Autobahn. Montélimar, Orange, Avignon. Die Beflaggung für den Nationalfeiertag hing bereits überall, obwohl bis zum 14. Juli noch zwei Tage waren. Die Sonne schien sich allein auf den Volvo zu konzentrieren. Fast konnte Paul die Hitze im Kühlaufbau spüren, denn auch die Klimaanlage des Fahrerhauses funktionierte nicht richtig. Die Zinnen des Papstpalastes von Avignon, deren Konturen hinter der flirrenden Luft zerflossen, reckten sich in den keramikblauen Himmel.

Das Gesicht des Tankwarts an der letzten Tankstelle tauchte wieder vor Paul auf. Ein Kühlaggregat? Für einen Peugeot? Ah, für einen Volvo. *Ah, non, monsieur,* wir können nicht alles führen.

Wenn der Krieg nicht gekommen wäre, hätte er Elektrotechnik studieren können, wie er es vorgehabt hatte; immerhin bestanden für diesen Zweig damals gute Berufsaussichten. Und er hätte jetzt nicht hilflos vor einem defekten

Generator gestanden, wenn sich natürlich auch ein Fachmann einen Ersatz für ein ausgefallenes Aggregat nicht aus den Rippen schneiden konnte. Aber ohne den Krieg hätte er Serge nie kennengelernt und wäre demnach auch jetzt nicht in dieser Situation gewesen. Er begann mit der rechten Hand in einem kleinen Stapel Landkarten herumzusuchen. In zwei Stunden würde er in Marseille sein, und er hatte noch keine Ahnung, wie er nach Saint-Mouront kommen sollte, wo die Spedition Poujouly lag. Vielleicht hatte Serge einen Stadtplan. Ohne den Verkehr aus den Augen zu lassen, entfaltete Paul eine der Karten auf dem Beifahrersitz, kapitulierte aber nach einem kurzen Blick auf das Straßenlabyrinth von Marseille. Er grinste. Neben eine Straße nahe dem Ende der Autobahn hatte Serge mit Rostift einen Busen gemalt; sein Zeichen für ein Bordell.

Blieb nur noch die Fernfahrerzentrale in Saint-Lazare. Vielleicht würde man ihm dort weiterhelfen.

Die Autobahn führte jetzt an einer Schlafstadt vorbei. Die Fenster gerade ausgerichteter Hochhausblöcke funkelten in der Nachmittagssonne. Die Straßen waren mit leeren, im Fischgrätenmuster angelegten Parkstreifen gesäumt. Nur um den Supermarkt herum herrschte etwas Leben.

Rechterhand leuchtete das Mittelmeer; fast ohne Übergang schien es mit dem Himmel zu verschmelzen, im selben blendenden Gleißen.

Die Fernfahrerzentrale lag in einem Gewirr enger Einbahnstraßen und Sackgassen, das Paul die letzten Tropfen aus dem Reservetank kostete. Eine Ansammlung schwerer Laster und Sattelschlepper aus ganz Europa briet hinter Dieselzapfsäulen in der Sonne und dünstete Ölgeruch aus. Na also, der Rest mußte jetzt ein Kinderspiel sein.

In der Gaststätte traf Paul einen anderen deutschen Fahrer, Frank Meyer aus Düsseldorf, der ihm den Weg erklärte. »Rue Felix-Leclerc in Saint-Mauront? Ganz einfach, immer der Nase nach, dahin wo's am meisten stinkt. In Saint-Mauront wohnen nur Italiener und die Kinder von Italienern, lauter Hafenarbeiter.«

Paul tankte ein paar Liter und hatte das Gefühl, in Frank Meyer einen Freund zurückzulassen, obwohl er ihn wahrscheinlich nie wiedersehen würde. Das Gefühl verstärkte sich, als er in die Rue Felix-Leclerc einbog und das von Rostnarben gezeichnete Schild der Spedition Poujouly entdeckte. Plötzlich fragte er sich, wie tief Serge wohl gesunken sein mochte, daß er für einen solchen Laden fuhr.

## 7

Das Bild an der Wand hinter dem Schreibtisch zeigte eine Gruppe junger Männer und Frauen im Sonntagsstaat, etwas altmodisch vielleicht, beim Picknick am Ufer eines Flusses. Ein Mädchen hatte gerade sein Glas gehoben, um zu trinken, ein anderes küßte seinen Hund auf die Schnauze, ein junger Mann legte seine Hand auf die Hüfte eines dritten Mädchens. Es war ein glückliches Bild voller Lebensfreude, und es paßte ganz und gar nicht in das schäbige Büro des Spediteurs Pépé Poujouly. Es sei denn, Poujouly hätte damit zum Ausdruck bringen wollen, wie er sich das Arbeitsklima in seiner Firma vorstellte, was nicht im Traum seine Absicht gewesen war.

Im Augenblick saß er Paul inmitten abgesessener Stühle, wasserfleckiger, staubbedeckter Kartons und vollgestopfter Schubladen, die übereinandergestellt wohl einen Aktenschrank ersetzen sollten, gegenüber und brachte etwas ganz anderes zum Ausdruck, nämlich, daß er für die Fahrt von Amsterdam nach Marseille keinen Sou herausrücken würde.

»Nehmen Sie sich einen Advokaten, einen Anwalt, wenn Sie einen finden, der einen *boche* gegen einen angesehenen Bürger dieser Stadt und Frankreichs vertritt! Ohne das – nichts, verstehen Sie? Es ist mir egal, was Sie mit Mallet ausgemacht haben, es gilt hier nicht. Mallet ist ohnehin ein miserabler Fahrer, und Sie scheinen nicht besser zu sein. Natürlich, wenn das mit dem Generator nicht passiert wäre, klar, dann hätten Sie Ihre Spesen und eine Prämie bekommen, aber unter diesen Umständen« – Poujouly breitete die Arme aus, zog die Schultern hoch und lehnte sich zurück – »können Sie froh sein, wenn ich Sie nicht für den Schaden haftbar mache, den ich erlitten habe. Sie jedenfalls bekommen keinen Sou, nicht einen einzigen. Und auch mit Hilfe eines Advokaten ist für Sie da nichts mehr drin. Schön, Sie haben eine gute Zeit gefahren, aber was nützt mir das? Haben Sie schon einmal in den Kühlraum geschaut? Glauben Sie, das kann ich irgend jemand abholen lassen?«

Paul saß breitbeinig vor Poujoulys Schreibtisch, die Hände auf die Schenkel gestemmt, und spürte, wie ihm der Schweiß den Rücken hinunterrann. Natürlich würde ihm ein Anwalt nichts nützen, er hatte ja auch gar kein Geld, um sich einen nehmen zu können.

»Ich dachte«, begann er und suchte sein Französisch sorgfältig zusammen, um den Eindruck eines Mannes zu machen, den man nicht wie irgendeinen x-beliebigen Ausländer behandeln konnte, »daß Sie vielleicht, weil ich Ihnen den Laster zurückgebracht . . .«

Aber auf Poujouly machte niemand mehr Eindruck, jedenfalls nicht mit Sprachkenntnissen. Das steife Bein von sich gespreizt, musterte er Paul ohne jede Rührung. Er hatte dunkelbraune Augen, die nicht gerade auf den Charakter eines Samariters schließen ließen, eine große, scharfrückige Nase und einen kleinen, von Falten eingeklammerten Mund. Die Lippen wurden von einem wahren Sonnendach von einem Schnurrbart überschattet. Alles in allem sah er eher wie der Mörder auf einem türkischen Schundroman als wie ein französischer Unternehmer aus, vorausgesetzt, der Zeichner hätte auf allzu schreiende Farben verzichtet.

»Dabei bin ich noch sehr korrekt«, fuhr Poujouly fort. »Nicht jeder würde Sie so einfach gehenlassen. Sie können fragen, wen Sie wollen. Fragen Sie meinen besten Fahrer, fragen Sie Giovanni. Er wird Ihnen bestätigen, daß ich fair bin, sehr fair. Leider ist Giovanni heute nicht hier.«

Paul fuhr sich mit der Zungenspitze über die trockenen

Lippen. Kein Zweifel, Poujouly hatte alle Trümpfe in der Hand, und er, Paul, saß auf der Straße, ohne einen Pfennig in der Tasche. Das kam davon, wenn man für Leute fuhr, die man nicht persönlich kannte. Wenn Serge jetzt hiergewesen wäre, hätte sich vielleicht etwas machen lassen; Serge hätte ihm zeigen können, wo man bei dem Spediteur das Austernmesser ansetzen mußte. Aber so, allein ...

»Wo kann ich diesen Giovanni finden?« fragte Paul.

Poujouly zuckte mit den Schultern. »Er hat morgen früh einen Transport, er und ein paar andere. Mallet sollte ursprünglich auch mit. Aber wo Sie ihn heute finden, keine Ahnung. Vielleicht fragen Sie draußen einen der Männer.«

Paul wischte sich den Schweiß von der Stirn. Dann drehte er sich wortlos um und verließ das Büro, ohne sich zu verabschieden. Er holte seine Sachen aus der Führerkabine des Volvo. Auf dem Boden lagen die Butterbrote, die Marieken ihm geschmiert hatte. Die letzten Strahlen der untergehenden Sonne verliehen den zerdrückten Zigarettenschachteln und verklebten Plastikbechern vor den Sitzen lange, kantige Schatten. Der Motor des Lasters kühlte sich ab. Paul griff in die Jackentasche und stellte fest, daß er noch einen Hundertmarkschein besaß. Irgendwie fand er das irritierender, als wenn er gänzlich blank gewesen wäre.

Ein paar Algerier in blauen Overalls hatten begonnen, die verdorbenen Tulpenzwiebeln auszuladen. Paul hielt einen von ihnen am Ärmel fest. »Wo findet man Giovanni um diese Zeit?«

»Auguste? Versuch's im ›Corbeau noir‹. Da ist er fast jeden Abend.«

»Wo ist das?« fragte Paul und hielt dem Packer eine halbvolle Zigarettenschachtel hin. Der Algerier nickte dankend und holte ein Zündholzbriefchen aus der Brusttasche seines Overalls.

»Bei dem großen Platz am Alten Hafen. Du gehst die Canebière hinunter bis zum Ende. Man kann es überhaupt nicht verfehlen.«

Paul dankte, zündete sich selbst eine Gauloise an und

schlenderte vom Hof der Spedition. Gegen das schäbige Areal der Transportfirma wirkte die Rue Felix-Leclerc wie die Champs Elysées. Sollte mich nicht wundern, wenn Freund Pépé das Geld nicht einmal hat, das er mir schuldet, dachte Paul, man braucht sich doch bloß anzuschauen, in was für einem Zustand sein Laden ist.

»Zerbrich dir nicht den Kopf darüber«, murmelte er vor sich hin. »Du hast jetzt andere Probleme.«

Am Ende der Straße lag ein Hotel, in dessen Eingang ein Stuhl stand, damit die Tür nicht zufiel. Auf dem Stuhl lag ein Schild mit der Aufschrift ›Zimmer frei‹. Das Hotel war so klein, daß es nicht einmal eine Rezeption hatte. Eine junge Frau führte den Deutschen zu seinem Zimmer und drückte ihm dort einen Schlüssel in die Hand, an dem eine Art Sheriffstern aus Plastik baumelte. Das Zimmer kostete 30 Franc. Von dem durchgelegenen Bett aus konnte Paul den kobaltblauen Himmel sehen. Tieffliegende Mauersegler kreuzten vor dem Fenster. Der Mond reflektierte das Licht der untergehenden Sonne, und über der Stadtmitte färbte sich der Dunst langsam neonrosa.

Paul verschränkte die Arme unter dem Hinterkopf, starrte die Decke an und sagte: »Scheiße.« Dann fiel ihm Madeleine ein. Er hatte Serge versprochen, nach seiner Freundin zu sehen. Bloß, was sollte er ihr sagen, wenn er sie gefunden hatte? Daß sie nicht mit den Murmeln anderer Kinder spielen durfte? Daß Serge furchtbar ungemütlich werden konnte, wenn man sich gegen ihn stellte?

Paul erinnerte sich daran, wie er einmal mit Serge und einem seiner *copains,* einem Aufseher im Militärgefängnis von Toulon, beim Pferderennen gewesen war. Serge hatte auf einen Schimmel – Seagull – gesetzt, während Paul und der Typ aus Toulon sich für eine schwarze Stute entschieden, Chimène. Die Stute gewann. Die Quote war ungewöhnlich niedrig, trotzdem machte Serge Paul eine Riesenszene, weil er nicht wie er auf den Schimmel gesetzt hatte, sondern sich mit einem Gefängniswärter zusammengetan hatte. Er war eben unloyal gewesen. Wenn Serge verlor, wollte er, daß sein Freund aus Loyalität ebenfalls verlor. Für jemand, den er mochte, drückte der Elsässer sich ein Auge aus. Hatte er aber erst einmal das Gefühl, der andere könnte ihn aufs Kreuz legen wollen, war er hinter dessen Auge her, und meistens kriegte er es auch. Paul dachte, daß er Madeleine vielleicht mit dieser Tatsache vertraut machen sollte, falls sie sie nicht schon kannte.

Im Haus gegenüber begannen plötzlich ein Mann und eine Frau auf italienisch zu streiten. Paul stand auf und schloß das Fenster. Das Paar saß in Unterhemd und Unterrock beim Essen. Der Mann hatte ein Glas mit Rotwein umgestoßen. Eine Stewartjacke war nachlässig über die Lehne seines Stuhls gehängt.

Paul schob den Hundertmarkschein in die Hosentasche und hängte seine eigene Jacke auf den einzigen Bügel in dem Pinienholzschrank. Dann verließ er das Hotel, um zum Alten Hafen zu gehen.

Es war kurz nach acht. Die Hitze hatte nicht nachgelassen. Aus einem Fenster drang der Geruch nach frittierten Sardellen. Verkehrslärm brach sich in den schmalen Gassen, die von den überall aufflammenden Lichtern mit hellen Karameltupfern versehen wurden.

Nach einer halben Stunde hatte der Deutsche sich völlig verirrt. Um einen der Trolleybusse zur Canebière nehmen zu können, mußte er in einem Café sein Geld wechseln. Er trank einen Espresso, und der dünne Patron ließ keinen Zweifel daran, was er von den *boches* hielt, die meinten, daß man überall auf ihr Geld scharf sei. Schließlich wechselte er den Schein aber doch zu einem halsabschneiderischen Kurs.

Die halbe Stadt schien an diesem warmen Sommerabend auf den Beinen zu sein. An der Canebière stieg Paul aus dem Bus und ließ sich mit anderen Spaziergängern auf dem Trottoir an den voll besetzten Caféterrassen vorbeitreiben. Der Geruch nach Tang und Salz, der vom Meer heraufgeweht wurde, vermischte sich mit den Abgasen der Autos, die sich Stoßstange an Stoßstange den Boulevard entlangschoben. Schade, daß Serge jetzt nicht hier ist, dachte Paul. Wir könnten uns zwei Puppen aufreißen, in den Hafenkneipen einen draufmachen und hinterher ... Aber Serge war nicht da, er lag in einem Krankenhaus in Amsterdam, und er brauchte auch keine Puppe, weil er ja Madeleine hatte, die nicht zu den treuesten gehörte und nur darauf wartete, daß ein *boche* an ihrer Tür klingelte und sich als Aufpasser betätigte.

Über dem Meer lag noch ein Streifen Helligkeit, als hätte das Wasser das Tageslicht gespeichert wie Phosphor. Es roch nach abgestandenem Wasser und Holzkohlenfeuern. An den Häuserwänden stapelten sich leere Kisten. Gassen, die kaum breiter waren als ein Türrahmen, führten zum Hafenbecken. Ein staubiger amerikanischer Luxuswagen versuchte zu wenden, aber ein parkender Citroen stand ihm im Weg. Die nachdrängenden Autos begannen zu hupen. Bunte Neonsilben schrien die dunkle Brandung an, die sich an dem schwarzen Becken brach.

Das ›Corbeau noir‹ lag am Ende des großen Platzes. Paul blieb stehen und zündete sich eine Zigarette an. Auguste Giovanni, tu mir einen Gefallen und sei da, dachte er. Dann setzte er sich wieder in Bewegung.

## 8

Serge hatte die Lampe über dem Bett ausgeschaltet und blickte zu dem offenen Fenster hinüber. Grau, alles war grau. Graue Wände, graue Bettstangen, graue Bettwäsche. Die Nacht vor dem Fenster war schwarz. Oder auch grau? Die Glut der Zigarette in seiner Hand war jedenfalls rot, der Rauch dagegen wieder grau.

Der Schlafanzug klebte an seinem Körper. Am liebsten hätte er ihn ausgezogen, aber angeblich gehörte sich so was in Krankenhäusern nicht. Im Augenblick lag er allein in seinem Zimmer, doch das würde wohl leider nicht so bleiben. Heute nachmittag hatte der Bourgois aus dem anderen Bett, der weder Gitarrenmusik noch Zigarettenrauch mochte, seine Sachen gepackt und das Weite gesucht, ohne Serge gute Besserung zu wünschen. Wahrscheinlich hockte er jetzt schon wieder neben seiner Alten auf der geblümten Couch und hörte Militärmusik im Radio. Alleinsein hatte seine Vor- und Nachteile. Man konnte ungestört nachdenken, und niemand ging einem mit seinem Schnarchen auf die Nerven, wenn man schlafen wollte. Andererseits lenkte einen aber auch niemand von seinen Schmerzen ab.

Manchmal hatte Serge das Gefühl, als sei da irgendwo unter dem Gipsverband ein Nerv eingeklemmt, der in Abständen kleine glühende Nadeln sein Bein hinaufschießen ließ. Aber selbst die Schmerzen waren besser als das ständige Jucken unter dem Gips.

Die Fingerkuppen des Elsässers reflektierten die Glut der abgerauchten Zigarette. Er drückte den Stummel in dem Unterteller aus, den er als Aschenbecher requiriert hatte. Jetzt war um ihn herum nur noch schwarz oder grau. Er hätte gern einen Fernseher gehabt, etwas Ablenkung, Nachrichten, Politik, Werbung. Wenn er wenigstens müde gewesen wäre, aber nicht doch, im Krankenhaus, wo man endlich mal Zeit zum Schlafen hatte, blieb man ewig munter. Er dachte daran, Madeleine zu schreiben. Bloß waren Briefe nicht gerade seine Stärke; außer Paul hatte er selten jemandem geschrieben.

Wenn er wenigstens gewußt hätte, wann er hier herauskam – ein Telegramm mit einem Datum und ein paar lieben Worten hätte Madeleine das Warten bestimmt erleichtert. Sie besaß nicht einmal ein Telefon. Serge hoffte, daß Paul ihr seine Lage erklärte und ein bißchen auf sie achtgab, wenigstens bis der Arzt wußte, wann er ihn entlassen konnte.

Vor zwei Tagen hatte Paul den Volvo in der Amersfordt Laan übernommen. Bei seiner Fahrweise mußte er jetzt schon in Marseille sein und von Poujouly sein Geld kassiert haben. Vielleicht hatte er auch Madeleine schon kennengelernt. Vielleicht saßen sie jetzt gerade zusammen in irgendeiner Bar und tranken auf Serges Wohl.

Blütenduft drang zum Fenster herein. Rosen oder Nelken, die beiden verwechselte Serge immer. Auf der Straße fuhr ein Auto vorbei, die Scheinwerfer brachen die Schwärze der Nacht auf, und der Geruch von verbranntem Benzin überlagerte den Blütenduft.

Serge schaltete die Lampe über dem Bett wieder an und holte Madeleines Bild aus der Nachttischschublade. Er betrachtete es ausdruckslos. Eine Mücke summte an seinem Ohr vorbei. Madeleine. Das sollte ihm erstmal einer nachmachen, eine solche Frau in seinem Alter. Er ließ das Bild vor sich auf die Bettdecke sinken und zündete sich die nächste Zigarette an. Nervös stieß er den Rauch aus. Er war an dieses Bett mit seinen klebrigen Laken gefesselt, während Madeleine in Marseille auf ihn wartete. Oder nicht auf ihn wartete.

Er sah sie vor sich, gertenschlank, die gebräunte Haut mit Sommersprossen übersät. In ihrer olivgrünen Unterwäsche ging sie in seiner kleinen Wohnung über dem Ciné Saint-Charles auf und ab. Er konnte sie fast riechen, etwas Parfum, etwas Schweiß und eine Spur Alkohol.

Serge schloß die Augen, damit er das Bild von Madeleine in seiner Wohnung klarer vor sich sehen konnte. Sie trank etwas aus einem Glas, wahrscheinlich einen Mirabelle. Immerhin, es schien Nacht zu sein, und sie war allein. Nicht schlecht, ein Fortschritt. Sein Verdienst. Oder zog sie sich gerade an, um auszugehen?

Mit der freien Hand knöpfte der Elsässer das Oberteil des Schlafanzugs auf und wischte sich dann die verschwitzte Handfläche an dem feuchten Stoff ab. Es brauchte nicht viel Fantasie, um sich vorzustellen, die Geräusche der Stadt vor dem Fenster gehörten zur Nacht von Marseille. Man mußte sich nur das ferne Tuten eines Nebelhorns dazudenken und vielleicht noch einen lauten, auf arabisch geführten Streit unten auf der Straße.

Madeleine und Marseille, das gehörte untrennbar zusammen. Nein, doch nicht ganz. Er hätte ohne Marseille leben können, aber niemals mehr ohne Madeleine. Wenn es einen mit zweiundfünfzig einmal derart erwischt, dann ist es das letzte Mal. Und jeder wußte, wie es um ihn stand. Pedro, ihr Verflossener, genauso wie Auguste, der normalerweise bestimmt nichts dagegengehabt hätte, sie im Vorbeigehen kurz mitzunehmen. Wer Serge Mallet kannte, ließ die Finger von seinem Mädchen.

Dann dachte Serge wieder an Paul. Ob er wohl Madeleines Typ war? Wenn schon. Für Paul legte Serge die Hand ins Feuer, immer und überall. Er dachte an ein Lied von Reggiani, in dem es hieß: Du wirst sehen, deine Freunde leben ewig, die Frauen verlassen einen niemals, überhaupt lebt es sich gut auf Erden. Ein guter Sänger, dieser Reggiani, und ein guter Gitarrist. Aber Freunde starben leider doch, Frauen machten sich ein Vergnügen daraus, einen zu verlassen, und die Erde war ein Scheißplatz, um darauf zu leben. Serge Mallet hatte eine Menge Freunde sterben gesehen, obwohl einige von ihnen noch immer am Leben waren.

Er öffnete die Augen und drückte die Zigarette aus.

## 9

Im Eingang des ›Corbeau noir‹ blieb Paul stehen und blickte sich suchend um. Gegenüber der Tür hingen geraffte Fischernetze, große Muscheln und der Rücken eines Schildkrötenpanzers an der niedrigen, in wäßrigen Grün gestrichenen Wand. Gelb und rot angemalte Glühbirnen an der Decke riefen bunte Reflexe auf den Flaschenbatterien hinter dem Zinc hervor. Auf der anderen Seite des Raums spielten ein Trompeter, ein Gitarrist und ein Ziehharmonikaspieler Jazz à la Django Reinhardt. Dazwischen standen acht vollbesetzte Tische. Auch am Zinc lehnten die Gäste Ellbogen an Ellbogen, rauchten, diskutierten und tranken.

Gleich neben dem Eingang hockten drei Stelzvögel auf der Fensterbank, kleine Nutten, die von ihrem Jules hierher geschickt worden waren, um diese Stunde aber noch keine Geschäfte verbuchen konnten.

Der Patron, ein schlanker Afrikaner, verteilte Rotwein aus einer Flasche auf eine Reihe von Gläsern und unterhielt sich dabei mit einer Gruppe von drei Männern. Paul drängte sich bis zum Zinc durch und fragte den Farbigen nach Giovanni. Der Patron hob den Kopf und rief: »He, Auguste, man fragt nach dir!«

Paul drehte sich um. An einem der Tische in der Nähe der Band hob ein Mann den Kopf. Er hatte einen Teller Couscous und eine schmale Flasche Macon vor sich stehen. Paul nickte dem Patron zu und arbeitete sich bis an den Tisch vor.

»Ich bin Auguste«, sagte der Mann. »Du willst mich sprechen?«

Er war ungefähr vierzig Jahre alt und von gedrungener, muskulöser Gestalt. Ohne mit dem Kauen aufzuhören, musterte er Paul ungeniert. Er hatte graue Augen unter schmalen Brauen und nach hinten gekämmte rotbraune Haare. An seinen dunklen Lippen klebte noch etwas Sauce vom Couscous. Schließlich lächelte er gutmütig und zeigte dabei zwei Reihen unregelmäßiger Zähne, an denen Tabak und Nikotin ihre Spuren hinterlassen hatten. Die ausgeprägten Falten um Mund und Augen ließen erkennen, daß seine Gutmütigkeit nichts mit Naivität zu tun hatte. Er bat die Frau an seiner Seite, für ein paar Minuten spazierenzugehen und bot Paul dann ihren Stuhl an. Der Deutsche setzte sich.

»Trink was mit uns«, sagte Auguste und hob die Hand, um dem Schwarzen zu signalisieren, daß sie noch ein Glas brauchten. »Wie heißt du?«

»Paul. Serge hat mir gesagt, ich sollte mich an dich wenden, wenn ich Hilfe brauche.«

»Ah, Mallet.« Auguste kaute bereits an einer neuen Gabel voll Hammelfleisch. »Dann bist du der Deutsche, der Serges Fuhre erledigt hat. Alles glatt gegangen? Wie macht Serge sich denn? Das sind Laurent und Etienne, Freunde von uns.«

Die beiden Männer, die Auguste gegenübersaßen, reichten Paul die Hände. Laurent war noch ziemlich jung und hatte mit seinen blonden Haaren etwas von der Schönheit eines Heiligen auf einem Kitschbildchen. Lediglich eine Reihe von Narben, die seine Wangen verunstalteten, störte den Eindruck. *Cinq ans de tôle,* wie er sagte, die Spuren von fünf Jahren in Toulon. Er lächelte verlegen und zündete sich rasch ein Zigarillo an. Davidoff, wie Paul bemerkte; kein schlechter Luxus für einen Lastwagenfahrer.

Der andere, Etienne, sah aus wie ein mexikanischer Bandit in einem italienischen Wildwestfilm. Er sprach undeutlich, mit einem kaum verständlichen Akzent, und seine Lippen bewegten sich, als hätten sie mit den Worten nicht das geringste zu tun. Er bedurfte dringend einer Rasur, und der Zeigefinger seiner linken Hand schnellte immer wieder grundlos gegen den Rand seines Tellers.

Der Patron brachte das verlangte Glas, Auguste schenkte es bis obenhin voll. »Hier darf man nur trinken. Das Essen ist schlecht und außerdem zu teuer. Aber erzähl, du hast Ärger? Mit Poujouly?«

Paul erzählte. In der Mitte des Tisches stand ein Teller mit gebackenen Meerestieren, von dem Paul sich hin und wieder bediente, während er sprach. Auguste kam mit seinem Couscous zum Ende, schob den emaillierten Blechteller von sich und bestellte eine zweite Flasche Rotwein. Der Jazztrompeter begann zu singen, im schlimmsten Argot, und Auguste nickte hin und wieder zu Pauls Worten, schüttelte erstaunt den Kopf oder zog skeptisch die Schultern hoch. Als Paul seinen Bericht schließlich mit dem Nachmittag in der Spedition abschloß, schnitt Auguste bedauernd eine Grimasse.

»Tja, mein Lieber, Poujouly ist im Recht, absolut. Damit würde ich mich abfinden. Du hast einfach eine Pechsträhne. Wie sieht's denn bei dir mit Geld aus?«

»Das reicht gerade für Übernachtung mit Frühstück.«

Auguste blinzelte Laurent an. »Hast du einen Centime übrig? Nein, sagte der Bettler unsicher.«

Beide lachten schallend. »Morgen abend sind wir vielleicht alle schon in Italien«, wandte Auguste sich dann wieder an Paul. »Laurent, Etienne und ich haben eine Fuhre nach Genua. Serge sollte ursprünglich auch dabei sein, aber der zieht ja das farniente in Amsterdam vor. Ich will sehen, was ich bei Poujouly für dich tun kann. Hin und wieder hört er auf mich. Sei auf alle Fälle morgen um sechs in der Spedition.«

Etienne schnippte mit dem Zeigefinger gegen den Rand seines Tellers. »Wenn die ganze Sache anders passiert wäre, dann . . . dann wäre das alles nicht passiert«, meinte er.

Auguste und Laurent sahen ihn an, als hätte er nicht alle Tassen im Schrank.

»Na ja«, erklärte Etienne, gleichzeitig stolz und entschuldigend, »wenn Paul sich ein Bein gebrochen und Serge bloß seinen Laster zu Schrott gefahren hätte, dann wäre Serge jetzt hier, und Paul hätte seinen Laster noch.«

»Das ist aber eine Erkenntnis, mein Lieber«, meinte Auguste und schüttelte langsam den Kopf. »Die mußt du dir unbedingt rahmen lassen und übers Bett hängen. Daß du es nicht weiter gebracht hast im Leben!«

»Mit deinem Grips hätte Auguste bestimmt schon Laura Antonelli im Bett«, ergänzte Laurent in gespielter Bewunderung, »statt jeden Abend darauf warten zu müssen, daß Madeleine endlich von Poujouly die Schnauze voll hat.«

Er ließ den Stummel von seinem Zigarillo fallen und trat die Glut aus. Alle lachten, bis auf Paul.

Der Deutsche setzte langsam das Glas an die Lippen und ließ einen Schluck Macon auf der Zunge zergehen. Er hatte ein Gefühl, als hätte direkt vor ihm im Steppengras ein Löwe sein Haupt erhoben, aber nicht, um ihn anzufallen, sondern weil sich in der Ferne eine Gazelle dem Wasser näherte. Die Gazelle würde das Wasser nie erreichen, ihre feuchten Nüstern würden bald Blut schnauben, und ihn, Paul Grisbi, der all das hautnah miterlebte, ging es im Prinzip genauso wenig an wie die Sonne über Afrika – oder über Marseille, was das betraf.

»Man kann sich kaum vorstellen, daß so einer wie Poujouly ein Mädchen hat«, sagte er leichthin.

»Ach, er hat auch seine guten Seiten«, meinte Laurent. »Geld, verstehst du, wiegt vieles auf. Außerdem ist Madeleine nicht sein Mädchen, sondern Mallets. Eins muß man ihr ja lassen, sie tut's wenigstens nicht unter dem Chef, wenn ihr Regulärer mal verhindert ist.«

Paul schüttelte den Kopf. Er dachte an Serge in seinem Krankenzimmer, der wieder einmal eine der ältesten Rollen der Welt spielen mußte, ohne sich darum beworben zu haben, bloß weil einem Menschen wie ihm diese Rolle auf den Leib geschrieben schien, der betrogene Liebhaber in einem Stück von Verrat und Eifersucht. Plötzlich fühlte er sich mutlos, so als müßte er sich für Poujouly und Madeleine, für die Umstände bei seinem Freund entschuldigen. Aber das änderte natürlich nichts, mit Entschuldigungen gab Serge sich nicht zufrieden.

Der Löwe hatte zugeschlagen, aber die Gazelle starb in Amsterdam. Paul wagte sich nicht vorzustellen, was geschehen würde, wenn der Elsässer die Wahrheit erfuhr. Und natürlich würde er sie erfahren, früher oder später, von einem, der die Klappe nicht halten konnte oder jemand, der es für seine Freundespflicht hielt, ihm reinen Wein einzuschenken. Das Gefühl, sich entschuldigen zu müssen, wich der Wut über ein Mädchen wie Madeleine, das überhaupt nicht zu wissen schien, was für einen Mann es mit diesem Halsabschneider betrog. Übers Knie gehörte diese Madeleine. Jedes Mädchen, das einen Mann wie Serge betrog, verdiente eine Tracht Prügel.

Paul wollte sich nachschenken, aber der Macon war alle. »Spaziert sie jetzt jeden Abend bei ihm in der Villa ein und aus und läßt sich von ihm bedienen, während Serge im Krankenhaus liegt?«

Auguste machte ein betrübtes Gesicht. Er hatte überhaupt ein lebhaftes Mienenspiel, ließ keinen Zweifel daran, ob er etwas bedenklich fand, ob es ihn amüsierte oder mit Trauer erfüllte. »Leider, mein Lieber«, bestätigte er Paul. »Allerdings nicht bei ihm zu Hause. Poujouly ist schließlich Vater. Sie treffen sich bei Serge in der Wohnung. *La belle et la bête.*«

*La belle et la bête,* ein geflügeltes Wort, das sogar Paul bekannt war, obwohl er sich nicht gerade einen Film von Cocteau aussuchte, wenn er ins Kino ging. *Chez* Mallets also wurde Serges Kartenhaus zum Einsturz gebracht, einmal, zweimal, dreimal die Woche? Paul hob die Hand und gab nun seinerseits dem Afrikaner zu verstehen, daß er noch eine Flasche Roten für die Runde bringen sollte, diesmal auf seine Rechnung.

In der Tür tauchte die Frau auf, die Auguste weggeschickt hatte, sah, daß Paul noch immer auf ihrem Stuhl saß, schnitt eine Grimasse, die alles bedeuten konnte, vorzugsweise aber eine Aussage über Männergespräche und Rotwein, und verschwand wieder in der Dunkelheit.

»Einen trinke ich noch«, gab Auguste bekannt, »danach gehe ich schlafen. Morgen geht's früh los.«

Als die Flasche gebracht war, nahm Paul den Faden wieder auf. »Serge hat mir seine Wohnung angeboten, falls ich kein Hotel finde. Aber daraus wird ja dann wohl nichts. Wo liegt sie eigentlich?«

»In der Nähe vom Bahnhof Saint-Charles ist das Ciné Saint-Charles«, antwortete Laurent. »Im selben Haus, zwei Stockwerke darüber, wohnt Serge. Auguste kann es dir genau erklären. Er geht gern ins Kino.«

Auguste hatte sein Glas bereits wieder gefüllt. Er fühlte sich wohl, er mochte den Deutschen, der eine Flasche springen ließ, obwohl er kaum noch Geld hatte.

»Wenn du willst, bringe ich dich hin«, sagte er zu Paul. »Ich fahre nach dieser Flasche, und der Saint-Charles liegt auf meinem Weg.«

Etienne, der die ganze Zeit nichts mehr gesagt hatte, meinte jetzt: »Meine Mutter hat immer gesagt: Geh nie in ein Haus, in dem du nicht mit Sicherheit willkommen bist.«

»Dann hätte ich mich an deiner Stelle nie nach Hause getraut.« Augustes Gesicht drückte unendliche Geduld aus. »So eine Mutter möchte ich gehabt haben – oder überhaupt Eltern, die einem so weise Sprüche mit auf den Weg geben. Bei uns zu Hause wurde nur gebrüllt. Mein Vater hat meine

Mutter angebrüllt, und die hat's gleich an uns weitergegeben. Und das waren keine solchen Weisheiten, das kannst du mir glauben.«

Es wurde kühl in dem niedrigen Raum. Durch die offene Tür konnte Paul das Hafenbecken sehen und über den Geräuschen des Platzes das unermüdliche Rollen des Meers hören. Weit draußen funkelten ein paar Lichter über dem Wasser. Das Jazztrio hatte sein Podest für eine Pause verlassen. Paul befand sich sekundenlang in einer Stimmung, in der er die ganze Welt hätte umarmen können, wenigstens aber Frankreich und Deutschland und Serge in Amsterdam. Er nahm noch einen kräftigen Schluck Rotwein. Er würde dafür sorgen, daß Madeleine nicht noch mehr Gelegenheiten bekam, seinen Freund zu betrügen. Der Wein war gut, etwas zu stark vielleicht.

Augustes Idee ging ihm nicht aus dem Kopf. Wenn Poujouly darauf einging, konnte er mit den drei Franzosen nach Genua fahren. Er würde Madeleine mitnehmen, und wenn sie aus Italien zurückkamen, konnte er Serge seine Freundin unberührt wiedergeben, denn dann war der Elsässer bestimmt wieder in Marseille. Gemeinsam mit Serge würde er es auch schaffen, von Poujouly genug Geld zu bekommen, daß er sich eine Zeitlang über Wasser halten konnte, bis er eine neue Stelle hatte.

Auguste leerte entschlossen sein Glas, dann legte er Paul kurz die Hand auf den Arm. »Laß dir wegen morgen keine grauen Haare wachsen. Ich finde schon einen Dreh.« Er hob den Kopf und signalisierte dem Afrikaner, daß sie zahlen wollten. Wenig später stand der Patron mit einem schmalen Block in der Hand an ihrem Tisch.

»Diesmal nicht zusammen, Jean. Die letzte Flasche geht extra.«

Erst bezahlte Laurent für sich, Etienne und Auguste, dann Paul. Er ließ sich auf dreißig Francs herausgeben. Dann standen er und Auguste auf und verabschiedeten sich von den beiden anderen.

»*Salut.* Bis morgen in der Früh.«

# 10

Marie, Augustes Freundin, wartete draußen vor der Tür. Ohne miteinander zu reden, gingen sie gemeinsam den Weg zurück, den Paul gekommen war. Alles war gesagt. Jetzt erfüllte sie die Zufriedenheit, die schläfrige Ruhe, die sich meistens nach einem Essen und der richtigen Menge Wein einstellt.

Sie gingen die Canebière hinauf, bis sie Augustes Wagen, einen schwarzen Renault 5, erreichten. Er war am Straßenrand zwischen zwei staubbedeckten Luxusschlitten geparkt. Paul fand es lustig, daß ein Mann wie Auguste, der beruflich riesige 38-Tonner fuhr, sich privat mit einem so kleinen Gefährt begnügte. Er selber hatte zu Hause einen gebraucht gekauften Mercedes 180 Diesel in der Scheune stehen, benutzte ihn aber nur selten. Mit einem R 5 durch die Gegend zu flitzen, mußte wie Drachenfliegen sein.

Marie stieg hinten ein, Paul und Auguste zwängten sich auf die Vordersitze. Auguste wartete eine Lücke im fließenden Verkehr auf der Prachtstraße von Marseille ab, dann gab er Gas und fuhr los. Nur etwas mehr als anderthalb Stunden waren vergangen, und dennoch wirkten das Treiben auf den Bürgersteigen, die Straße, die ganze Stadt jetzt völlig anders auf Paul.

»Wenn du das mit Madeleine heute abend regeln willst, könntest du Glück haben«, meinte Auguste. »Die Sache morgen ist ziemlich wichtig. Da schläft Poujouly bestimmt im Büro mit seinem Taschenrechner.«

Paul betrachtete den Franzosen von der Seite. Er hatte sich also auch seine Gedanken gemacht. Wenigstens schien er nichts dagegen zu haben, daß Paul Serge vertreten wollte, wobei auch immer. Schien in Ordnung zu sein, dieser Auguste. Ein guter Lkw-Mann und bestimmt auch ein guter Freund. Des Nachnamens wegen tippte Paul auf italienische Vorfahren, obwohl Auguste Französisch wie ein Bretone sprach.

Der R 5 bog nach rechts auf einen Platz. Auch jetzt achtete Paul noch automatisch auf den Verkehr, denn er war es nicht gewohnt, gefahren zu werden. Linkerhand ragte der erleuchtete Gare Saint-Charles auf. Auguste hielt in der zweiten Spur. Er deutete aus dem rechten Seitenfenster.

»Da ist das Ciné Saint-Charles.« Er beugte sich vor und versuchte, zum zweiten Stock hinaufzusehen. »Und da oben ist Mallets Wohnung. Alles dunkel. Vielleicht ist Madeleine ausgegangen. Trotzdem viel Glück!«

Paul bedankte sich, reichte Marie zum Abschied die Hand und stieg aus.

»Morgen um sechs bei Poujouly«, rief Auguste ihm nach und hob grüßend die Hand.

Dann stand Paul allein auf dem Trottoir vor dem Kino, dessen verspiegeltes Foyer die Lichter des Platzes reflektierte. Ein paar Jungen im Parka betrachteten die Aushangbilder. Paul kannte weder den Film noch den Regisseur, ein unaussprechlicher polnischer Name, der in Venedig immerhin für einen Preis gut gewesen war, wenn man den Plakaten glauben durfte. Die Klingelschilder an der Haustür neben dem äußersten rechten Schaukasten waren schlecht zu entziffern. Im Gegensatz zu den anderen Mietern hatte Mallet kein Messingschildchen, sondern nur einen selbstklebenden Kunststoffstreifen angebracht, in den die Buchstaben mit einer Prägezange gestanzt waren.

Ein Lederkissen hinderte die Tür daran, ins Schloß zu fallen. Paul stieß sie auf, tastete nach dem Schalter für die Zwei-Minuten-Beleuchtung und stieg dann eine schmale Holztreppe hinauf.

Mallet, da war es. Die Tür verschlossen, auch hier der Kunststoffstreifen. Paul läutete und betrachtete die Türklinke, als müsse sie sich jeden Augenblick bewegen. Dabei war doch von außen alles dunkel gewesen.

»Ist offen«, rief eine Stimme in der Wohnung. Paul trat ein, schloß die Tür wieder hinter sich und suchte einen Lichtschalter.

»Pepsi?« fragte dieselbe weibliche Stimme aus den Tiefen der Wohnung.

Pepsi? Paul runzelte die Stirn. Ein Kosename für Pépé, den Spediteur? Wahrscheinlich; Frauen kamen selten ohne Spitznamen für jemand aus, den sie mochten.

Jetzt plätscherte Wasser, als badete jemand.

Paul ging durch eine offene Tür vom Flur ins Wohnzimmer, das ebenfalls dunkel war. Auch hier schaltete er das Licht an und stellte überrascht fest, daß Serges Wohnung komfortabler war, als er sich vorgestellt hatte. Der Elsässer mußte seinen ganzen Verdienst in die Einrichtung gesteckt haben, eine völlig neue Seite an ihm.

Wieder plätscherte das Wasser, ruhig, von keiner hastigen Bewegung in Aufruhr versetzt.

»Pepsi?« Dann etwas heller, etwas ungläubiger: »Serge?«

Ziemlich unvorsichtig, dachte Paul. Stell dir vor, Serge kommt in seine Wohnung, seine Freundin sitzt in der Badewanne und ruft den Namen ihres Seitensprungs. Obwohl Pepsi natürlich auch der Name einer Freundin sein konnte.

Paul durchquerte das Wohnzimmer und trat in den Türrahmen des Badezimmers.

Madeleine saß in der Wanne. Sie hatte eine Sonnenbrille aufgesetzt, als müßte sie ihre Augen schonen. Die Gläser waren beschlagen. Als sie Paul bemerkte, nahm sie die Brille ab.

»Wer sind Sie denn?« fragte sie erschrocken. »Was wollen Sie?«

Paul stand in der Tür und betrachtete das Mädchen. Auch von Madeleine hatte er sich eine falsche Vorstellung gemacht. In Wirklichkeit besaß sie nicht diese klassische Schönheit wie auf dem Foto, obwohl sie auch nicht häßlich war. Ihr Haar hatte sich gelöst und im Wasserdampf gewellt; es gab ihr eine gewisse Wildheit, die noch durch den leichten Schweißfilm auf ihrem Gesicht verstärkt wurde. Die Augen waren rotgerändert, als hätte sie getrunken. Sie starrte Paul unverwandt an, ein bißchen so, als sei er gar nicht da. Er stellte fest, daß sie eins dieser Gesichter hatte, die vom Blickwinkel abhängig sind, von den Lichtverhältnissen, ja sogar vom Hintergrund. Im Moment ließ die Beleuchtung aus zwei Richtungen, von der Lampe über dem Spiegel und der Wasseroberfläche, die das Licht zurückwarf, sie weniger gefährlich wirken als auf dem Foto, das Serge ihm gezeigt hatte. Sie ertrug Pauls Blick, ohne mit den Händen ihre Brüste zu bedecken.

»Ich bin Paul, ein Freund von Serge«, sagte er. »Deine Romanze mit Poujouly ist beendet.«

Madeleine war sprachlos. Sie schien nicht zu wissen, ob sie lachen oder wütend werden sollte.

»Sie haben wohl einen Tick, *non*?« fragte sie dann.

Paul sah auf die Frau hinab, die seinen Freund betrogen hatte. Mit ausdruckslosem Gesicht musterte er sie, ohne einen Muskel zu bewegen. Diese äußerliche Härte sollte verbergen, daß er ganz und gar nicht wußte, ob er das Richtige tat. Konnte er eine fremde Frau einfach so herumkommandieren, nur weil sie Serges Freundin war und er Serge einen Gefallen tun wollte? Und wenn gar nicht sie im Unrecht war, sondern der Elsässer und er?

Vielleicht hätte Paul sein Vorhaben in diesem Moment aufgegeben, wenn sie nicht so frech gefragt hätte, ob er noch normal sei. Wenn er jetzt einen Rückzieher machte, gestand er damit seine schwache Position ein, zeigte, daß ihm nicht wohl zumute war. Aber er hatte ein Versprechen gegeben, und das mußte gehalten werden. Eigentlich war er ja gar nicht hier; Paul Grisbi saß in einem Bar-tabac oder seinem Hotel und hatte keinen Job. Hier stand ein Mann ohne Namen und Biographie, der als Mallets Stellvertreter handelte; von diesem Standpunkt aus mußte man die Sache betrachten. Es ging um das Recht von Serge oder das der Frau, und er vertrat Serge und seine Ansprüche. »Du kennst Serge«, sagte er. »Ich tue nichts, was er nicht genauso getan hätte. Also zieh dich an, wir gehen.«

Er überlegte, ob er ihr jetzt ein Handtuch zuwerfen mußte oder einen Bademantel bringen sollte. Gleichzeitig fragte er sich, was er tun konnte, wenn sie sich weigerte, wenn sie in der Wanne sitzenblieb und ihn in der Tür zum Badezimmer stehenließ. Sie aus dem Wasser zerren; sie zwingen, ein Kleid überzustreifen; sie vielleicht ohrfeigen? Und dann die Treppe hinunterschleifen, in ein Taxi stopfen und für den Rest der Nacht in dem Hotelzimmer in Saint-Mauront gefangenhalten – so hätte Serge das vielleicht gehandhabt, aber Paul war schon der Gedanke an das Gesicht des Taxifahrers oder der Hotelconcierge peinlich.

Zu seinem Erstaunen kam es dann aber ganz anders. Madeleine stemmte sich halb aus dem Wasser. Dampf stieg von ihrer geröteten Haut auf. Plötzlich begannen ihre Unterarme über dem Rand der Badewanne zu zittern, und sie ließ sich wieder zurückgleiten. Wie ein Hummer, der aus einem Topf mit kochendem Wasser krabbeln will, dachte Paul, absurd, denn an einen Hummer erinnerte höchstens die rote Haut, Folge des zu heißen Wassers.

Vor seinen Augen verlor Madeleines Gesicht alle Selbstsicherheit und nahm einen geradezu jämmerlichen Ausdruck an.

»Mir ist schlecht«, sagte sie. »Ich kann nicht mehr aufstehen. Es dreht sich alles.«

Erst jetzt, als er ihre Augen von nahem sah, merkte Paul, wie betrunken sie war. Er erinnerte sich daran, daß er im Wohnzimmer auf dem Couchtisch eine Flasche und ein Glas gesehen hatte.

»Was war's denn?« fragte er. »Whisky, Wein, Bier?«

»Champagner. Nein, Cognac. Ich weiß nicht mehr. Mir ist so schlecht. Ich will sterben!«

Paul half Madeleine aus der Badewanne und führte sie ins Schlafzimmer, wo er sie aufs Bett legte. Wie die meisten Menschen wurde sie scheinbar völlig willenlos, wenn ihr übel war. Gleich würde sie sagen: Kommen Sie her, halten Sie mich fest. Und dann hatte er gewonnenes Spiel, dann konnte er sie mitnehmen und sich zu seinem unglaublichen Schwein beglückwünschen. Aber er war sich auch darüber klar, daß sie ihm nicht so schnell verzeihen würde, weil er ihre Schwäche ausgenützt hatte. Irgendwann würde sie ihm vielleicht dafür dankbar sein, in den nächsten Tagen konnte er jedoch nicht darauf hoffen.

Paul öffnete das Schlafzimmerfenster, das nach hinten hinausging, auf einen sehr kleinen, schachtartigen Hof, an dem alle Schlafzimmer- und Toilettenfenster der drei zusammenhängenden Häuser lagen.

Plötzlich hörte er ein Rascheln hinter sich und sah gerade noch, wie Madeleine vom Bett rutschte und ins Badezimmer lief. Er ging ihr nach und fand sie über der Badewanne hängend. Er half ihr, sich zu erbrechen und führte sie dann wieder ins Schlafzimmer zurück. Er wickelte sie in die Tagesdecke des Bettes. Sie zitterte so sehr, daß ihre Zähne aufeinanderschlugen. Aber es ging ihr schon besser.

»Kalt«, sagte sie. Paul ging zu einem großen Schrank und holte irgendein Kleid heraus.

»Nein, das nicht. Das rote«, sagte sie.

Paul hatte seine Unsicherheit überwunden. Obwohl er sich zum erstenmal in der Wohnung befand, benahm er sich, als gehörte sie ihm. Er war lediglich erstaunt, daß über dem Bett ein Kreuz hing. Auf dem Nachttisch stand das Foto eines kleinen Mädchens, wahrscheinlich Serges Tochter. Anscheinend hatten es weder Madeleine noch Poujouly als störend empfunden.

Die junge Frau betrachtete das rote Sommerkleid, das Paul neben sie gelegt hatte, als übe die Farbe einen Sog auf sie aus.

»Wie geht es Serge?« fragte sie.

Paul überlegte, wie viel er ihr sagen durfte. Schließlich antwortete er unverbindlich: »Soweit ganz gut. Er ist mit seinem Laster aus der Kurve gerutscht und hat sich das Bein gebrochen. Aber es heilt, und in ein paar Tagen wird er wieder hiersein.«

Madeleine ließ die Decke von ihren Schultern rutschen, streifte sich das Sommerkleid über den Kopf und sah dabei mit den nach oben gereckten Armen einen Moment lang aus wie ein Schiffbrüchiger, der von einem Rettungsboot aus einem Flugzeug winkt. Dann wurde ihr wieder übel, und sie ließ sich zurückfallen, ohne das Kleid ganz anzuziehen.

»Du hättest nicht soviel trinken dürfen«, sagte Paul vom Fenster her. »Cognac hat's in sich. Das kann dir jedes Kind erklären.«

»Ich war allein«, sagte sie dumpf durch den Stoff des Kleids, »allein im Herzen.« Und dann in verändertem Tonfall: »Wissen Sie, daß Pepsi überglücklich wäre, wenn er uns jetzt sehen könnte? Er hatte die ganze Zeit Angst davor, daß Serge zurückkommen und ihn bei mir finden könnte.«

Paul zupfte sich am linken Ohrläppchen. Er hatte sich noch gar nicht überlegt, was er mit Madeleine machen sollte, wenn er nach Genua mitfahren durfte. Nach seinem Auftritt heute abend konnte er sie nicht gut in Marseille lassen. Er blickte auf die Uhr. Es war spät. Er wollte noch ein paar Stunden schlafen, um morgen früh ausgeruht zu sein, wenn er Poujouly gegenübertrat.

»Zieh dich jetzt an«, sagte er, »wenn du willst, helfe ich dir dabei. Außerdem brauchst du nicht die ganze Zeit Sie zu mir zu sagen. Wir werden einige Tage auf ziemlich engem Raum miteinander verbringen.«

»Das möchte ich sehen«, erklang es unter dem Kleid.

Paul griff in die Tasche, um sein Geld nachzuzählen. Er fragte sich, ob Menschenraub eigentlich immer nur mit gezücktem Messer oder vorgehaltener Maschinenpistole erfolgte, oder ob er selber nicht im Moment auf dem besten Weg war, eine Entführung zu begehen. Wenn Madeleine die Wahrheit gesagt hatte, waren wenigstens von Poujouly keine Schwierigkeiten zu erwarten. Er würde froh sein, mit leeren Händen dazustehen, wenn Serge zurückkam. Paul schob die zusammengefalteten Geldscheine wieder in die Hosentasche. Am Fenster wurde ihm langsam kühl.

## 11

Er hatte gerade zwei Stunden geschlafen, als Madeleine ihn weckte. »Wer sind Sie? Was machen wir hier?«

»Geht das schon wieder los?« brummte Paul verschlafen. Aber inzwischen war Madeleine wieder halbwegs nüchtern und stand kurz davor, hysterisch zu werden. Er erklärte ihr zum zweitenmal in dieser Nacht, wer er war, wo sie sich befanden und warum er die Zimmertür abgeschlossen und den Schlüssel versteckt hatte. Er hatte damit gerechnet, daß sie ihn gar nicht erst ausreden lassen würde oder daß sie nach der Polizei schrie, sobald er fertig war. Aber sie schrie nicht, sie tat überhaupt nichts Lautes, sie dachte nach.

Sie war einsam gewesen, und Poujouly hatte ihr den Hof gemacht. Dann, als sie sich mit ihm eingelassen hatte, wurde ihr plötzlich angst und bange, wenn sie daran dachte, wie Serge reagieren würde, wenn er davon erfuhr. Also hatte sie sich an den Spediteur geklammert und gehofft, er würde sie beschützen, wenn es soweit war, bis sie merkte, daß er selber Angst bekam. Jetzt hatte sich alles wie von selber aufgelöst. Paul stand wie ein Schlagbaum zwischen ihr und Poujouly und wie ein Filter zwischen ihrem Fehltritt und Serges Zorn. Dankbar dafür, daß er ihr die Verantwortung abgenommen hatte, schlief sie wieder ein. Paul dachte, daß sie sich seinen Entscheidungen wohl kaum so schnell unterworfen hätte, wenn sie so stolz gewesen wäre, wie es auf dem Foto den Anschein gehabt hatte.

Als er und Madeleine um sechs Uhr im Hof der Spedition aufkreuzten, standen drei Laster an der Laderampe. Obwohl es noch kühl war, wischte Poujouly sich bereits mit einem roten Kopftuch Schweiß von Stirn und Hals. Er hatte den obersten Kragenknopf gelockert und beobachtete den Zollbeamten, der gerade seine Dienstnummer und das Staatswappen auf die Plombe am Ende der Zollschnur prägte. Dann drückte der Beamte seinen Stempel auf die Frachtpapiere und den T 2 für die Grenze, ehe er und Poujouly einen raschen Händedruck tauschten.

Auguste wartete direkt unter dem rostzerfressenen Firmenschild des Transportunternehmens. Er trug ein blaugrün kariertes Hemd und eine braune Hose und sah frisch und ausgeruht aus. Sein Lächeln erstarb, als er Madeleine in Pauls Windschatten bemerkte.

»Was will die denn hier?«

Bevor Paul antworten konnte, preschte der Zollbeamte in einem kleinen Peugeot vom Hof der Spedition, und die beiden Männer mußten beiseite treten. Auguste winkte dem Mann hinter dem Steuer einen Gruß zu, was dem Beamten peinlich zu sein schien, denn er grüßte nicht zurück.

»Willst du die etwa mitnehmen?«

Paul setzte gerade zu einer Erwiderung an, als Madeleine eine Hand auf seinen Unterarm legte. Die Strahlen der über die Dächer der Häuser steigenden Sonne schienen ihr direkt ins Gesicht. Sie sagte: »Auguste, bitte verdirb mir das nicht. Ich fahre mit Paul, wenn er fährt. Ihr seht mich gar nicht, und Ärger habt ihr auch keinen durch mich, das verspreche ich euch.«

Paul sah erst Madeleine an, dann Auguste, der unschlüssig wirkte.

»Na gut, meinetwegen, aber nur unter der Bedingung, daß du hier draußen wartest. Ich möchte schon weg sein, wenn Poujouly explodiert. Verdammte Idiotie! Wenn ich das gewußt hätte, hätte ich mich beim Chef nicht so für dich eingesetzt.«

Den letzten Satz hatte er an Paul gerichtet, der sich mehr als unbehaglich fühlte.

»Soll das heißen, daß ich mit kann?« fragte der Deutsche.

Auguste nickte ungeduldig und blickte zu den Fenstern des Exportbüros hinüber, hinter denen Poujouly gerade die Fahrer instruierte.

»Laurent und Etienne sind schon drin beim Chef. Ich habe nur noch auf dich gewartet.«

Die beiden Männer gingen über den von der Morgensonne überstrahlten Hof. Madeleine blieb zurück und lehnte sich auf der Straßenseite an die Mauer der Spedition.

»Ich habe dem Chef seine eigene Rechnung aufgemacht«, erklärte Auguste. »Der alte Geizkragen spart immer an Beifahrern, deswegen sind die meisten von uns schon mal wegen Überschreitung der Fahrzeit drangewesen. Ich brauchte ihm bloß klarzumachen, daß gerade bei dieser Sache die Verkehrsstreifen das schlimmste sind, was uns passieren kann. Nachdem er aus diesem Grund schon Mallet als Beifahrer einsetzen wollte, war es nur logisch, daß ich dich als Ersatz vorgeschlagen habe.«

»Und er ist darauf eingegangen?«

Auguste nickte. »Offiziell bist du nur als Beifahrer dabei, aber du kannst natürlich auch ans Steuer, wenn du willst. Es geht bloß darum, daß man jemand hat, mit dem man sich abwechseln kann, falls bei einem von uns das Fahrtenbuch kontrolliert wird. Und was Madeleine angeht, na ja, eine Frau im Führerhaus macht sich bei einer Überprüfung vielleicht gar nicht mal schlecht.«

Sie hatten das Büro fast erreicht, als Paul fragte: »Was fahren wir eigentlich?«

Auguste zuckte mit den Schultern. »Irgendwelche Instrumente.«

Die drei Laster waren mit normalem Planenaufbau ausgerüstet. Paul erkannte einen Mack und einen Scania. Der dritte sah aus wie ein Berliet, aber es konnte auch ein Magirus Deutz sein; er stand halb verborgen hinter den beiden anderen Wagen.

Poujouly streifte sie mit einem kurzen Blick, als sie sein Büro betraten. Ein Verschwörerblick, dachte Paul. Die ganze Versammlung wirkte wie eine Verschwörung, vielleicht weil Poujouly so stark schwitzte und ständig zum Fenster hinausblickte, als rechne er mit ungebetenem Besuch.

»Ich schlage vor, ihr nehmt die Autobahn bis Toulon und stoßt dann über die Route Nationale bei le Luc auf die A 8. Die Urlaubszeit hat noch nicht begonnen, und ihr könnt es bis heute abend schaffen. In Genua nehmt ihr sofort mit dem Kapitän der *Luxor* Kontakt auf. Er heißt Ettore Passacaglia und erwartet euch bereits. Ich habe alles telefonisch mit ihm abgesprochen. Ihr kümmert euch darum, daß die Paletten gleich an Bord genommen werden, damit Passacaglia noch vor morgen nacht in See stechen kann.«

Poujouly sprach hastig und etwas undeutlich. Er wäre ganz offensichtlich am liebsten selber mitgefahren. Da das aber nicht ging, wollte er die Laster wenigstens möglichst schnell auf einem Weg wissen, den er für sie festgelegt hatte.

»Ich will ganz offen mit euch sein. Wenn irgend etwas bei dieser Sache schiefläuft, bin ich ein ruinierter Mann. Und wenn ich ruiniert bin, steht ihr auf der Straße, aber so weit muß es ja nicht kommen. Die Fracht ist auf Wunsch des Empfängers bei Generali in Italien versichert worden, und zwar sehr hoch. Die Versicherung läuft bis zum Wochenende, mehr konnte ich mir beim besten Willen nicht leisten. Bis dahin muß also alles über die Bühne gegangen sein, zumindest was unseren Teil des Transports betrifft. Wenn ihr wieder da seid und alles geklappt hat, kriegt jeder von euch eine Prämie.«

»Wie hoch ist die Prämie?« fragte Laurent.

»Fünfzehntausend Francs für jeden«, antwortete der Unternehmer. »Sogar für Monsieur Grisbi.«

Paul spürte plötzlich, wie sein Herz zu hämmern begann. Fünfzehntausend neue Francs! Mit einer Mischung aus Rührung, Dankbarkeit und Erstaunen starrte er den Spediteur an. Keiner sagte etwas, obwohl eine solche Großzügigkeit bei Unternehmern von Poujoulys Schlag ganz und gar nicht üblich war. Hatte Auguste ihn nicht eben erst als alten Geizkragen bezeichnet?

Fünfzehntausend Francs, das bedeutete, wieder festen Boden unter den Füßen zu haben – für nichts. Eine Strecke von ein paar hundert Kilometern Autobahn, eine hochversicherte Fracht und weit und breit kein Haken in Sicht. Aber es mußte einen geben. Wenn man den Wert der Fracht auf eine Million Francs veranschlagte, dann kostete die Versicherungsprämie Poujouly gut und gern hunderttausend;

mit den sechzigtausend für die Männer machte das schon stattliche hundertsechzigtausend.

»Was fahren wir eigentlich?« fragte Paul.

»Vermessungsgeräte«, erklärte Poujouly rasch. »Zielfernrohre, Richtoptik, Theodoliten. Armeematerial, Monsieur Grisbi. Keine Sorge, die Ausfuhrgenehmigung befindet sich bei euren Papieren.«

Der Spediteur hob kurz die Hände zu einer angedeuteten Umarmung der Männer, die vor seinem Schreibtisch standen.

»Ich weiß, woran ich mit euch bin, und ihr kennt mich. Ihr wißt, wie viele Stücke Zucker ich in meinen Kaffee nehme, und ich weiß es von jedem von euch. Wir gehören zusammen. Passacaglia in Genua wartet mit dem Auslaufen nur auf euch, und die Empfänger in Tunis warten auf das Eintreffen der *Luxor.* Ich verlasse mich auf euch.«

Wie ein General vor der Schlacht, dachte Paul. Wenn die Sache wirklich so eilig war, warum wurden die Geräte dann nicht einfach mit dem Flugzeug transportiert? Aber mit solchen Kleinigkeiten behelligte man Napoleon vor Waterloo nicht. Paul beschloß, später einen der anderen Fahrer zu fragen.

Laurent und Etienne verließen Poujoulys Büro. Paul und Auguste blieben noch einen Moment; Auguste, weil der Spediteur ihm die Fracht- und Zollpapiere aushändigen wollte, Und Paul, weil Poujouly ihn angesehen und gesagt hatte: »Giovanni hat sich für Sie eingesetzt, Monsieur Grisbi, und im allgemeinen kann ich mich auf seinen Rat verlassen. Sie fahren mit ihm im Scania, an der Spitze des Konvois.«

Dabei hatte er eine kleine Kasse aus dem Schreibtisch geholt und fünfhundert Francs abgezählt. »Hier ist etwas für Ihre Ausgaben während der Fahrt. Wenn Sie Mallet gut vertreten wollen, müssen Sie sich anstrengen.«

Paul unterdrückte ein *Merci, mon général* und auch den Gedanken, daß er an die fünfzehntausend Francs erst glaubte, wenn er sie in der Hand hielt. Statt dessen nickte er und ging dann mit Auguste zu dem Scania. Es handelte sich um ein Modell, das er noch nicht gefahren, von dem er aber schon viel Gutes gehört hatte. Der luftgefederte LS 140 mit seiner Boxerschnauze war auch in Deutschland nicht unbekannt. Paul ging um ihn herum und bemerkte dabei, daß es sich bei dem dritten Laster wirklich um einen Berliet handelte, wie er vermutet hatte.

Er öffnete die Tür auf der Beifahrerseite des Scania, die mit handtellergroßen Rostflecken bedeckt war. Unter den Sitzen lagen aufgerissene Bierdosen. Zigarettenpapier und Asche klebte in einer Lache getrockneter Flüssigkeit auf dem Bodenbelag. Zwei Fliegen mästeten sich am Rand der Lache.

Der Eindruck, daß die Spedition sich nicht gerade übernahm, wenn es um Sauberkeit und Pflege ihrer Wagen ging, verstärkte sich noch, als Auguste startete, und Paul sofort hörte, daß die Ventile verstopft waren. Der Franzose mußte es auch bemerkt haben, schien sich dadurch aber nicht gestört zu fühlen.

Der grelle Sonnenschein hob den Dreck auf der Windschutzscheibe hervor und ließ sie fast undurchsichtig wirken. Auguste betätigte die Waschanlage. Die armlangen Wischerblätter schabten zwei Halbkreise in den getrockneten Lehm. Es begann bereits heiß zu werden in der Kabine.

Poujouly stand in der Tür seines Büros und schirmte die Augen mit der flachen Hand ab. Sein Hemd war durchtränkt von Schweiß.

Laurent ließ den Motor des Mack an. Dann startete Etienne den Berliet. Luft und Erde, der ganze Hof der Spedition schienen unter dem Dröhnen zu beben, Preßluftbremsen lösten sich zischend, und graue Dieselwolken verdunkelten das Sonnenlicht. Der Gleichtakt der Motoren ließ das Fahrerhaus erzittern. Auguste fuhr an und zog den Wagen in einer Schleife an dem Büro vorbei. Paul blickte zu Poujouly hinüber.

Das scharfgeschnittene Gesicht des Spediteurs wurde durch den Schatten seiner Hand zweigeteilt. Die feuchten

Lippen zeigten ein gespanntes Grinsen. Die gegen die Sonne abgeschirmten Augen wirkten dagegen kalt wie Murmeln in einem Gebirgsbach. Sie erwiderten Pauls Blick und schienen ihn nicht loslassen zu wollen.

Dann war der Scania an Poujouly vorbei, verließ den Hof und bog in die Rue Felix-Leclerc. Auguste ließ Madeleine einige Meter neben dem Laster herlaufen, denn er wollte nicht gleich hinter der Einfahrt wieder anhalten. Im Außenspiegel konnte Paul sehen, wie sie mit dem Laster Schritt zu halten versuchte, es aber nicht schaffte und langsam zurückblieb. Sie hob eine Hand und winkte, als befürchtete sie, Paul und Auguste hätten sie vergessen. Sie trug das rote Kleid und eine Handtasche, die groß genug war, daß alles hineinging, was eine Frau für eine Übernachtung benötigt, und schwer genug, um ihre Panik in diesem Moment noch zu verstärken.

Schließlich trat Auguste auf die Bremse und ließ Madeleine aufholen. Paul öffnete den Schlag, sprang auf den Bürgersteig und half ihr in die Mitte der Kabine.

Sie passierten das kleine Hotel, in dem Paul und Madeleine die letzte Nacht verbracht hatten. Gleich nebenan befand sich eine Konditorei, deren Schaufenster die vorbeifahrenden Laster reflektierten.

»Wie weit ist es bis Genua?« erkundigte sich Madeleine etwas außer Atem.

»Ungefähr vierhundert«, antwortete Paul.

»Kilometer?« Ihre Augen waren groß wie die eines staunenden Kindes. »Eine richtige Reise! Ich bin noch nie verreist, weißt du, Paul. Einmal war ich in Marignane, um den Flugzeugen zuzusehen. Vierhundert Kilometer und dazu noch in einem so großen Wagen!«

»Es kommt dir vor wie ein Ritt mit einem Elefanten auf Rädern, oder?« fragte Auguste ironisch.

»Nein, aber es ist schon ein komisches Gefühl. Man sitzt so hoch über den anderen Autos. Man kann auf sie herabschauen wie von einer Bühne. Es erinnert mich daran, wie ich noch gesungen habe.«

»Nur daß ein Laster leider kein Nachtclub ist«, stellte Auguste fest.

»Hattest du Erfolg als Sängerin?« fragte Paul.

»Nicht besonders«, erwiderte Madeleine.

»Wenn man so was macht, muß man zu den ganz Großen gehören«, kommentierte Auguste, »wie Sylvie Vartan. Mit einem eigenen Orchester und einer Tanzrevue im Hintergrund.«

»Ich habe aufgehört«, erklärte Madeleine, während sie aufmerksam aus dem Fenster schaute.

»Oder Zizi Jeanmaire«, spann Auguste den Faden weiter. »Die mit den Federn am Hintern.«

Tanzrevuen und Sängerinnen waren sein Spezialgebiet. Er kannte alle großen Musikpaläste in Paris, und die Portiers dort kannten ihn. Einmal hatte er es sogar bis in die zweite Ausscheidungsrunde eines Fernsehquiz geschafft, ehe er an einer Frage über Josephine Bakers Ziehkinder gescheitert war.

Jetzt trat er auf die Bremse und fluchte. Ein Schild an einer Kreuzung wies nach links zur Autobahn nach Toulon. »Seit wann fährt man denn hier links? Man verläßt eine Woche lang sein Viertel nicht, und am nächsten Morgen stellt man fest, daß sie eine völlig neue Stadt herumgebaut haben. So geht das heutzutage.«

Er stellte das Autoradio an, um zu hören, wie es an der Grenze aussah. Im Rückspiegel hingen die beiden anderen Laster, der Mack und der Berliet, aber Paul konnte die Gesichter von Laurent und Etienne nicht erkennen.

Eine Viertelstunde später hatten sie die Stadt hinter sich und waren auf der Autobahn.

# 12

Sie fuhren, ohne zu reden. Madeleine summte ein Lied aus dem Radio mit. Das Technicolorblau des Mittelmeers schien bis in die Kabine zu dringen.

Laurent und Etienne hielten sich in knappem Abstand hinter dem Scania. Der Verkehr war flüssig, so daß sie etwas über achtzig fahren konnten.

»Was hätte Serge wohl gemacht, wenn er zurückgekommen wäre und von dir und Poujouly erfahren hätte?« fragte Paul und sah Madeleine von der Seite an.

Sie überlegte kurz. »Wenn er mich wirklich lieb hat, hätte er Pepsi umgebracht«, sagte sie dann.

»Nenn ihn nicht immer Pepsi!«

»Serge hat den Namen erfunden«, verteidigte sich das Mädchen. »Pépé nannte er Pepsi und dich Grizzly. Sein Freund Grizzly in München. Er hat oft von dir erzählt, wie von einem Bruder.«

»*Mon dieu,* man fühlt richtig, wie das Leben ist, wenn man dich so reden hört«, meinte Auguste. Er beugte sich vor und drehte das Radio lauter. »Sylvie Vartan!«

Die blonde Französin brüllte ein Rockchanson, heiser und wild wie eine ganze Bande von Motorradbräuten.

Madeleine zog eine Schnute und bat Paul, sie ans Fenster zu lassen. Sie lehnte sich gegen die Tür. Sie wirkte blaß und müde. Ihre Augenlider klappten langsam auf und zu wie die einer Puppe. Dann zog sie ein Bein an und streifte den Schuh vom Fuß. Der Motor und das Radio waren so laut, daß man ihn nicht auf den Boden fallen hörte. Wenig später blieben die Augen ganz zu.

Links von der Autobahn lächelte ein riesiger Michelinmann auf die kleinen Autos herab. Paul stellte Madeleine keine weiteren Fragen, um sie nicht zu wecken und Auguste nicht zu weiteren ungehaltenen Kommentaren zu provozieren. Bei St. Cyrsur-Mer besserte sich die Laune des Franzosen dann schlagartig, und er begann zu erzählen.

»So macht das Fahren wirklich Spaß. Rechts das Meer,

links die Felsen und die kleinen Städte und das Ziel nur einen Tag weit entfernt. Autobahnen sind zwar etwas langweilig, aber immer noch besser als ein Waschbrett.«

Paul nickte.

»Verstehst du«, fuhr Auguste fort, »es gibt Strecken, die sind schlimmer als ein Steinbruch. Sie machen dir den ganzen Körper kaputt, die Nieren, das Rückgrat, die Bandscheiben, einfach alles. Während hier, das ist etwas anderes.«

Paul stimmte wieder zu. Er hatte Durst, und die laute Musik ging ihm auf die Nerven, aber er sagte nichts. Er steckte sich eine Gauloise an und hielt die Schachtel auch Auguste hin, aber der Franzose lehnte ab. Er rauche nie beim Fahren.

Paul rauchte und freute sich auf Toulon, wenn sie das Meer eine Zeitlang hinter sich lassen und ins Innere fahren würden. Das ununterbrochene Gleißen tat seinen Augen weh, obwohl die Fenster viel auffingen. Sie waren so schmutzig, daß man das Sonnenlicht auf ihnen liegen sehen konnte, als breche es sich in dem Staub. Ständig hing ein Hauch Ocker über der Straße und den anderen Autos.

Übermorgen sind wir wieder in Marseille, dachte Paul, und ich habe mein Geld, und vielleicht ist Serge bis dahin schon entlassen, und ich kann zurück nach München.

Die Motorhaube vor ihm war an einigen Stellen eingedellt. Ein Netz von Rostflecken und Kratzern spannte sich über das Gehäuse.

An einer Stelle war der Lack abgeschabt, das nackte Metall lag frei und blitzte in der Sonne.

Rechts zog das Touristenpanorama vorbei: weiße Häuser zwischen Piniengruppen, rote Felsen, vom Meer umspült. Dann wieder kleine Häfen, Fischerboote an Holzstegen vor schmalen, hohen Häusern, die rosa violett oder hellblau betüncht waren und sich an das Vorgebirge klammerten.

Madeleines Kopf war ans Fenster gesunken und vibrierte leicht. Im Schlaf hatten sich ihre Zehen gekrümmt. Paul fragte sich, wie sie wohl auf der Bühne gewesen sein mochte. Hatte sie im Lili Marleen-Stil auf sentimental gemacht, oder war sie komisch gewesen und hatte ordentlich was von ihrer Haut gezeigt?

»Angeblich kann man bei ihr sicher sein, daß sie keine Kinder kriegt«, meinte Auguste.

»Weißt du das von Serge?« fragte Paul.

»Serge, Serge«, maulte Auguste. »Serge war nicht der erste, der mit ihr geschlafen hat.«

»Und du?«

»Ich nicht. Nicht solange sie mit Mallet befreundet ist. Es gibt vielleicht ein schöneres Leben als meins, aber mir reicht es. Ich habe keine Lust, nie wieder einen Laster fahren zu können, weil man mir die Handgelenke gebrochen hat.«

Paul schwieg ein paar Sekunden lang. Dann fragte er: »Machst du das schon lange, die Straßen abgrasen?«

»Zehn Jahre. Vorher war ich Tankwart. Mein Vater hat eine Tankstelle in der Nähe von Arles. Jetzt tanke ich immer bei ihm, wenn ich in der Gegend bin.«

»Und Laurent und Etienne?«

»Etienne war schon bei Poujouly, als ich anfing. Er hat einen Schlag weg, fährt aber gut. Ob du es glaubst oder nicht, er war mal Schneider, und das nur, weil sein Vater eine Kunststopferei hatte. Dazu hat's bei ihm natürlich nicht gereicht, aber es soll mir niemand erzählen, daß ein Vater keinen Einfluß auf den Beruf seiner Kinder hat. Allein durch die Atmosphäre, verstehst du?«

»Ja.« Paul dachte an seinen Vater, der Richter gewesen war. Nach Augustes Theorie hätte er jetzt mindestens Gerichtsdiener sein müssen – oder irgendwo auf der Anklagebank sitzen, ganz wie man wollte.

»Und Laurent«, fuhr Auguste fort, »ist direkt aus dem Marinegefängnis zu Poujouly gekommen. Seine Eltern sind früh gestorben, da hat sich der Staat um ihn gekümmert. Erst das Waisenhaus, dann gleich das Militär. Er hat einen Offizier mit einem Messer angegriffen, fünf Jahre. Aber er ist ein guter Kerl, außerdem fährt er wie ein junger Gott. Und du?«

Paul überlegte, wie er in ebenso dürren Worten ein Bild

von sich geben sollte. »Ich wollte eigentlich Elektroingenieur werden. Dann kam der Krieg, und jetzt fahre ich Lastwagen. Bis letzten Montag hatte ich einen eigenen.«

Zum Abschluß fügte er noch hinzu, daß er einen kleinen Bauernhof in der Nähe von München besaß, denn das erschien ihm am wichtigsten.

Inzwischen hatten sie Toulon hinter sich gelassen und befanden sich auf der Route Nationale, die zum Autobahnanschluß Le Luc führte. Das bedeutete, ein Viertel der Strecke war geschafft.

Madeleine war wieder aufgewacht und hatte Paul um eine Zigarette gebeten. Hinter ihrem Profil führte ein Hügel an einen steilen Berg heran. Auf dem Hügel stand eine sechseckige Kapelle, umgeben von Bäumen, deren Laub die Farbe von nassem Rasen kurz nach Sonnenuntergang hatte. Die der Sonne zugewandten Mauern der Kapelle erstrahlten dunkelblond, die anderen wichen im Schatten zurück. Wind trieb Staubschwaden den Berghang herunter. Durch halbgeschlossene Lider betrachtet, wirkte der Himmel fast rosa, fand Paul.

Irgendwann hinter Le Luc, als sie schon wieder auf der Autobahn waren, wurde Madeleine hungrig, und sie hielten an einem Relais Routier auf der Höhe von Fréjus, um zu tanken und eine Mittagspause einzulegen. Madeleine sprang so ungeschickt ab, daß sie einige Meter weit nur humpeln konnte, weil ihre Fußsohlen schmerzten.

»Ein Lastwagen ist eben kein 2 CV«, sagte Paul lachend.

Madeleine streckte die Hand aus, als wollte sie sich festhalten. »Ein komisches Gefühl ist das – als wenn man von einem Schiff an Land geht.«

»Sie findet alles komisch«, meinte Auguste. »Jetzt merke ich erst, was für ein lustiges Leben ich täglich führe.«

Sie betraten das Restaurant. Die Tische mit den rotweißkarierten Decken waren voll besetzt. Als Auguste die Tür hinter sich schloß, rief jemand: »Schau, schau, wer auch wieder einmal in der Gegend ist, der alte Auguste!«

Auguste nickte dem Mann, einem jungen Blonden mit einem frechen Gesicht, flüchtig zu und fragte höflichkeitshalber: »*Salut,* Jeannot, was hast du denn geladen?«

»Bestimmt keine Waffen ohne Ausfuhrgenehmigung wie du. Oder fährst du nicht mehr für Poujouly?« erwiderte der Blonde lachend ohne jede Bösartigkeit.

»Das war aber ein ganz heißer Witz, mein Lieber«, sagte Auguste gelangweilt und führte Madeleine und Paul weiter, gefolgt von Laurent und Etienne.

Sie hatten Glück. Vier andere Fernfahrer waren gerade fertig und räumten ihre Plätze. Sie setzten sich und vertieften sich in die rotweißblau geränderten Karten. »Ich möchte eine Cola«, verkündete Madeleine.

»Euer Poujouly scheint ja nicht gerade den besten Ruf zu haben«, warf Paul Auguste über den Rand des Speisezettels zu.

»Ach was«, knurrte der Franzose, ohne aufzublicken. »Welcher Spediteur hat den schon? Außerdem brauchst du auf Jeannots Meinung nichts zu geben. Das ist nämlich der Witzbold des gewerblichen Güterfernverkehrs.«

Nach dem Essen ging es weiter auf der A 8, wieder am Mittelmeer entlang, vorbei an Cannes und Nizza, und dann öffneten sich auch schon die ersten Alpentunnel. Kurz hinter Menton erreichten sie die Grenze.

## 13

Die ersten kühlen Windstöße seit Stunden bauschten die grauen Vorhänge. Über der Stadt zog sich ein Sommergewitter zusammen. In dem Lautsprecher des kleinen Transistorradios dicht neben Serges Uhr knackten atmosphärische Störungen. Das italienische Lied, das gerade begann, mußte sich gegen zwei andere Programme benachbarter Sender durchsetzen. Der Elsässer lag auf dem Rücken, starrte zum Fenster hinüber und dachte an morgen. Die Stunden zwischen Mitternacht und Einschlafen, zwischen den Wachträumen von Madeleine und den aus der gleichen Eifersucht gespeisten Alpträumen vor dem Erwachen, waren die schlimmsten. Aber morgen war es vorbei, morgen wurde er entlassen. Der Gips mußte zwar noch einige Tage am Bein bleiben, aber alles andere war durchgestanden, die schweißnassen Laken, die Schlaflosigkeit, das Warten.

Um sich von Madeleine abzulenken, dachte Serge an Paul, der inzwischen längst in Marseille sein mußte. Hoffentlich hatte er den Volvo nicht auch irgendwo in den Graben gesetzt. Nein, dazu war Paul als Fahrer zu gut. So ein Pech wie mit dem Ford hatte man nur einmal im Leben, und alles bloß deshalb, weil irgendein Verrückter seinen Nervenkitzel daraus bezog, auf der falschen Seite der Autobahn zu fahren.

Serge schlug die dünne Decke zurück und hievte sich schwerfällig aus dem Bett. Er griff nach dem zerschlissenen Frotteemorgenrock am Fußende, warf ihn über und humpelte dann zum Fenster. Jenseits der Mauern des Krankenhausparks blinkten die Lichter von Amsterdam. Hin und wieder zuckte der ganze Himmel in fahlem Leuchten zusammen, ohne daß es donnerte. Der kühle Wind trocknete den Schweiß auf seiner Stirn.

Einen Tag lang hatte er ernsthaft mit dem Gedanken gespielt, den Fahrer des Porsche ausfindig zu machen und ihm einen Denkzettel zu verpassen. Paul kümmerte sich um seine Belange, er sich um die von Paul, so sollte es sein unter Freunden. Aber was konnte er mit einem Gipsbein schon tun? Dem schönen weißen Wagen eine Beule in den Kotflügel treten?

Er hatte sich vorgestellt, den Porsche zu finden, von der Spedition in der Amersfoordt Laan einen Laster auszuleihen und den Sportwagen damit zusammenzufahren, Rache zu nehmen in einem Crescendo aus kreischendem Blech und zerfetztem Kunststoff. Aber so was gab es nur in Reißern, in denen Männer mit Gipsbeinen auch über mannshohe Drahtzäune kletterten. Dennoch, vielleicht hätte er es getan, wenn es eine Chance gegeben hätte, daß man den Porsche fand, den richtigen. Weiße Porsches aber fuhren wahrscheinlich allein in Amsterdam zu Dutzenden herum, und dabei war ja noch nicht einmal gesagt, daß in dem Wagen nicht einer gesessen hatte, der ganz woanders wohnte, in Haarlem oder Antwerpen.

Serge tastete nach den Zigaretten in der Tasche seines Morgenrocks. Der Verkehr auf der Straße unter dem Fenster hatte fast ganz aufgehört. Das Rascheln des Windes in den Büschen an der Parkmauer übertönte die Stimme von Antonello Venditti im Radio. Serge zündete sich eine Zigarette an. In dem Bett neben seinem lag ein Neuer, der mit seinem bandagierten Schädel wie eine Mumie aus einem Horrorfilm aussah und keinen Rauch vertrug. Deswegen mußte der Elsässer immer auf den Flur oder, wie jetzt, ans Fenster gehen, wenn er Lust auf eine Zigarette hatte.

Seine Gedanken kehrten zu Madeleine zurück. Sie kehrten immer zu Madeleine zurück. Wahrscheinlich hatte jeder Mensch nur eine oder zwei Schienen, auf denen er seine Gedanken laufen lassen konnte, und sie führten stets zu derselben Kreuzung. Rechne mit dem Schlimmsten, Serge, *mon vieux.* Rechne mit dem Schlimmsten, dann bist du darauf vorbereitet, wenn es eintrifft. Wenigstens vorbereitet, wenn auch nicht gewappnet. Rechne damit, daß Madeleine dich betrügt, mit Auguste, nein, mit Paul. Rechne damit, daß Madeleine dich mit Paul betrügt. Entschuldige Paul, mein Alter. Oder nein, versuch zu verstehen, das ist besser als Entschuldigungen.

Irgendwo schlug ein Fenster zu. Wieder leuchtete der Himmel auf, und es schien Serge, als liege in der Ferne schon Nässeglanz auf den Dächern. Ein schöner Anblick, wenn man ihn nicht gerade vom Fenster eines Krankenhauses und dazu noch allein genießen mußte. Der Wind brachte Fetzen eines Liedes mit sich, Leierkastenklänge. Serge beugte sich vor, um genauer hinzuhören, bis ihm klar wurde, daß er sich das Lied nur einbildete, denn um diese Zeit schliefen Leierkastenmänner wie die meisten anderen Menschen in Amsterdam. Er hörte das Lied jetzt deutlicher, sah den schwarz, rot und weiß gestrichenen Leierkasten mit dem an einer goldenen Kette hängenden Äffchen darauf und auch den Mann mit Weste und Melone, der ihn bediente. Und daneben stand Madeleine in ihrem Kleid und sang. Das war die Erinnerung, ein Straßenmusikant, den man erst kaum wahrnahm, bis er direkt unter dem eigenen Fenster spielte.

Er hatte sie zum erstenmal in einem kleinen Nachtclub gesehen, in die auch Fernfahrer gehen konnten, und er hatte nicht einmal den Eindruck gehabt, daß sie zu gut für dieses Milieu sei, daß er sie da herausholen müsse. Im Gegenteil, sie paßte so gut auf die Bühne dieses Clubs zu dem Leierkastenmann und seinem Affen, wie nur irgendeine Sängerin auf die Bühne eines Nachtclubs paßt. Vielleicht hatte er sich gerade deshalb um sie bemüht, weil er jeden Abend ein Stück Nachtclub an seiner Seite haben wollte. Dabei war er doch gar nicht Auguste mit seiner Schwärmerei für Sängerinnen. Aber er liebte sie, und wenn man erst anfing, darüber nachzudenken, geriet man in einen Irrgarten.

Am besten fuhr er morgen gleich nach Marseille.

Er zündete sich die Zigarette an, die er schon vor einigen Minuten aus der Packung gezogen hatte. Ich sehe Gespenster, dachte er. Nur weil ich ein paarmal Pech gehabt habe, heißt das nicht, daß es immer so bleiben muß. Wenn dir eine Frau wegläuft, heißt das nicht, daß dir alle weglaufen. Und wenn dir bisher alle weggelaufen sind, bedeutet das nicht, daß auch diese abhaut. Stell dir vor, du müßtest um sie kämpfen, in deinem Alter. Ein grauhaariger Romeo, der sich in einen 38-Tonner schwingt und einer jungen Frau nachjagt, die nie einen Zweifel daran gelassen hat, daß für sie nur der Augenblick zählt. Aber so alt war er noch nicht, nicht zu alt zum Kämpfen jedenfalls, ein Diesel war für eine Verfolgung so gut geeignet wie jedes andere Fortbewegungsmittel, und wenn er sich damit lächerlich machte, dann ging das niemand außer ihm etwas an.

Serge Mallet warf die halb gerauchte Zigarette aus dem Fenster, nachdem er die Glut am Sims ausgedrückt hatte, und humpelte zum Bett zurück.

## 14

Am Morgen aß er alles auf, was auf seinem Frühstückstablett stand, weil er nicht wußte, wann er das nächste Mal etwas zu essen bekommen würde. Er besaß nur noch ein paar Centimes, denn bei der Anfahrt hatte er darauf gehofft, sich bei der Spedition Boerhaave eine Anzahlung geben lassen zu können. Ohne eine Fuhre aber würde das schwer werden. Gleich nach seiner Entlassung aus dem Hospital wollte er in die Amersfoordt Laan fahren; vielleicht hatten sie da etwas für ihn. Er wischte das honigverschmierte Messer sorgfältig an der Papierserviette ab und ließ es dann in der abgewetzten Aktentasche verschwinden, in der er sein Rasierzeug, Unterwäsche zum Wechseln und andere Dinge aufbewahrte, wenn er unterwegs war. Er legte die Serviette über die Gabel auf dem Teller und hoffte, daß sie das Fehlen des Messers verbarg.

Dann stand er auf und zog sich an. Als die Schwester kam, saß er bereits auf dem Bettrand und wartete, rechts neben sich die Aktentasche, links die Gitarre. An der Pforte lieh man ihm aus einer kleinen Kasse ein paar Gulden, damit er sich ein Taxi leisten konnte. Der Betrag würde später auf seiner Rechnung erscheinen, und Serge mußte versprechen, sich das Geld für die Heimfahrt beim französischen Konsulat vorschießen zu lassen.

Das Taxi brachte ihn in den großen Park, der sich am Amstelveenseweg befindet. Dort humpelte er durch die Grünanlagen, bis er einige große Büsche gefunden hatte, die ihn vor den Blicken der Spaziergänger auf den Wegen verbargen.

Er holte das Messer aus der Aktentasche und begann, den Gipsverband damit zu bearbeiten. Wenn er sich bei der Spedition meldete, konnte er schlecht mit einem Gipsbein erscheinen.

Es war ein heißer Tag. Der Lack der Gitarre auf dem Boden neben Serge glänzte in der Sonne. Immer wieder rutschte ihm das Messer aus der Hand. Er war in Schweiß gebadet. Schließlich merkte er, daß er auf diese Weise Stunden brauchen würde, um den Gips aufzuschneiden, suchte einen Stein und hämmerte damit im Sitzen auf die schmutzigweiße Hülle ein. Er durfte nicht zu fest zuschlagen, um das Bein nicht zu verletzten. Immer wenn Passanten in seiner Nähe auftauchten, saß er bewegungslos und lauschte dem Zwitschern der Vögel, bis sie weitergegangen waren. Anschließend schlug er wieder auf den Gips ein, mit knappen, harten Schlägen, deren Wucht er wenige Milimeter vor dem Aufprall abbremste. Endlich hatte er den starren Panzer so weit gelockert, daß er ihn mit der leicht gezackten Schneide des Messers aufsägen konnte.

Er schlüpfte in den Schuh, den er in der Aktentasche untergebracht hatte, und stemmte sich hoch. Vorsichtig belastete er das gebrochene Bein. Er brauchte jetzt bloß so zu gehen, als hätte er sich einen Knöchel verstaucht, durfte mit dem frisch verheilten Bein immer nur kurz und schwach auftreten. Er griff nach der Gitarre und humpelte los. Nach den ersten Schritten wischte er sich mit dem Hemdsärmel den Schweiß vom Gesicht. Am Amstelveenseweg blieb er stehen, bis ein Taxifahrer hielt, von dem er sich in die Amersfoordt Laan bringen ließ.

Er hatte keine Ahnung, was er anfangen sollte, wenn sie ihn bei der Spedition nicht brauchen konnten. Eins allerdings war sicher – vom Konsulat würde er sich keinen Centime leihen. Entweder versuchte er per Anhalter nach Hause zu kommen, oder er würde bei Nacht . . .

»Da wären wir, Mijnher.«

Serge bezahlte. Als er den Hof betrat und sich dem Exportbüro zuwandte, bemühte er sich, gleichmäßig zu gehen, obwohl es schmerzte und anstrengend war. Mit der Gitarre und dem zu langen Haar wirke ich bestimmt wie ein Musiker, dachte er. Oder wie ein Zigeuner.

Er betrat das Büro, stellte sich dem Mann hinter dem Schreibtisch vor und begriff im gleichen Augenblick, daß er einen Fehler begangen hatte.

»Mallet, Mallet, Mallet«, murmelte der Mann und wühlte

einen Berg Zettel durch, »da war doch irgend etwas in den letzten Tagen. Moment mal, da haben wir's. Sie hatten eine Fuhre nach Marseille, waren zu dem Zeitpunkt aber im Krankenhaus.«

»Ein Freund hat das für mich übernommen«, sagte Serge.

»Richtig, ein Deutscher, Grisbi, hier steht's. Das Frachtgut kam verdorben in Marseille an. Da läuft noch einiges zwischen der Spedition Poujouly und dem Auftraggeber. Weswegen waren Sie im Krankenhaus?«

»Ich hatte einen kleinen Unfall«, sagte Serge mit unbewegter Miene, obwohl er genau wußte, was jetzt folgen würde.

»Sie haben sich das Bein gebrochen, Monsieur Mallet, nicht wahr?«

Das Gesicht des Mannes hinter dem Schreibtisch drückte ziemlich deutlich aus, was er von einem Fahrer hielt, der sich das Bein gebrochen hatte und, kaum daß er aus dem Krankenhaus entlassen war, eine seriöse Spedition dazu zu bewegen versuchte, ihm einen Laster anzuvertrauen. Aber dann sagte er nur: »Tut mir leid, Mallet, wir sind komplett. Außerdem haben wir schon lange davon Abstand genommen, Zigeuner zu beschäftigen.«

Mit Zigeunern meinte er zweifellos solche Fahrer, die keinen eigenen Laster besaßen und auch nicht als Vertragsfahrer mit dem firmeneigenen Wagen einer bestimmten Spedition aufkreuzten, sondern von Fall zu Fall ihre Dienste anboten, wenn sie gerade Geld brauchten.

Serge nickte und griff nach dem Bügel der Aktentasche zwischen seinen Füßen. Wie um seine Worte etwas zu mildern, hielt ihm der Mann hinter dem Schreibtisch ein offenes Päckchen holländischer Zigaretten entgegen, aber der Elsässer lehnte ab, indem er mit der freien Hand auf seine Brusttasche klopfte, wo seine eigenen Zigaretten steckten.

»Und damit können Sie sich nicht ein paar Gulden verdienen?« fragte der Mann und deutete auf die Gitarre.

»Nein«, sagte Serge und verließ das Büro, ehe der Angestellte der Spedition noch mehr sagen konnte.

Grizzly hat die Sache also vermurkst, dachte er draußen im Hof. Was ist bloß mit ihm los? Erst läßt er sich von einem Sportwagen von der Straße drängen, und dann bringt er es fertig, Frachtferngut unterwegs vergammeln zu lassen. Früher wäre ihm das nicht passiert. Konnte es sein, daß Paul sich verändert hatte? War er schlechter geworden, als Fahrer? Als Fahrer, und als was noch?

Serge hatte keine Lust, darüber nachzudenken. Auf der Fahrt nach Marseille würde noch genügend Zeit dafür sein. Man sollte nichts über den Zaun brechen, schon gar nicht, wenn man sowieso auf achtzig war. Dieser scheinheilige Typ an seinem Dünnbretterschreibtisch im Exportbüro hatte ihm wirklich die Galle hochkommen lassen. Früher hätte er sich das nicht bieten lassen, da wäre nach fünf Minuten der Notarzt gerufen worden.

Serge blickte sich um. Rechts von ihm wurden Paletten auf einen Mercedes gehievt, ein Fiat rollte gerade vom Hof. Er fühlte sich wie ein abgehalfterter Schauspieler, der aus den Kulissen ein Theaterstück beobachtet, in dem er einmal eine Hauptrolle gespielt hat. Ein Schauspieler mit Gitarre und Aktentasche, der kein Engagement mehr bekommt. *Und damit können Sie sich nicht ein paar Gulden verdienen?* Ich könnte durchaus, mein scheinheiliger Freund, aber ich will nicht. Das habe ich nämlich hinter mir. Jetzt fahre ich Laster.

Leicht humpelnd, obwohl er keinen Schmerz verspürte, verließ Serge den Hof der Spedition Boerhaave, ohne einen Blick zurückzuwerfen. Er versuchte möglichst invalid zu wirken.

Sein Plan stand fest. Wenn der Scheinheilige morgen früh sein Büro betrat, würde er von seiner Sekretärin zu hören bekommen, daß über Nacht ein Sattelschlepper verschwunden war. Und bis er hinter seinem Dünnbrettschreibtisch ausgeknobelt hatte, daß der Dieb vielleicht Mallet heißen konnte, rollte der Schlepper bereits über die belgisch-französische Grenze.

Der Elsässer steckte sich seine letzte Zigarette in den Mund, zerknüllte das Päckchen und warf es weg. Er würde irgendwo in der Nähe in einer billigen Kneipe ein Mittagessen erschnorren und dann die toten Stunden der Nacht abwarten, die bei den meisten Speditionen schon um drei Uhr endeten.

## 15

Er saß im Straßengraben, grinste den vorbeifahrenden Kollegen zu und zupfte auf seiner Gitarre herum. Er wußte, daß man sich später an ihn erinnern würde, aber das machte nichts, weil Erinnern und Beweisen zweierlei waren.

Die Dunkelheit sank nur zögernd herab. Im Licht des verglimmenden Tages konnte Serge von seinem Platz im Graben aus den sienaroten Daf Fat 2800 sehen, den er ins Auge gefaßt hatte, bevor er die Amersfoordt Laan auf der Suche nach einer Gaststätte in Stadtrichtung hinuntergehumpelt war.

Den Rückweg hatte er dazu benutzt, sein vom Gips befreites Bein, das immer noch juckte, durch stärkere Belastung zu trainieren. Dann hatte er sich auf einen Erkundungsgang um das Gelände der Spedition begeben, das mit mannshohem Maschendraht gesichert war. Wenn er Pech hatte, würde ihm in der Nacht nichts anderes übrigbleiben, als über den Zaun zu klettern, falls er das mit seinem Bein überhaupt schaffte. Wenn nicht, mußte er den Plan aufgeben. ›Versuchtes Eindringen in ein gesichertes Areal zum Zweck der Entwendung eines Kraftfahrzeugs‹, dachte er. Versuch gescheitert, *chers messieurs* vom Konsulat, könnten Sie mir bitte das Geld für die Heimfahrt vorschießen? Nein, verdammt, er mußte es schaffen.

Mit der Gitarre, seiner schäbigen Aktentasche und dem durchgeschwitzten Hemd kam er sich langsam wie ein Clochard vor. Um sein Bein zu entlasten und nicht schon vor Einbruch der Dunkelheit schlappzumachen, setzte er sich schließlich in den Graben am Straßenrand und dachte an Grizzly und Madeleine. Mit etwas Glück konnte er sie morgen abend wiedersehen. Nein, es war keine Frage des Glücks, mehr ein organisatorisches Problem. Entweder knackte er in der Nacht noch die Tür zum Exportbüro, wo die Spesenumschläge für die Fuhren des morgigen Tages lagen, aber das war ziemlich riskant; oder er mußte sich darauf verlassen, daß man ihn an den Tankstellen, an denen er bekannt war, auf Kredit zapfen ließ. Das war ebenfalls ein Risiko, allerdings ein wesentlich geringeres, denn an den meisten Tankstellen, wo er immer hielt, wenn er von Marseille nach Norden fuhr, genoß er mehr Vertrauen als die meisten anderen Fahrer.

Um die Zeit zu überbrücken und sich abzulenken, spielte er die alten Lieder aus seiner Zeit mit der Jazzband.

Am späten Abend kam ein leichter Westwind auf, der die Büsche längs der Straße schüttelte und Staub und Papiertüten über den Asphalt trieb. Serge dachte an den Wind, der an jenem Tag geweht hatte, an dem er Grizzly zum erstenmal gesehen hatte, während des Kriegs. Er wußte noch genau, daß es damals den ganzen Vormittag über gestürmt hatte, erst gegen Abend war Ruhe eingetreten. Wie das Wetter gewesen war, als er Grizzly nach dem Krieg wiedergesehen hatte, wußte er nicht mehr. Der Deutsche hatte seinen Urlaub dazu benutzt, ihn aufzuspüren, war zwei Wochen lang in einem immer noch feindseligen Land herumgekurvt, weil er wissen wollte, was aus Alîne geworden war. Serge hatte ihm mitgeteilt, daß sie die Schußverletzung nicht überlebt hatte. Dann waren sie ein Glas Wein trinken gegangen und Freunde geworden.

Eine halbe Stunde, nachdem der letzte Mann das Areal verlassen hatte, machte Serge sich an die Arbeit. Der Wind hatte nicht nachgelassen. Es war inzwischen ganz dunkel. Eine schwere Kette sicherte das Tor der Spedition. Serge hüllte die Aktentasche in seine Jacke und warf sie über den Zaun. Die Gitarre mußte er wohl oder übel über die Schulter hängen, obwohl sie ihn beim Klettern behindern würde.

Nach dem Aufprall der Tasche auf der anderen Seite hielt Serge einige Herzschläge lang den Atem an. Nichts geschah. Mit einem leichten Rütteln prüfte er die Stabilität des Drahtgeflechts, ehe er die rechte Schuhspitze in Kniehöhe in eine Masche schob. Alles mußte so schnell wie möglich gehen. Erst die linke, gleich darauf klammerte sich die rechte Hand an den kräftigen Zaun. Fast im gleichen Moment verspürte er einen leichten Schmerz, als er das kaum verheilte Bein krümmte. Sofort verlagerte er das Hauptgewicht auf die Arme, die ihn früher mit Leichtigkeit getragen hatten. Er wollte sich hochziehen, aber nichts geschah. Er hatte keine Kraft mehr. Der Wind packte ihn, preßte seinen Körper gegen die Maschen und schob ihn mitsamt dem Zaun hin und her.

Er schaffte es, sich einige Minuten so festzuklammern, wobei ihm vor Anstrengung der Schweiß auf die Stirn trat. Dann ließ er sich fallen und blieb keuchend liegen. Die Gitarre gab einen dumpfen Laut von sich. Seine in die Jacke gehüllte Tasche befand sich auf der anderen Seite. Eins ihrer Schnappschlösser blinkte im Mondschein.

Nach einer Minute stieß der Elsässer einen Fluch aus, dann setzte er sich auf und massierte sein schmerzendes Bein. Der Traum, mit einem gestohlenen Sattelschlepper nach Marseille zu fahren, war ausgeträumt. Noch einmal blickte Serge zu seiner Tasche und der Jacke hinüber. Er hätte sie jetzt gut gebrauchen können, denn es war kalt. Er beschloß, zu seinem Platz im Graben zurückzugehen und dort zu schlafen, bis die Arbeit in der Spedition wieder aufgenommen wurde und er sich Tasche und Jacke zurückholen konnte.

Als er erwachte, konnte er sich kaum bewegen. Die Gitarre hatte sich in seine Seite gebohrt, und es fühlte sich an, als hätte sie dort ein Loch hinterlassen. Der Himmel strahlte hellblau und wirkte kalt. Hätte man ihn berühren können, so hätte er sich bestimmt angefühlt wie Porzellan, das eine Nacht im Kühlschrank gestanden hat, dachte Serge. Hellblau und kalt und etwas feucht. Der vom Morgentau nasse Drahtzaun glitzerte rosa im ersten Licht der Sonne. Beide Torflügel standen weit offen, die Kette hing auf dem Boden.

Serge fuhr sich mit gespreizten Fingern durch die dreckigen Haare und streifte anschließend mit dem Handrücken über die kurzen, harten Bartstoppeln. Nichts zu machen, sein Rasierzeug befand sich in der Tasche.

Das Bein schmerzte stärker als noch vor ein paar Stunden. Serge versuchte, das Stechen zu ignorieren, als er durch das offene Tor schlenderte und sich sofort scharf nach links wandte. Niemand nahm von ihm Notiz. In den großen überdachten Hallen wurden Sattelauflieger beladen, Gabelstapler rollten über den Hof, jemand schrie dreimal denselben Befehl.

Serge ging um einige mit Planen zugedeckte Paletten herum und gelangte schließlich an die Stelle, wo er in der Nacht seine Tasche über den Zaun geworfen hatte. Sie lag noch immer unberührt im hohen Gras. Der Griff war kalt und naß, genau wie der Stoff der Jacke. Serge schlüpfte in die Ärmel und wölbte seine Schultern ein paarmal unbehaglich vor und zurück, bis die Jacke sich angewärmt hatte.

Er ging zum Tor der Spedition zurück. Ein über und über mit Dreck bespritzter Daf Supercontinental Sattelzug schob sich von der Straße herein. Serge mußte zur Seite treten, um ihn vorbeizulassen. Die Vibrationen des schweren Dieselmotors übertrugen sich auf seinen Brustkasten und drangen bis zum Magen vor. Die abgefahrenen Vollgummireifen reichten ihm bis zum Bauchnabel.

Hinter dem Laster näherte sich ein Mann zu Fuß und bog ebenfalls in die Einfahrt. Er trug eine braune Aktentasche in der rechten Hand. Sein dunkelblauer Gabardineanzug schien frisch gebügelt, genau wie seine Miene. Es war der Mann aus dem Exportbüro, mit dem Serge gestern zu verhandeln versucht hatte. Als er den Elsässer bemerkte, blieb er verdutzt stehen. Die Bügelfalten wurden noch schärfer.
»Was machen Sie denn noch hier?« Serge rieb sich verlegen die Bartstoppeln und blickte auf seine mit Nässeflecken und Gras bedeckten Schuhe. Dann riß er sich zusammen und fragte: »Könnten Sie nicht doch einmal eine Ausnahme machen und mir eine Fuhre nach Frankreich geben?«

Wenn du jetzt nein sagst, du Pisser, dann schlage ich dich windelweich. Er trat einen Schritt vor, den Blick immer noch in scheinbarer Demut gesenkt.

»Ich habe Ihnen doch gestern schon gesagt, daß wir Männer wie Sie nicht beschäftigen. Sehen Sie zu, daß Sie vom Gelände der Spedition verschwinden, oder ich lasse Sie . . .«

Serge holte aus und schlug zu. Die Knöchel in seiner geballten Faust knackten und brannten wie Feuer. Der Mann im blauen Gabardineanzug stolperte rückwärts und stürzte. Dann versuchte er wegzukriechen. Serge versetzte ihm einen Tritt in die Seite, spürte den scharfen Schmerz in seinem frisch verheilten Bein und lag im nächsten Moment selber am Boden. Das Gesicht des Holländers war dicht vor ihm. Er schlug wieder zu und dann noch einmal, so oft, bis er von anderen Fäusten hoch- und weggerissen wurde.

## 16

Kurz hinter der italienischen Grenze erreichte der Konvoi den ersten von fast zwanzig Tunnels durch die Ausläufer des Gebirges. An der Zollstation hatte es nicht die geringsten Schwierigkeiten gegeben. Die Beamten hatten die Pässe, die Zollpapiere und die Zollschnur überprüft und die drei Laster dann weitergewinkt. Die Riviera wirkte noch blauer, als sie aus dem Zwielicht des von kachelförmigen, orangefarbenen Lampen beleuchteten Tunnels in den sonnigen Nachmittag hineinstießen.

Die Steigung nahm beträchtlich zu. Der Scania begann zu kriechen. »Er zieht nicht mehr so ganz«, meinte Auguste. Die Muskeln an seinem kräftigen Unterarm traten hervor, als er herunterschaltete. Der Motor wechselte die Tonlage und klang nun tiefer. Radio Monte Carlo brachte eine Opernstunde. Auguste stellte den Empfänger ab, nachdem er ein paar Minuten absichtlich falsch mitgesungen hatte.

»So habe ich mal eine ganze Nacht festgesessen«, erzählte er. »Schneetreiben am Brenner. Die Straße war völlig vereist. Als die Räder durchdrehten, mußte ich rückwärts an den Straßenrand rollen, wo schon ein Dutzend anderer Lastzüge abgestellt waren. Eine ganze Nacht hockten wir da gefangen in der Kälte, aber ich habe es mir in meiner Schlafnische bequem gemacht, ein Buch gelesen und hin und wieder den Motor laufen lassen, damit es warm blieb. Das einzige, was mich gestört hat, war das Radioprogramm. Überall nur Sinfonien und Opern.« Paul hatte nichts gegen klassische Musik. Er stellte sich eine solche Nacht am Brenner ganz romantisch vor, wenn man in seiner Kabine im Dunkeln eine Sinfonie hören konnte und draußen der Schnee herabrieselte. Vorausgesetzt, es blieb bei einer Nacht.

Der Motor sang sein Lied jetzt eine ganze Oktave tiefer, als ginge es wirklich den Brenner hinauf.

»Das Zeug, das wir geladen haben«, begann Paul, »ist das zu schwer für ein Flugzeug, oder warum wird es mit dem Schiff transportiert?«

»Heutzutage kann ein Flugzeug alles transportieren«, erwiderte Auguste. »Sogar Panzer.«

»Dann verstehe ich nicht, wieso Poujouly die Geräte nicht per Luftfracht geschickt hat. Angeblich soll es doch so schnell gehen. Und die Prämien hätte er sich dann auch sparen können.«

»Vielleicht hat er Angst gehabt, das Flugzeug könnte ins Meer stürzen«, überlegte Madeleine laut. »Oder von Luftpiraten entführt werden. Solche Geräte können in den falschen Händen sicher viel Schaden anrichten.«

»Unsinn«, meinte Auguste ruhig. »Luftpiraten entführen nur Passagiermaschinen. Außerdem ist das Zeug völlig harmlos, man kann daraus weder Bomben bauen noch jemand damit erschießen. Optische Geräte, so was braucht man zur Landvermessung, wenn man Bohrungen durchführen will, zum Beispiel, oder irgend etwas ausgraben will.«

Sein Tonfall ließ erkennen, daß ihn das Thema langweilte. Paul hatte das Gefühl, die Langeweile sei nur gespielt, als wollte Auguste nicht, daß weiter über die Angelegenheit geredet wurde, aber vielleicht irrte er sich auch. Vielleicht transportierten sie in Wirklichkeit etwas ganz anderes, etwas, wovon Paul besser nichts wußte. Er nahm sich vor, bei der nächsten Gelegenheit mit einem der anderen Fahrer zu sprechen, mit Laurent oder Etienne; nein, am besten Laurent. Von jemand, der wie ein Heiliger auf einem Devotionalienbild nach einem Messerkampf aussah, erfuhr er vielleicht die Wahrheit.

Eine Stunde später erreichten sie Albenga. Paul schlug vor, anzuhalten, damit sie einen Kaffee trinken konnten. Sie waren schon am Golf von Genua und würden zur Feierabendzeit in der Hafenstadt eintreffen, wo sich gegen eine Pause nichts einwenden ließ.

Von der Autobahnraststätte aus konnte man in das Land hineinsehen. Die Berge erhoben sich lang und weiß und schattenlos. Von der Straße her war der Lärm der Autos zu hören, von der anderen Seite das Rattern eines Zuges. Die Papierdeckchen zwischen Tasse und Untertasse waren mit übergeschwapptem Kaffee getränkt. Es war heiß.

»Die Berge sehen aus wie liegende Kamele«, verkündete Madelein.

»Fehlen nur die Köpfe«, bemerkte Etienne.

Paul sah aus dem Fenster. Liegende Kamele, nicht schlecht. Ein einfacher Vergleich, aber er traf haargenau. Paul suchte Madeleines Augen. In ihnen lag die gleiche Einfachheit. Keine Naivität, sondern eine anziehende Unkompliziertheit. Bei Madeleine fühlte man sich schnell wie zu Hause.

»Die haben sie im Sand vergraben, die Köpfe«, erklärte Serges Freundin Etienne. »Im Fernsehen hab ich mal ein krankes Kamel gesehen. Es lag an einem Fluß und hatte den Kopf ins Wasser gesteckt. Ein paar kleine Vögel saßen auf seinem Hals. Manchmal träume ich von dem Kamel.«

»War es ein Kamel oder ein Dromedar?« fragte Laurent. »Hatte es einen Höcker oder zwei?«

Madeleine dachte nach. »Einen, glaube ich.«

»Dann war es ein Dromedar.«

»Kamele vergraben ihre Köpfe nicht im Sand«, erklärte Auguste. »Außer wenn sie nach Würmern picken.« Er lachte und schlug sich klatschend auf die Schenkel.

Paul halle nur mit halbem Ohr hingehört, trotzdem war er amüsiert. Wenn man die Wahrheit erfahren wollte, mußte man nachfragen, selbst wenn einem niemand absichtlich eine Lüge erzählte. Hätte Laurent jetzt nicht gefragt, wäre er vielleicht in dem Glauben gestorben, Madeleine hätte wirklich ein Kamel im Fernsehen gesehen, dabei war es ein Dromedar gewesen. Sobald sie wieder auf der Straße waren, würde er August noch einmal auf ihre Fracht ansprechen.

Kleine weiße Wolken, rund und schlicht, wie von einer Kinderhand gemalt, trieben am Himmel dahin. Als er klein gewesen war, hatte Paul solche Wolken immer für das gehalten, was aus Nonnen wird, wenn sie gestorben sind. Rein und immer noch betend zogen sie am Himmel ihrer Wege.

Madeleine zog an ihrer Zigarette und beobachtete den Deutschen. Er blickte zum Fenster hinaus. Draußen trug ein Mann in einem roten Overall einen Luftdruckmesser vorbei. Pauls Profil, die Welle der gescheitelten Haare, die Stirn, die flache Nase und das kräftige Kinn, zeichneten sich dunkel vor dem gleißenden Hintergrund ab.

Der Freund von Serge gefiel ihr; sie verstand, was der Elsässer an ihm fand, was ihr bei den meisten anderen, mit denen er sonst herumzog, nicht gelang. Laurent und Auguste waren auch nett, aber bei ihnen wußte man nie genau, woran man gerade war. Sie rauchte und fühlte sich so wohl wie lange nicht mehr in dieser ruhigen, männlichen Umgebung. Es war ein Gefühl, das vom Bauch herauf bis in die Zähne wuchs und sich kribbelnd in der Mundhöhle ausbreitete. Am liebsten hätte sie jetzt irgendwo hineingebissen, in die Tischdecke oder ihre Hand; oder einem Mann, diesem Deutschen da zum Beispiel, in die Schulter oder den Oberarm. Sie hatte keine Ahnung, ob das Gefühl zu irgend etwas führen würde, schließlich war Paul Serges Freund und damit keiner der Männer, auf die sie frei reagieren durfte.

Sie überlegte, ob er zu dem Typ gehörte, mit dem man viel reden mußte. Eigentlich wirkte er nicht so – so grüblerisch wie etwa Serge. Wenn es hochkam, sagte Paul wahrscheinlich höchstens mal *Der Rock ist zu kurz* oder *Was hast du denn mit deinen Augen gemacht* oder *Ist das Essen noch nicht fertig.* Er wirkte unkomplizierter als Serge. Ob er verheiratet war oder eine feste Freundin hatte? Die meisten Fahrer, die sie kannte, hatten keine Frau. Paul verhielt sich auch, als wäre er ungebunden; er hatte nicht ein einziges Mal telefoniert oder ein Telegramm nach Hause geschickt.

Laurent hatte sich eins seiner Luxuszigarillos von Davidoff angesteckt und erklärte Auguste und Etienne gerade, wie sehr die Preise in Italien seit ihrem letzten Besuch gestiegen waren. Paul, der die italienische Währung von jeher verwirrend gefunden hatte, hörte nicht zu. Außerdem wurde er dadurch abgelenkt, daß Madeleine ihn ununterbrochen anstarrte. Er wurde immer unruhig, wenn eine Frau ihn so ungeniert beobachtete, seine Bewegungen erfolgten weniger selbstverständlich, manchmal schob er leicht das Kinn vor. Er kannte das Gefühl, wußte, daß sich mit einer Frau, die einen so anblickte, vielleicht etwas Lohnendes ergab. Natürlich nicht mit Madeleine in ihrem roten Kleid, mit den in der Mitte gescheitelten Haaren und den spröden Lippen. Sie war Serges Mädchen.

Das Kofferradio auf dem Tisch neben der Tür zur Küche, auf dem außerdem noch der Besteckkasten und ein Turm sauberer Teller standen, gab eine italienische Poparie von sich; schluchzend ertrank der Sänger in den Fluten des Streicherarrangements, selbst der Chor vermochte ihn nicht zu retten.

»Wie habt ihr euch eigentlich kennengelernt, Serge und du?« fragte Paul plötzlich.

»Er hat mir was zu trinken spendiert«, antwortete Madeleine. »Ich weiß nicht mal mehr, was. Wir tranken zusammen in dem Club, in dem ich damals auftrat. Er erzählte mir lauter Dinge, über die man lachen konnte, auch wenn sie traurig waren. So Sachen, die er selber erlebt hatte. Nachdem der Club zu war, sprachen wir in seinem Wagen weiter und danach in seiner Wohnung. Ich hatte noch nie eine so schöne Wohnung gesehen.«

Paul war überrascht. Serge, der in einer Bar einem wildfremden Mädchen, dem er Drinks bezahlte, sein Leben erzählte, das war fast unvorstellbar. Zu diesem Serge fehlte ihm ein halbes Jahr.

»Wahrscheinlich habe ich mit ihm angefangen, weil er dreißig Jahre älter als ich und kein Manager, Musiker oder Sänger ist, sondern ein ganz normaler Mensch. Vielleicht geht's gut. Nach fünf Monaten kann man das noch nicht beurteilen.«

Madeleine lächelte entschuldigend, als fürchtete sie, Paul mit dem letzten Satz irritiert zu haben.

Auguste winkte dem Kellner und bezahlte. Dann stand er auf und sagte zu Paul: »Wir übernachten in Genua immer in einem Hotel am Stadtrand. Am besten setzen wir Madeleine dort ab, wenn wir reinfahren, dann kann sie schon die Zimmer reservieren, damit alles erledigt ist, wenn wir am Abend vom Hafen zurückkommen.«

Madeleine strahlte. »Das ist eine gute Idee. Dann kann ich ein Bad nehmen, bevor wir am Abend ausgehen. Ich fühle mich dreckig und verschwitzt.«

Auguste schüttelte den Kopf. »*Wir* gehen vielleicht aus, von dir war nicht die Rede. Du bleibst im Hotel. Eine Französin hat nachts auf italienischen Straßen nichts zu suchen.«

»Och, ich möchte aber mit. Ich kann schon auf mich achtgeben. Paul, nimmst du mich mit?«

Der Kleinmädchenton, in dem sie die Frage stellte, amüsierte den Deutschen. Er zwinkerte ihr zu und nickte. Madeleine hatte erreicht, was sie wollte und schien zufrieden. Die vier Männer und die junge Frau stiegen wieder in ihre Diesel und starteten in der Reihenfolge, in der sie geparkt hatten. Bis Genua waren es noch ungefähr achtzig Kilometer; eine gute Stunde, wenn der Verkehr nicht allzu dicht wurde.

## 17

Der italienische Rundfunk brachte Ausschnitte eines Konzerts von Umberto Tozzi. Die rauhe Stimme des Sängers hing in der Kabine, an manchen Stellen ließ der Baß die Membrane des Radios scheppern.

»Bist du schon mal in Italien gefahren, Paul?« fragte Auguste.

»Ja, vor sechs Monaten erst.«

»Gut, dann übernimmst du den Berliet von Etienne, wenn wir Madeleine abgesetzt haben. Er ist ein guter Fahrer, aber in Städten wird er immer etwas nervös. Normalerweise macht das nichts, aber diesmal muß alles glattgehen. Einverstanden?« Paul nickte, und Auguste konzentrierte sich wieder auf die Straße. Von den Anschlußstellen ergoß sich der erste Feierabendverkehr auf die Autobahn. Madeleine besprühte sich die Armbeugen mit Parfum und summte vergnügt vor sich hin, während Paul sich in Erinnerung zu rufen versuchte, wann er das letztemal mit einem Berliet gefahren war.

»Ich habe es mir überlegt«, sagte Auguste nach fünf Minuten. »Vielleicht ist es besser, wenn du alles weißt.«

»Das glaube ich auch«, meinte Paul.

»Poujouly ist als Spediteur am Ende. In ein paar Tagen muß er Konkurs anmelden. Ein paar nicht eingelöste Verpflichtungen, hohe Versicherungsprämien, die Wirtschaftslage, Rückgang der Aufträge – so was geht oft schneller, als man denkt. Ist schon größeren Unternehmen passiert.«

Paul schwieg. Auguste blickte starr geradeaus. Hinter der dunklen Sonnenbrille ließen sich seine Augen nicht erkennen. Seine Hände lagen mit den Handballen auf dem Lenkrad. Irgendwie erinnerten sie Paul an Seehundsflossen.

»Passacaglia befindet sich in der selben Lage – der Kapitän der *Luxor,* du erinnerst dich. Er hat ein paar Totenschiffe laufen, die unter Garantie in absehbarer Zeit eins nach dem anderen absaufen werden. Und die *Luxor* wird den Anfang machen. Verstehst du?«

»Versicherungsbetrug?« fragte Paul.

Auguste nickte nicht, schüttelte aber auch nicht den Kopf. Er sah auf die Fahrbahn und sagte: »Pépé Poujouly und Ettore Passacaglia haben sich gesucht und gefunden. Einer ist ausgekochter als der andere. Ich würde gern wissen, wann sie sich kennengelernt haben und wann ihnen die Idee zu diesem Coup gekommen ist. Was, glaubst du, befindet sich auf den Paletten da hinter uns?«

»Keine Ahnung. Alles, bloß keine optischen Präzisionsinstrumente. Stimmt's?«

»Steine«, erklärte Auguste. »Sauber in Holzwolle verpackt und in Kisten versiegelt.«

»Ich werde wahnsinnig.«

Man übernahm eine Fuhre für einen Freund und plötzlich war man Teil eines Plans, mit dem eine große Versicherungsfirma hereingelegt werden sollte, in diesem Fall Generali in Italien, ein Unternehmen, das Untersuchungen anstellte, bevor bezahlt wurde, das Detektive in Scharen aussandte, um jeden einzelnen Mann unter die Lupe zu nehmen. Und diese Detektive würden sich vor allem um einen kümmern, der schon wegen eines verbrannten Lasters ein anderes Versicherungsverfahren laufen hatte.

»Du brauchst keine Angst zu haben«, fuhr Auguste fort, als ahnte er, was in Paul vorging. »Jeder von uns, inklusive Poujouly, hat eine Vergangenheit, bei der sich ein Versicherungsdetektiv vor Vergnügen in die Hände spuckt. Aber der Plan ist niet- und nagelfest, deswegen machen wir mit.«

Madeleine war genauso überrascht wie Paul. »Wußte Serge davon?« fragte sie.

»Nein, nur Laurent und Etienne noch. Wenn Serge statt Paul gefahren wäre, hätten wir ihn natürlich eingeweiht.«

Paul hatte sich eine Zigarette angezündet. Er wußte nicht,

ob das flaue Gefühl im Magen bedeutete, daß ihm schlecht wurde.

»Zweimal haben wir diese Fuhre ordnungsgemäß erledigt«, fuhr Auguste fort. »Sogar die Ausfuhrgenehmigungen der Regierung waren echt. Passacaglia hat die Theodoliten und das ganze Zeug immer völlig korrekt in Tunis abgeliefert. Und beide Male hat Poujouly dieselbe Versicherung für die Fracht bei derselben Gesellschaft abgeschlossen. Die Policen haben zusammen rund zweihunderttausend Francs gekostet.«

Paul blickte erst aufs Meer hinaus, dann zurück zu Auguste. Der Sohn eines Tankstellenbesitzers bei Arles war inzwischen weiter weg von zu Hause als die paar Kilometer bis Marseille. Hunderttausend für die Police, das bedeutete einen Frachtwert von einer Million. Die Zahlen stiegen vor Pauls Augen auf, säuberlich auf einen Verrechnungsscheck getippt. Zwei Hände fanden sich zum Verschwörerdruck, die Schecks wurden ausgetauscht. Generali bekam den mit den fünf Nullen, Poujouly den mit der zusätzlichen sechsten Null.

»Diesmal haben wir Steine versichert«, sagte Auguste. »Morgen kommen die Paletten an Bord der *Luxor,* das Schiff läuft aus und geht dann irgendwo im Mittelmeer unter. Poujouly macht seinen Ersatzanspruch geltend, und Passacaglia hält bei seiner eigenen Versicherung die Hand auf. Die Spedition ist gerettet, und wir sind jeder um zehntausend reicher. Deswegen sind die Kisten nicht mit dem Flugzeug befördert worden, weil Flugkapitäne ihre Maschinen im allgemeinen nicht so abstürzen lassen können, daß sie dafür Geld bekommen. Beziehungsweise es noch ausgeben können.«

Und deswegen auch die Eile, setzte Paul in Gedanken hinzu. Wenn die *Luxor* nicht rechtzeitig in See stach, verfiel der Versicherungsschutz. Wegen der Höhe der Prämien konnte es sich niemand leisten, eine Police länger als für eine Woche, maximal zehn Tage, abzuschließen. Wahrscheinlich hatte Poujouly jeden Centime flüssig gemacht, um diese letzte Prämie bezahlen zu können. War die Police abgelaufen, ehe der Kahn Kurs auf den Meeresgrund genommen hatte, konnten Kapitän Nemo und Freund Pépé selber auf Tauchstation gehen. Vor ein paar Jahren hatte es einen ähnlichen Fall in Österreich gegeben, bloß war der hinterher aufgeflogen. Und hier würde es genauso gehen. Mein Gott, die Zeiten für solche Sachen waren doch lange vorbei, so was konnte nicht gutgehen.

»Ihr seid also schon zum drittenmal hier?« fragte Paul und drückte die Zigarette im Aschenbecher aus. Mit dem Handgelenk fegte er den Mautzettel von der Ablage. Er bückte sich und hob ihn wieder auf. In ihrer Lage zählte jede Kleinigkeit. Sollten sie kontrolliert werden, mußte alles griffbereit sein.

Auguste nickte. »Eine Sache wie die kann man nicht gleich beim erstenmal abziehen, das wäre viel zu auffällig. Aber noch länger konnte Poujouly nicht warten.«

»Und der Zoll? Der Beamte heute morgen im Hof? Der hat doch die Papiere nicht abgestempelt, ohne wenigstens eine Stichprobe vorgenommen zu haben.«

Er dachte an Poujouly und den Zollbeamten, der seine Dienstnummer und das Staatswappen auf die Zollschnur prägte, die die Ladefläche sicherte. Er hörte geradezu, wie der Spediteur sagte: Tja, Verehrtester, heute können Sie in die Kisten leider nicht hineinschauen, weil wir nämlich einen kleinen Versicherungsbetrug planen. Hier haben Sie tausend Francs, stempeln Sie die Chose ab und vergessen Sie uns alle dann mal schön. Und der Beamte nahm das Geld, flüsterte seinen Dank und sauste in seinem Peugeot 204 vom Hof der Spedition. »Claude Gélin?« fragte Auguste, als amüsierte es ihn, daß Paul so lange mit dem T.I.R.-Schild durch die Gegend gefahren war, ohne jemals einen Zöllner bestochen zu haben. »Ja, der gute Claude kommt jedesmal, wenn wir Fracht fürs Ausland haben. Er gehört schon fast mehr zu uns als zum Zoll. Der Chef und er stehen *so* miteinander.« Er hob zwei gekreuzte Finger. »Was glaubst du, wie viele Kinder Claude hat?«

Wenn nur das Meer nicht so blau gewesen wäre, daß es einem die Augen auszubrennen schien – das Meer nicht so blau und der Motor nicht so laut, daß man wegen des Dröhnens nur jedes zweite Wort verstand. Die Anstrengung, genau hinzuhören, und das Blau des Meers nahmen Paul so in Anspruch, daß er zu keiner Reaktion fähig war.

»Drei«, beantwortete Auguste seine eigene Frage, »ein Mädchen, zwei Jungen. Süße Kinderchen, die eine gute Schule besuchen werden und es einmal besser haben sollen als die Eltern.«

»Ich verstehe nicht«, unterbrach Paul, der wieder dachte, den Anschluß verpaßt zu haben. »Was hat das mit den Kisten zu tun?«

»Du wolltest doch wissen, wieso Géblin keine Stichprobe gemacht hat, und das hat mit seinen Kindern zu tun. Wäre er jung und ohne Familie gewesen, hätte dem Chef die ganze Freundschaft nichts genützt. Auch wenn man per du ist, kann man nicht jeden kaufen. Man muß es bei einem probieren, bei dem die Voraussetzungen günstig sind, wo die Wohnung von Kindergeschrei widerhallt, ein Kleinwagen ausreichen muß und die Augen morgens von zu wenig Schlaf gerötet und ganz klein sind. Solche Leute leiden unter chronischem Geldmangel, typische Ratenzahler. Du gibst ihm mal was für die Kinder mit, ein Asterix-Heft oder Lucky Luke, das nächstemal dann etwas für das kleine Frauchen, Blumen zum Beispiel. Er bekommt natürlich auch etwas, wenn er wieder eine Ladung abgestempelt hat – ein Fläschchen Cointreau, wenn er den mag, eine Stange Blonde, wenn er raucht.«

Madeleine und Paul griffen gleichzeitig nach der Pakkung Gauloises, als hätte die Erwähnung von Zigaretten ein plötzliches Bedürfnis in ihnen geweckt. Paul hatte sie als erster und nahm sich auch als erster. Er zündete seine Gauloise an, ohne daran zu denken, auch dem Mädchen Feuer zu geben.

»Und wegen solcher Sachen, die jeder Hausmeister zu Neujahr bekommt, soll ein Mann wie Gélin seine Karriere aufs Spiel setzen?« fragte Paul. »Wenn irgendwas durchsikkert, läßt sich die ganze Sache doch anhand der Dienstnummer kinderleicht bis zu ihm zurückverfolgen.«

»Unsinn«, meinte Auguste. »Es ist ja noch gar nichts passiert. Bis jetzt ging ja alles völlig legal zu. Auch als Poujouly Gélin einmal zwanzig Francs zugesteckt hat und bei den beiden nächsten Malen fünfzig – allein wegen der guten Zusammenarbeit, verstehst du? – da hatte ja alles noch seine Richtigkeit. Bloß daß Claude das Geld nicht zurückgewiesen, sondern genommen hat; er konnte es doch so gut gebrauchen. Dann hatte Claude Geburtstag, und der Chef hat ihn und seine ganze Familie in ein gutes Restaurant zum Essen eingeladen. Weißt du, man muß solche Leute in Abhängigkeit bringen, sie müssen sich daran gewöhnen, die Hand aufzuhalten.«

Auguste nahm sich ebenfalls eine Zigarette. Sie fuhren jetzt etwas weniger als achtzig, weil sie hinter einen Tankzug geraten waren, der sich Zeit ließ und den sie wegen des starken Verkehrs in Richtung Genua nicht überholen konnten.

»Tja, und dann war plötzlich Weihnachten, und die ganze Familie Gélin hat sich über Poujoulys großzügiges Weihnachtsgeschenk gefreut, einen Farbfernseher, den sich die Kinder schon so lange gewünscht hatten. Als liebender Vater konnte Claude ihn natürlich nicht gut zurückgehen lassen, ohne seine Stellung im Haushalt zu gefährden. Natürlich hatte er inzwischen schon so seine Vorstellungen, worauf das Ganze hinauslaufen würde, aber er hatte die regelmäßigen Zuwendungen Poujoulys – und wer weiß wie vieler anderer noch – schon fest in seinen Etat eingeplant. Na ja, und vor ein paar Tagen hat er von Poujouly dann ein kleines Kuvert bekommen, in dem sich immerhin zehntausend Francs befanden, einfach dafür, daß er einmal die obligatorische Stichprobe unterläßt. Wundert es dich, daß er es heute morgen furchtbar eilig hatte und sich nicht einmal zu einer Tasse Kaffee breitschlagen ließ?«

»Nein.« Paul konnte sich Claude Gélin plötzlich sehr genau vorstellen, fast so, als hätte er ihn schon seit Jahren gekannt. Schlagartig wurde ihm bewußt, daß er sich nicht anders verhalten hatte. Zwischen ihm und Claude Gélin bestand überhaupt kein moralischer Unterschied. Sie hatten sich beide kaufen lassen.

Und wenn er ausstieg? Wenn er diese krummen Geschäfte, bei denen Zöllner bestochen und Versicherungen betrogen wurden, einfach nicht mitmachte? Man war hier ja schließlich nicht unter Gangstern, wo man eine Kugel in den Rücken kriegte, wenn einem das Eisen zu heiß wurde. War man das wirklich nicht? Woran erkennt man einen Gangster – an der Sonnenbrille, den Narben, dem Messer, dem Vorstrafenregister? Wenn man so wollte, war alles da – Laurent hatte die Narben, Auguste die Sonnenbrille, Etienne das Messer, und wenn man eine Versicherung betrügen will, ist man ein Gangster, egal ob es um zwanzig Mark geht oder um eine Million. Laurent zum Beispiel hatte schon mal gesessen, und in Augustes Biografie waren auch noch ganze Stücke frei, die er nicht erzählt hatte; genug für eine Pistole im Handschuhfach. Daß Serge sich in der Zeit, in der sie sich nicht gesehen hatten, ziemlich verändert hatte, konnte Paul genauso wenig ignorieren. Und diesem Poujouly traute er sowieso fast alles zu.

Er drückte die Zigarette in dem allmählich überquellenden Aschenbecher aus und sagte: »Da mache ich nicht mit. Ich steige aus. Sobald wir in Genua sind, seid ihr mich los.«

Die Reaktion von Auguste und Madeleine war praktisch gleich null. Auguste fragte: »Und deine Prämie, die zehntausend Francs? Willst du die einfach in den Wind schießen?«

»So dringend brauche ich das Geld nicht«, log Paul. »Ich kann noch einmal anfangen, ganz ohne Geld.«

Auguste seufzte über soviel Starrsinn. Seine Brust hob und senkte sich ein wenig. »Wie im Kino. Das ist der Fehler an diesen Filmen, die damit aufhören, daß ein Mann in der Mitte seines Lebens noch einmal ganz von vorne anfängt, beide Wangen gerötet vor lauter Optimismus. Aber weißt du, was sie zeigen müßten, wenn sie weitergingen? Sie müßten zeigen, daß der neue Anfang nicht gelingt. Er scheitert, und der Mann macht wieder das, was er vorher getan hat. Deshalb enden die Filme mittendrin. Es gibt keinen neuen Anfang. Niemand schafft es ein zweites Mal.«

Madeleine sagte nichts. Seit der Kaffeepause und dem Beginn von Augustes Eröffnungen war sie sehr still geworden. Aber genau wie Paul wußte sie, daß Auguste recht hatte, wenn diese Erkenntnis für sie auch nicht so deprimierend zu sein schien. Paul kurbelte das Fenster herunter, als fürchtete er, zu ersticken.

Der Himmel trübte sich langsam ein. Das Meer war nicht mehr blau sondern bleifarben, die Wogen wirkten schwerfälliger. Hier und dort ein silbernes Blinken von einer Welle, die dem Lichteinfall im richtigen Winkel begegnete. Die Sonne schimmerte nur noch fahl hinter einem dunklen Dunstschleier, doch ihre Glut war zu spüren.

»Außerdem«, drang Augustes Stimme wie ein Teil dieses bedrückenden Himmels zu Paul durch, »gehörst du nicht zu Poujoulys regelmäßigen Fahrern, und deswegen kann dir gar nichts passieren, selbst wenn die Sache auffliegt. Der Chef wird sich hüten, deinen Namen zu erwähnen. Und wir auch, soweit kennst du uns ja. Du bist längst wieder in Deutschland, wenn das Schiff noch nicht einmal das erste Wasser gemacht hat. Du kriegst die zehntausend praktisch nur dafür, daß du Madeleines Händchen hältst.«

Natürlich hatte er recht. Paul hatte längst begriffen, daß er sich zur Zeit kein Gewissen leisten konnte. Selbst der kleinste Skrupel hatte inzwischen Luxuscharakter.

»Er hat recht, Paul«, meldete sich jetzt auch Madeleine. Sie stieß den Rauch der Zigarette aus den Nasenlöchern und ließ die Nägel von Daumen und Ringfinger nervös aneinanderknipsen.

»Ja, ja«, knurrte Paul, »weiß ich. Keine Sorge, ich bleibe dabei. Vergeßt das andere.«

Auguste musterte ihn von der Seite, wobei er die Sonnenbrille mit Daumen und Zeigefinger am Bügel über die Augen hob, den kleinen Finger geziert abgespreizt. Trotz dieser kleinen Komödie blickten die Augen alles andere als humorvoll. Schließlich sagte Auguste: »Ich wußte, daß du nicht umkippen würdest. Deshalb habe ich es dir überhaupt nur erzählt.«

Paul antwortete nicht. Komplimente dieser Art berührten ihn unangenehm. Er blieb allein wegen der zehntausend dabei, und je schneller es ging, desto lieber war es ihm.

Einen Herzschlag lang brach die Sonne durch und schien direkt in die Fahrerkabine. Die Gesichter von Auguste, Madeleine und Paul spiegelten sich in der Windschutzscheibe, legten sich wie Phantombilder über das Panorama vor ihren Augen.

»Was wirst du mit dem Geld anfangen?« fragte Paul den Franzosen.

Auguste überlegte einen Moment. »Vielleicht mache ich mich selbständig. Ich habe schon etwas gespart, für einen eigenen Laster. Mit den zehntausend habe ich die Anzahlung fast zusammen. Oder ich finanziere eine Show mit jemand wie Eartha Kitt oder Sylvie Vartan. Nichts Obszönes, verstehst du, aber trotzdem erotisch, mit Musik und Tänzerinnen. Aber das ist ein echtes Risiko, so was kann man nur in Paris machen. Wahrscheinlich investiere ich doch lieber in einen eigenen Laster, für das andere ist später immer noch Zeit, wenn ich ein paar Leute aus dem Geschäft kennengelernt habe. Bei den großen Konzerttourneen brauchen sie ja immer Laster für die Anlagen und alles. Madeleine, kennst du jemand mit Einfluß auf dem Gebiet? Man muß nur die richtigen Leute treffen. Wenn ich erst Unternehmer bin, geht das natürlich leichter.«

Madeleine antwortete nicht. Wahrscheinlich hatte sie Augustes Traum schon zu oft gehört. Und eine kleine Nummer wie sie hatte zu den großen Impresarios ohnehin keinen Draht.

»Und Laurent, was macht der?« erkundigte sich Paul.

»Laurent?« Auguste zog die Schultern hoch. »Der kauft sich bestimmt ein Boot. Seit er bei der Marine war, kommt er vom Meer nicht los. Er ist richtig süchtig nach Wasser. Bei Laurent tippe ich hundertprozentig auf ein Boot.«

»Und Etienne?«

Auguste trat auf die Bremse. Kreischend und scheppernd verlangsamte der Scania seine Geschwindigkeit und hielt dann. Paul und Madeleine ließen das Armaturenbrett los, an dem sie sich abgestützt hatten. Vor ihnen stand eine Schlange wartender Autos.

»Ein Unfall«, bemerkte Auguste. Weiter vorn hing eine schwarze Wolke in der Luft, ein rotes Licht drehte sich auf dem Dach einer Ambulanz.

Auguste zündete sich eine Zigarette an und lehnte sich zurück. »Überhaupt ein Wunder, daß wir heute nicht schon mehr Unfälle hatten. Wißt ihr, es gibt komische und tragische Unfälle. Einmal habe ich erlebt, wie ein Bus, vollbesetzt mit Pilgern, fünfzig Kilometer vor Lourdes im Straßengraben landete. Das war einer von den komischen. Das da vorn, mit dem Rauch und der Ambulanz, das scheint einer von den tragischen zu sein.«

Nach zehn Minuten durften sie im Schrittempo weiterfahren. Sie passierten einen zerquetschten Personenwagen, in dem undeutlich eine verkohlte Gestalt zu sehen war. Löschschaumflocken bedeckten den Asphalt. Ein Feuerwehrmann arbeitete mit einem Schweißbrenner an dem Wrack. Ein Sanitäter rauchte eine Zigarette. Ein Polizist winkte den Verkehr vorbei, während ein anderer neben seinem Fahrzeug stand und in ein Mikrophon sprach. Paul dachte an Amsterdam und den brennenden Ford.

Plötzlich kam Auguste auf Pauls Frage zurück. »Tja, der gute Etienne«, sagte er lachend. »Wahrscheinlich wird er versuchen, sich in die Kunststopferei seines Vaters einzukaufen, weil er vergessen hat, daß er sie sowieso eines Tages erbt. Oder er vergräbt es und vergißt dann, sich die Stelle zu merken. Er hat mir erzählt, daß er als Kind alles vergraben hat, vor allem Haustiere, die gestorben waren. Nein, ich habe ehrlich gesagt nicht die geringste Ahnung. In jedem Fall wird er versuchen, die Prämie zu versteuern, damit alles seine Richtigkeit hat.«

Alle drei mußten lachen. Paul warf einen Blick in den Außenspiegel. Der Berliet befand sich direkt hinter ihnen. Etiennes Gesicht war nicht zu erkennen. Sie passierten eine Reihe großer grellbunter Plakatwände. Dann folgten die ersten Häuser, deren Fundamente von den Autoabgasen geschwärzt waren. Ein Autofriedhof und eine Raffinerie glitten vorbei, gefolgt von einem Lager mit mannshohen Betonröhren. Die Plakate wurden jetzt häufiger, die meisten waren an den Rändern eingerissen, von der Sonne gebleicht und staubverkrustet.

Der Himmel hatte sich wieder aufgeklärt. Madeleine witterte die Zivilisation und zückte einen kleinen Taschenspiegel. Sie betrachtete ihren Mund und die Haut unter den Augen ausgiebig, ehe sie mit einem hellen Stift die Konturen der Lippen nachzog.

»Kannst du das Fenster wieder zumachen?« fragte sie Paul. »Es kommt heiß rein.«

Der Fahrtwind brachte keine Kühlung mehr. Paul drehte die Scheibe hoch. Rechts schoben sich mehlweiße Häuser heran. Dahinter erhoben sich die unvermeidlichen Apartmentblöcke auf ihren Sockeln aus Bars und Trattorias. An fast allen Fenstern waren die Jalousien zum Schutz gegen die brutale Sonne heruntergelassen. Paul stellte sich vor, jetzt in einer dieser Wohnungen zu sein, einer von den zahllosen braungebrannten Menschen in Shorts oder Unterwäsche, die in den schattigen Räumen müde auf den Betten lagen, während im Nebenzimmer die Kinder mit dem Radio um die Wette plärrten. Dann dachte er an seinen Hof in München, den Frieden auf dem Land und seinen Garten. Er wünschte sich, daß alles glatt gehen möge und er bald wieder zu Hause sein konnte.

# 18

Sie verließen die Autobahn bei Cassanello und fuhren zur Via Romana di Pegli, von der man über die Via Merano und die Via Bressanone direkt zum Porto Petroli gelangt. Links und rechts der Straße erhoben sich mehrstöckige, in Pastellfarben gestrichene Häuser mit olivgrünen Fensterrahmen und Stahlbalkonen. In der Mitte zwischen den Fahrbahnen ragten Lampenmasten auf, die sich wie Schlangenzungen spalteten und rechts und links in schlanken Leuchtkörpern endeten.

»Hier muß irgendwo die Via Menotti sein, wo wir die beiden letzten Male abgestiegen sind«, erklärte Auguste und beugte sich etwas vor, um die Straßenschilder besser lesen zu können.

»Wie heißt das Hotel denn?« wollte Madeleine wissen.

»Albergo Stella. Vorher muß eine Bank kommen, und dahinter liegt eine Osteria.«

Laut hupend flitzten kleine Fiats vorbei, Mopeds wechselten rücksichtslos die Spur, dreckstrotzende Busse kämpften sich Zentimeter um Zentimeter vorwärts. Auguste schwitzte und schimpfte vor sich hin, während Paul die Schilder an den Häuserfronten zu lesen versuchte. Überall standen Fenster offen, Frauen lehnten auf den Balkonen und genossen den ersten Schatten, der aus der Straße aufstieg und bereits die an bunten Leinen zum Trocknen aufgehängte Wäsche erreicht hatte. Kinos, Bars und kleine Geschäfte säumten die Trottoirs.

»Da ist es!« brüllte Auguste plötzlich und bog nach rechts in eine schmale, dunkle Gasse. Einen Moment fürchtete Paul, der Scania würde die Außenspiegel sämtlicher rechts und links geparkter Fahrzeuge mitnehmen. Auf den Bürgersteigen blieben die Leute stehen, um zu sehen, ob die drei schweren Laster wieder heil aus der leicht ansteigenden Straße herausfinden würden. Auguste verlangsamte und schaltete in den Leerlauf. Zischend griffen die Preßluftbremsen.

»Wir setzen dich hier ab, Madeleine. Du brauchst bloß die paar Meter bis zur Ecke zurückzugehen, dann kommt rechts schon die Bank und dahinter das Hotel. Es sind zwei Doppelzimmer reserviert, du nimmst eins mit Paul. *Salut,* bis später.«

»Bis später, ihr zwei«, erwiderte Madeleine. Paul stieß den Schlag auf und half ihr aus der Kabine.

»Ich fahre dann jetzt bei Etienne mit«, rief er Auguste zu. »In welchen Teil des Hafens müssen wir?«

»Immer mir nach. Dann kann nichts schiefgehen.«

Auguste winkte kurz, dann gab er wieder Gas. Das Dröhnen des Motors brach sich an den Häuserfronten. Paul lief die paar Meter zum Berliet zurück.

»Fährst du jetzt?« fragte Etienne und rutschte bereitwillig auf den Beifahrersitz. Seine riesigen Hände hatten feuchte Stellen auf dem schwarzen Lenkrad zurückgelassen. Er war bleich und wirkte nervös, als fühlte er sich in die Enge gedrängt, von dem hektischen Verkehr, ihrem Vorhaben und den möglichen Folgen, von allen Unwägbarkeiten der Zukunft.

Der Konvoi setzte sich wieder in Bewegung. Paul hatte seit Jahren keinen Berliet mehr gefahren und suchte den Blinker, fand ihn nicht sofort und geriet dann in einen falschen Gang. Etienne schien etwas sagen zu wollen, irgend etwas, das ihm Luft verschaffte, aber er biß sich auf die Zunge und sagte es nicht. Als Paul keinen dritten Fehler mehr beging, sondern sich mit der spielerischen Leichtigkeit eines gepfiffenen Liedchens durch den Nachmittagsverkehr von Genua zu winden begann, zeigte sich störrische Bewunderung auf dem Gesicht des Franzosen.

Kurz hinter der Via Menotti wurden sie getrennt. Auguste fuhr ziemlich weit vor dem Berliet, und Laurent war überhaupt nicht mehr zu sehen, aber das bedeutete nichts, denn der junge Fahrer fand sich auch allein zurecht. Auguste bog um eine Ecke, und Paul trat aufs Gas, um den Anschluß nicht zu verlieren. Sie befanden sich bereits auf dem Hafengelände. Lagerhallen warfen ihnen lange Schatten in den Weg. Träge schlug das Wasser gegen die Molen. In der Ferne ragte der Leuchtturm aus dem Dunst. Etienne öffnete den Mund, um etwas zu sagen, vielleicht sein angeschlagenes Selbstbewußtsein wieder herzustellen, als Paul das Bremspedal bis zum Anschlag durchtrat.

Gleich hinter der Ecke der ersten Lagerhalle stand Augustes Scania und versperrte die Durchfahrt.

Paul schaltete in den Leerlauf und legte seine Sonnenbrille zwischen die beiden Sitze. Die 350 PS konnten auf einmal so leise summen wie eine Amme am Kindbett. Der Deutsche schwang sich aus der Kabine und landete so heftig, daß die Füße schmerzten. Etienne schaltete die Zündung ab, ehe er ebenfalls ausstieg. Die Derby-Hydraulik ließ die beiden Sitze nachzittern. Der Motor knackte leise.

Auguste stand neben dem Führerhaus des Scania und diskutierte mit drei Männern. Paul gesellte sich zu ihnen, hörte ein paar Minuten zu und lief dann zum Berliet zurück.

»Wo ist das Wörterbuch?« wollte er wissen.

»Was ist los?« Etienne verstand gar nichts mehr. Sein Gesicht rötete sich. Er schien zu den Leuten zu gehören, die aggressiv werden, wenn ihnen etwas über den Horizont geht.

»Streik«, sagte Paul. »Das ist los.«

Etienne riß Augen und Mund auf. »*Maudit,* bist du bescheuert?«

Paul antwortete nicht. Er kniete bereits wieder auf dem Sitz und suchte das Wörterbuch. Etienne hievte sich von der anderen Seite in die Kabine und zerrte seine Aktentasche unter dem Sitz hervor. Die Adern an seinen Schläfen waren angeschwollen. Seine gerötete Stirn glänzte vor Schweiß. Er riß die beiden Verschlüsse der Tasche auf und begann zu wühlen. Schließlich kam seine Hand mit einer 7.65er Steyr Automatik wieder zum Vorschein.

Pauls Mund wurde zu einem blassen Strich mit einer scharfen Kerbe an jedem Ende. Er beugte sich vor und zerrte Etienne an den Hemdaufschlägen ganz auf den Sitz. Seine Rechte packte die Hand mit der Automatik, den linken Unterarm preßte er gegen die Kehle des Franzosen.

»Mensch, dreh jetzt bloß nicht durch«, sagte er heftig. »Von der Tour mußt du runter. Eine Pistole, so geht das nicht!«

Etienne würgte unter dem Druck des Arms, zeigte aber eine ganze Weile nicht, daß er verstanden hatte. Dann nickte er. Paul ließ seine Hand los. Die Steyr verschwand wieder in der Aktentasche.

»*D'accord*«, sagte Etienne keuchend, »aber überlaß Auguste das Reden. Wir stehen alle unter Druck, aber Auguste hat den Kopf.«

Paul lehnte sich zurück und nickte. Kitzelnd rann der Schweiß aus den Achselhöhlen an den Seiten seines Brustkorbs hinunter. »Verfluchte Scheiße, ausgerechnet jetzt!« stieß er hervor.

Auguste erschien neben der offenen Tür.

»Sie wollen uns nicht durchlassen«, verkündete er. »Sie streiken erst seit Mittag, deswegen durften wir die Grenze noch passieren.« Seiner Stimme war anzuhören, daß er versuchte, seine Wut unter Kontrolle zu halten.

»Was sollen wir jetzt machen?« fragte Etienne.

Auguste schob sich eine Gauloise in den Mundwinkel. »Beten. Und warten. Ich häng mich mal ans Telefon und versuche den Chef zu erreichen.«

Er verschwand. Durch die verschmutzte Scheibe des Berliet betrachtete Paul die Männer, die den Scania gestoppt hatten. Da standen sie, drei Burschen mit handgemalten Schildern. Ein ganz alter, Typ Jean Gabin auf italienisch, ein jüngerer mit einem blonden Walroßschnurrbart, ein kleiner mit wilden Augen. Der Alte war Auguste einige Meter nachgegangen und stand ihnen am nächsten. Sein Kopf mit den kurzen weißen Stoppelhaaren wirkte, als würde er nur noch von den Falten zusammengehalten. Selbst die kräftige, flache Nase war von Falten gezeichnet. Die Augen wirkten auf Paul wie hellblaue Astlöcher, durch die man in einen Kopf sehen konnte, in dem sich nur noch Kräne bewegten, Bahnpaletten auf Schiffe gehoben wurden und schweißgetränkte Arbeitskleidung im steten Wind des Meeres trocknete. Und Genüsse: Starker Espresso, Rotwein am Abend, Zigaretten mit Freunden am Tresen seiner Trattoria, Frauen aus dem Süden mit stämmigen Gliedmaßen und einer Fülle dunklen Haars. Mit seinem kräftigen Körperbau, dem am Kragen und den hochgekrempelten Ärmeln schweißverbrannten weißen Hemd und der dunkelbraunen, ausgebeulten Hose war er bestimmt immer da zu finden, wo die Arbeit am schwersten war. Und jetzt stand er mit halsstarriger, bockiger Miene in vorderster Front, wo es darum ging, ein paar Lire mehr in der Stunde herauszuholen. Er dachte nicht daran, den Blick niederzuschlagen, als Paul ihn musterte.

Der Deutsche zog eine Gauloise aus der zerknitterten Packung und suchte nach Feuer. Dann stieg er wieder aus der Kabine und vertrat sich die Füße. Sein Kreuz schmerzte.

Eine trostlose Stimmung ist das hier, dachte er. Schreit einen an wie eine Kuh, deren Euter bald platzt, weil niemand sie gemolken hat.

Ein paar schmuddelige Frachter lagen an den Kais, aber die *Luxor* schien nicht darunter zu sein. Wahrscheinlich lag sie weiter hinten vor Anker, am anderen Ende des Hafens, dort wo die Schienenkräne vor den Lagerhallen in einem Pulk auf Arbeit warteten.

Am Himmel marschierten rosa Wölkchen auf; überhaupt schien alles von der sinkenden Sonne mit einem rosaroten Hauch überzogen zu sein. Inzwischen war auch Laurent in seinem Mack eingetroffen. Etienne teilte ihm gerade die Neuigkeiten mit. Im Lauf des Abends würden noch einige Laster aus allen möglichen Gegenden eintreffen.

Paul dachte an Madeleine, die jetzt bestimmt gerade unter der Dusche stand und sich den Staub vom Körper wusch. Sie ahnte noch gar nichts vom allgemeinen Glück.

Auguste kehrte zurück. Seinen Schritten nach war er mit seiner Geduld am Ende. »Wenn ich das nächstemal mit Poujouly einen trinken gehe, schlage ich ihm die Fresse am Zinc ein«, fluchte er. »Es interessiert ihn nicht die Bohne, was die Schauerleute machen. Wir sollen zusehen, daß wir die Ladung an Bord der *Luxor* bekommen, sonst können wir unser Geld in den Wind schreiben. Kalt wie ein Eskimo.«

Unter anderen Umständen hätte Paul es lustig gefunden, sich Poujoulys Spedition als Eskimodorf vorzustellen.

»Von wo hast du angerufen?« fragte er.

»Vom Büro eines Ladeunternehmens aus. Die haben die Ruhe weg. Wir sollten uns nicht aufregen, meinten sie, so was käme hier öfters vor. In ein paar Tagen soll alles wieder in Ordnung sein. Angeblich hat die Gewerkschaft den Streik noch nicht einmal genehmigt.«

»Können wir das Zeug nicht selber an Bord bringen?« fragte Etienne. Auguste betrachtete ihn mitleidig. »Das versuch mal, dann wimmelt's hier aber plötzlich von Arbeitern, und du kannst von Glück reden, wenn sie dir nicht die Haut in Fetzen vom Körper reißen. Außerdem, vier Mann und zwölf Paletten mit Steinen, du spinnst wohl?«

Etienne brummte etwas und lehnte sich gegen den Kotflügel des Mack, einen Arm auf dem Reifen. Er wirkte völlig erschöpft. Sein kurzes Haar klebte am Schädel, der Schweiß hatte sich mit dem Staub zu einer graubraunen Schmiere vermischt, die Tränensäcke, Nasenflügel und Mundwinkel wie die eines Grubenarbeiters bedeckte. Er atmete schnaufend und starrte aus zusammengekniffenen Augen zu den Streikposten hinüber.

»Seht euch bloß mal dieses Meer an!« schwärmte Laurent, der immer noch hinter dem Steuer des Mack saß. Ihm schien die ganze Situation am wenigsten auszumachen.

»Jetzt ist jedenfalls guter Rat teuer«, meinte Paul, und ausnahmsweise wußte er sogar, wie teuer: eine Million Francs. »Und wenn wir uns an diesen Passacaglia halten, den Kapitän? Dem liegt doch genau wie uns daran, daß die Paletten rechtzeitig an Bord gelangen.« Auguste schüttelte den Kopf. »Die *Luxor* hat noch andere Fracht geladen. Passacaglia fährt am Montag, mit oder ohne Poujoulys Paletten.«

»Und heute ist Donnerstag«, stellte Etienne fest. »Das macht drei Tage.«

Diesmal gab niemand einen spöttischen Kommentar ab.

## 19

Erschöpft und niedergeschlagen trafen die Männer bei der *Albergo Stella* ein. Mit Erlaubnis des Ladeunternehmens, von dessen Büro aus Auguste telefoniert hatte, hatten sie die Laster für die Nacht auf dem Areal der Firma stehengelassen und waren zu Fuß zum Hotel gewandert. Drei Tage Zeit, das lag auf ihnen wie die drei Rätsel, die der Wanderer in der Sage der wegelagernden Sphinx beantworten mußte, wenn er nicht sterben wollte.

Madeleine stand an dem schlichten Holztisch, der als Empfang diente, und unterhielt sich mit Mario Cattivo, dem Besitzer. Im Halbdunkel des schmalen Gangs hatte Cattivos Gesicht eine olivgrüne Farbe. Er rauchte, hob ruhig den Arm mit der Zigarette zum Mund und ließ ihn genauso ruhig wieder sinken. Wie eine Leuchtreklame glühte die Zigarette auf und erlosch, glühte und erlosch.

Durch eine offene Tür erhaschte Paul einen Blick in die Küche, wo eine dicke Frau in einem braunen Kleid mit violetten Blumen darauf am Herd stand, ein dunkelhaariges Kind auf dem Arm. Am Küchentisch saß ein barfüßiger Junge und las, den Kopf in die Hände gestützt, ein Comic Strip-Heft. Seine Zehen waren gekrümmt, als wollten sie sich in den gekachelten Boden bohren.

Während Auguste, Laurent und Etienne den Besitzer mit Beschlag belegten, um von ihm Einzelheiten über den Streik zu erfahren, ging Paul in sein Zimmer im ersten Stock, gefolgt von Madeleine, die bereits veranlaßt hatte, daß in das andere Zimmer ein drittes Bett für Laurent gestellt worden war.

Durch die offene Balkontür drangen die Geräusche der von abendlichem Leben erfüllten Straße herein. Die Wände des Raums hatten die Farbe von Milchkaffee, die Betten, deren Kopf- und Fußenden aus Eisenrohr bestanden, waren dunkelgrün gestrichen. Es gab ein emailliertes Waschbekken, das an einigen Stellen Rostflecken aufwies. Das Bad, das genau wie das Gästetelefon für alle siebzehn Zimmer ausreichen mußte, lag im zweiten Stock.

Madeleine hatte bereits geduscht. Sie ließ sich auf eins der beiden Betten fallen, griff nach einem kleinen Blechteller, der als Aschenbecher herhalten mußte, und zündete sich dann eine Zigarette an.

Als Paul sie da sitzen sah, in dem winzigen, schäbigen Zimmer, packte ihn plötzlich die Wut. Jetzt erst konnte er Etiennes Reaktion, den Griff nach der Pistole verstehen, fast als hätte die Wut gewartet, bis er die Zeit hatte, sich ihr ganz hinzugeben. Wie ein wilder, unstillbarer Durst breitete sie sich in ihm aus.

»Zum Kotzen«, stieß er enttäuscht hervor, »ausgerechnet jetzt muß es diesen Arschlöchern einfallen, zu streiken.«

Madeleine betrachtete ihn nachdenklich, beinahe abwägend. Schließlich sagte sie: »Ich weiß nicht, irgendwie verstehe ich sie schon.«

»Du?« fragte Paul aggressiv. »Du verstehst ja nicht einmal Italienisch.«

»Natürlich verstehe ich das, sehr gut sogar! Meine Mutter war nämlich Italienerin.«

»Na gut, dann war deine Mutter eben Gina Lollobrigida und du verstehst Italienisch. Und? Deswegen mußt du noch lange keine Ahnung von einem Beklopptenstreik im Hafen haben!«

Paul ließ sich aufs Bett fallen, schob die Hände unter den Nacken und starrte die Decke an.

Madeleine drückte ihre Zigarette im Blechteller aus, und selbst als die Glut schon lange erloschen war, stieß sie die halbgerauchte Gauloise noch immer in die Asche. Sie war wütend, weil Paul sie nicht ernst nahm. Schließlich sprang sie auf und hielt ihm ein Blatt Papier vor die Augen. »Da!«

Paul rührte sich nicht. Er schloß lediglich die Lider. Als Madeleine sich davon nicht beirren ließ, sondern weiter neben ihm stehenblieb, eine Hand an der Hüfte, die andere über seinem Gesicht, öffnete er die Augen wieder und riß ihr das Papier aus der Hand.

»Was ist das?«

Madeleine antwortete nicht. Paul hielt sich das Blatt vors

Gesicht und versuchte, die italienische Überschrift zu entziffern, aber das Papier knickte um und berührte sein Kinn. Die Überschrift bestand nur aus einem Wort: Streik! Das Blatt war abgegriffen, der Text von einer Matritze abgezogen wie eine Schülerzeitung.

Wortlos reichte Paul ihr das Blatt zurück. Madeleine ging zu ihrem Bett zurück, zündete sich eine neue Zigarette an und übersetzte den Aufruf an die Bürger von Genua.

Eine Viertelstunde später war Paul informiert. Zu Beginn des Jahres hatte es in Italien Parmesan im Überfluß gegeben, so daß die Regierung in Rom 19000 Tonnen davon sichergestellt hatte, um die fallenden Preise aufzufangen. Eine Handvoll Großhändler traf eine geheime Absprache und kaufte das gesamte Angebot auf, als der Vorrat öffentlich zur Versteigerung gebracht wurde. Einer dieser Männer hieß Rosario Pastrelli und wohnte in Genua. Er und seine Partner lagerten die Parmesankugeln ein und trockneten so den Markt aus. Erst als die Versorgung ernsthaft gefährdet war, begannen sie mit dem Verkauf. Inzwischen waren die Preise so gestiegen, daß viele Frauen sich den Käse nicht mehr leisten konnten. Das Pfund kostete zu diesem Zeitpunkt doppelt soviel wie zu Beginn des Jahres. Von jeher hatte die Verbindung von Kuhmilch und besonderen Enzymen, die sich nur im Gras der Poebene fanden, Parmesan zum Hauptnahrungsmittel der Kleinkinder gemacht, weil er sowohl billig als auch überdurchschnittlich nahrhaft war.

Im Mai versuchten die Frauen im Hafenviertel von Genua einen Käuferboykott zu organisieren, nachdem viele von ihnen es sich nicht mehr leisten konnten, ihre Babies mit Parmesan aufzuziehen. Der Versuch schlug fehl. Die Preise stiegen weiter. Nur die wohlhabenden Italiener konnten sich den Käse jetzt noch in ausreichender Menge leisten.

Als im Juli ein neuer, künstlich hergestellter Engpaß zu einer weiteren Verteuerung führte, entschlossen sich die Schauerleute, in den Ausstand zu treten, um die Regierung zu zwingen, eine Untersuchung gegen Pastrelli und seine Genossen einzuleiten. Sie hatten es in erster Linie auf den Genueser Großhändler abgesehen, weil er in ihren Augen eine Schlüsselposition besetzt hielt und seine Lagerhallen direkt im Hafen hatte.

Madeleine unterbrach sich, um ihre Zigarette auszudrükken. Dann wollte sie weiterlesen, aber Paul fuhr dazwischen.

»Hör schon auf«, sagte er ungeduldig und setzte sich auf. Er fuhr sich mit der Hand über das in Unordnung geratene Haar und starrte Madeleine an. »Barmherzige Schwester«, knurrte er.

Kein Wunder, daß dieses Gefasel sie anmacht, dachte er, sie ist eben eine Frau. Wenn sie hört, daß Kindern etwas weggenommen wird, sieht sie rot. Immerhin, wenn das ganze Zeug auf dem Zettel da stimmte, konnte man schon verstehen, daß da einige eine Wut im Bauch hatten. Jetzt, wo seinem Zorn eine konkrete, sichtbare Person fehlte, auf die er ihn konzentrieren konnte, war er wieder in der Lage, nachzudenken.

Er stand auf und ging zum Waschbecken. Er ließ das Wasser laufen, bis es kalt war, dann beugte er sich unter den Hahn und trank. Anschließend benetzte er die Handflächen und fuhr sich noch einmal durch die Haare. Kaum hatte er sich wieder hingesetzt, ging die Tür auf, und Auguste streckte den Kopf herein. »Wir gehen in die Osteria nebenan, was essen. Kommt ihr mit?«

Paul nickte. Madeleine klappte ihre Handtasche auf, ließ die Zigaretten hineinfallen und sah nach, ob sie alles hatte, wie Frauen das immer tun, bevor sie ausgehen. Dann folgte sie Auguste und Paul.

In der Osteria nebenan waren alle Tische besetzt. Paul, Madeleine und die drei anderen schlenderten in der lauen Abendluft weiter die Straße hinunter und wandten sich dann automatisch in Richtung Hafen. Kurz vor der Piazza Principe beim Hauptbahnhof fanden sie ein Restaurant, von dem aus man das Meer sehen konnte.

Die Sonne war bereits untergegangen und hatte nur über der Kimmung des Wassers einen leuchtendroten Streifen am Himmel zurückgelassen, vor dem kleine Fischkutter kreuzten und ihre Scheinwerfer aufblinken ließen. Das Meer schimmerte in smaragdenem Grün. Violette Wolken hingen am tiefblauen Firmament.

Die Männer und Madeleine nahmen an einem der wackeligen Eisentische auf dem Trottoir Platz. Aus dem Inneren des Lokals drangen abgehackte Musikfetzen. Junge Männer in hellen Anzügen flanierten an den Tischen vorbei. Das Licht über dem Meer spiegelte sich in den Fensterscheiben der Häuser auf der Lokalseite der Straße. Ein dunkelgrüner Bus mit weißem Dach ratterte vorbei, seine Stromabnehmer versprühten bläuliche Blitze. Kleine Autos schossen um ihn herum wie Pilotfische um einen Wal.

Als es ganz dunkel geworden war, ließen sich die Frachter im Hafen nur noch als schwarze Schatten erkennen, während die Luxusdampfer der Nacht ihren Lichterglanz entgegensetzten.

Eine halbe Stunde später waren die Männer mit dem Essen fertig; nur Madeleine löffelte noch die Reste einer Eistorte. Paul stellte die Teller, auf denen die Spuren von Meeresfrüchten, Nudeln und Gemüse zu sehen waren, zusammen, damit mehr Platz für die Espressotassen entstand. Laurent hatte sich in seinen Stuhl gerekelt und betrachtete das Treiben auf der Piazza Principe. Auguste gähnte, wölbte seinen Bauch vor, bis das Hemd darüber aussah wie ein geblähtes Segel und sagte:

»Ich kann mir nicht vorstellen, daß es nicht doch irgendeine Möglichkeit gibt, die Paletten an Bord zu kriegen. Wir haben sie nur noch nicht entdeckt. Ich wette, wenn Poujouly hier wäre, der hätte sofort einen Dreh gefunden. Schließlich geht es ja um seinen Kopf. In ein paar Tagen läuft die Versicherung ab, morgen sollten wir eigentlich zurückfahren, und wir haben die Kisten noch nicht einmal abgeladen. Ich bin bloß froh, daß er uns jetzt hier nicht sehen kann.«

Laurent wedelte das Streichholz aus, mit dem er sich eine Davidoff angezündet hatte. »Du hast uns vergessen«, meinte er. »Für uns steht immerhin auch einiges auf dem Spiel.«

»Jedenfalls ist morgen der letzte Tag, wo wir bei den Behörden etwas erreichen können«, bemerkte Paul. Seine Zunge brannte von dem Espresso, den er zu heiß getrunken hatte. »Übermorgen ist schon Samstag. Das sollten wir also zuerst erledigen. Alles andere, Passacaglia oder wer auch immer sonst, das können wir später noch versuchen.«

Laurent sah allein durch die bloße Erwähnung der Behörden schon einen Ausweg. Er hatte unter ihrer Willkür gelitten, also glaubte er auch an ihre Allmacht. »Dann klappern wir morgen Polizei, Hafengenossenschaft und so weiter ab. Die müssen unsere Lage doch verstehen.«

»Und dabei wird's auch bleiben«, verkündete Auguste fatalistisch. »Beim Verständnis.«

Paul überlegte, wie er und die anderen Fahrer normalerweise reagierten, wenn sie durch einen Streik aufgehalten wurden. Einer von hundert vielleicht hatte sich so schlecht unter Kontrolle, daß er zuschlug. Die meisten aber warteten geduldig, bis es weiterging; ihr Geld bekamen sie ja so oder so. Nur diesmal war es anders, diesmal ging es um eine Prämie, Haben oder Nichthaben.

## 20

Paul erwachte mit einem Gefühl grenzenloser Mutlosigkeit. Wie sollten vier Männer und eine Frau, Ausländer mit eiliger Fracht, die nicht einmal verderblich war, es innerhalb von drei Tagen schaffen, einen der zahllosen Streiks zu sprengen, die jede Woche über das ganze Land hereinbrachen? Paul blieb einige Minuten im Bett liegen, um darüber nachzudenken. Nach dem Programm, auf das sie sich gestern abend noch geeinigt hatten, sollten er und Madeleine die Polizeipräfektur aufsuchen, Laurent und Etienne die

Hafengenossenschaft, und Auguste wollte versuchen, mit der Streikleitung zu reden.

Zu all dem hatte Paul nicht mehr die geringste Lust. Es war schon so heiß, daß die Laken sich klebrig an seine Haut hefteten, als er sich zum Fenster drehte und das weiße Sonnenlicht hinter den grauen Vorhängen sah. Er fühlte sich wie unter einer Glasglocke, und müde war er auch noch. Schwerfällig richtete er sich auf, hob die Füße aus dem Bett und stellte sich auf den Linoleumboden. Dann trat er ans Fenster und zog die Vorhänge zurück.

Madeleine schlief noch. Ihre Lippen waren leicht geöffnet, die Haare hinter dem Kopf fächerförmig ausgebreitet. Mit einer Hand hielt sie die Bettdecke fest, die bis zur Hüfte hinuntergerutscht war. Ihre Brüste zeichneten sich unter dem zitronengelben BH kaum größer als Apfelsinen ab.

Paul warf einen Blick auf seine Armbanduhr. An seiner Schläfe begann eine Ader hektisch zu pochen. 10 Uhr 58. Sie hatten verschlafen.

So leise wie möglich begann er sich zu waschen und umzuziehen. Er wollte nicht, daß Madeleine wach wurde, denn unter diesen Umständen konnte er nicht mehr solange warten, bis sie fertig war. Im Erdgeschoß erfuhr er von Cattivo, daß die anderen bereits um neun das Hotel verlassen hatten und daß es nun leider auch kein Frühstück mehr gab. Wo die Questura sei? In der Via Diaz, ganz leicht zu finden, durch die Galleria Colombo, gleich hinter dem Museum für Nationale Geschichte.

Auf der Straße mußte Paul die Augen zusammenkneifen. Die Luft schien seine Atemwege zu verstopfen. Blaßgrau spannte sich der versengte Himmel über dem Meer, das sich ohne die kleinste Riffelung in die Bucht schmiegte.

Am Ende der Via Menotti lag ein verwaister Taxistand. Paul wartete fünf Minuten, ehe ein schwarzer Fiat auftauchte und am Bordstein hielt. Paul stieg ein und gab sein Ziel an. Der Fahrer erzählte von dem Streik. Es war das einzige Wort, das Paul verstand, nachdem es ständig wiederkehrte. Sie fuhren am Meer entlang und bogen dann am Palazzo dello Sport in die Viale Brigate Partigiane, an deren Ende die Questura lag.

Paul zögerte, bevor er das Polizeipräsidium betrat. Ein schmaler Streifen Park längs der Straße schien mit seinen lichtdurchwirkten Schatten viel verlockender als das Labyrinth von Schreibtischen und mißtrauischen Gesichtern, das ihn sicherlich in dem palastähnlichen Gebäude mit der Staatsflagge über dem Eingang erwartete. Jetzt bereute er, Madeleine nicht mitgenommen zu haben. Sie sprach Italienisch, und sie sah gut aus, vielleicht hätte das die Beamten dazu gebracht, zumindest den Schein zu wahren und Interesse zu heucheln. An wen sollte er sich wenden, wie sein Anliegen erklären?

Einfach hineingehen, dachte er, alles andere wird sich schon finden. Statt dessen blieb er ratlos auf dem Bürgersteig stehen und bekam nicht einmal genug Speichel zusammen, um ausspucken zu können.

Er sah auf die Uhr. Fast zwölf, Zeit zum Mittagessen. Die wichtigen Leute würden jetzt wahrscheinlich gar nicht da sein. Als Paul noch seinen eigenen Laster gehabt hatte, war es ihm nie schwergefallen, bei irgendeiner Behörde hereinzuspazieren und zu sagen, was er wollte. Aber nun, da er nichts mehr besaß und sich zudem in einem fremden Land befand, dessen Sprache er nicht beherrschte, fühlte er sich von einer merkwürdigen Unsicherheit befallen. Er brauchte nur an die langen, leeren Gänge mit den zahlreichen Türen zu denken, an die harten Bänke, auf denen man ihn warten lassen würde, ehe man ihm endlich, nachdem er lange genug herumgeschickt worden war, bedeutete, daß man ihm bei seinem Problem, soweit man es überhaupt richtig verstanden hatte, nicht helfen konnte. Vielleicht sagte man ihm noch, wohin er sich am besten wandte, wenn dort auch – Moment mal, ach so, schon 15 Uhr – erst am Montag wieder gearbeitet wurde.

Paul wischte sich mit dem Ärmel den Schweiß von der Stirn und ging zurück, zum Meer hinunter. Den anderen gegenüber würde er behaupten, es versucht, aber niemand gefunden zu haben, der ihm helfen konnte oder wollte. Und so wäre es ja vermutlich auch gewesen. Er fühlte sich erleichtert, wie man das immer tut, wenn man sich nach langem Grübeln ein sinnloses Unternehmen erspart hat; dazu kam die Hoffnung, daß die anderen, weniger unbeholfen, vielleicht längst Erfolg gehabt hatten.

Während er unter den Bäumen des Parkstreifens die Viale Brigate Partigiane entlangging, schaute er immer wieder auf die Armbanduhr. Laurent und Etienne, die sich die Hafengenossenschaft vorgenommen hatten, mußten inzwischen längst wieder im Hotel sein, falls sie nicht noch einen Stadtbummel angehängt hatten. Niemand wußte genau, wann er aufgebrochen war, außer dem Besitzer. Er konnte angeben, das Hotel um zehn verlassen und es nach der Questura aus freien Stücken noch beim Rathaus versucht zu haben, dort aber erst kurz vor 15 Uhr angelangt zu sein, so daß er niemand erreicht hatte.

Die Büroräume der Hafengenossenschaft waren in einem Renaissance-Palazzo untergebracht, der auf halber Strecke zwischen der Via Menotti und der Questura an der Piazza Caricamento lag. Von dort aus konnte man ohne Eile zum *Albergo Stella* zurückgehen.

Paul ging weiter in Richtung Hafen. Draußen auf dem Meer warteten Schiffe unter halbem Dampf, als hofften sie, doch noch einlaufen zu dürfen. In der Via Gramsci tauchte er in einer Cambia Valute sein französisches Geld in Lire um. Als er wieder in den gleißenden Sonnenschein heinaustrat, hörte er eine laute Mädchenstimme. »Paul, he, Paul!«

Madeleine stand im Eingang einer Kaffeebar und winkte ihm zu. Sie hielt eine zusammengerollte Boulevardzeitung in der Hand. Paul machte kehrt und ging die paar Meter zurück. Madeleine nahm ihn mit zu ihrem Tisch, an dem noch ein älterer Herr in Mantel und Hut saß. Paul grüßte und setzte sich, aber der Mann nahm von seiner Gegenwart keine Notiz. Er hatte eine lederne Aktentasche auf den Knien und las in einem maschinegeschriebenen Manuskript. Nach jedem Schluck aus seiner Tasse tupfte er sich geistesabwesend mit den Enden eines über die Schultern geworfenen Schals Kaffee von den Lippen.

Madeleine spielte mit einer halbvollen Capuccinoschale, strahlte Paul an und fragte: »Na, wie findest du's?«

»Was?«

»Das Kleid. Ich habe mir ein neues Kleid gekauft, siehst du das nicht? Spottbillig. Wenn ich bedenke, was ich dafür in Marseille bezahlt hätte!«

Erst jetzt bemerkte Paul das bunte, umhangartige Gewand, das ihr bis zu den Knien reichte.

»Sehr schön«, sagte er unbeholfen.

»Ich habe mir noch eine Hose, eine Bluse und ein Paar Schuhe gekauft«, fuhr Madeleine fort. Paul stellte beruhigt fest, daß sie gar nicht auf die Idee kam, ihm Vorwürfe zu machen, weil er sie nicht mitgenommen hatte.

An der Theke lehnten fünf junge Männer in weißen Hosen und schwarzen Hemden, die bis in Magenhöhe offenstanden. Dünne Goldkettchen hingen wie funkelnde Schlangen im schwarzen Urwald ihres Brusthaars. Sie unterhielten sich lautstark über ihren Espressotassen und schossen alle paar Sekunden zudringliche Blicke auf Madeleine ab.

Paul winkte dem Kellner. Er wollte auch einen Espresso. Ein Bier wäre ihm zwar lieber gewesen, aber das schien es nicht zu geben. Vor den Fenstern flirrte die erhitzte Luft, aber hier im Halbdunkel war es angenehm kühl. Statt nach Abgasen roch es nach schwarzen Zigaretten und Kaffeebohnen.

»Ich habe Laurent und Etienne getroffen, kurz bevor ich weggegangen bin«, sagte Madeleine. »Sie waren total erledigt. Bei der Hafengenossenschaft muß es zugegangen sein wie in einem Irrenhaus. Jeder wollte etwas über den Streik wissen, lauter Leute von der Presse und dem Radio waren da. Überhaupt kein Durchkommen.«

»Also auch kein Erfolg«, meinte Paul. Beinahe betrachtete er es als eine Bestätigung. »Und Auguste?«

»Ist noch nicht wieder aufgetaucht, zumindest bis um zwölf. Wie war's bei dir?«

»Ich habe alles versucht«, sagte Paul und stellte fest, daß dieser schlichte Satz glaubwürdiger klang, als wenn er lange von Zimmernummern und Dienstgraden gesprochen hätte, mit denen er angeblich geredet hatte.

Plötzlich stellte der Mann in Mantel und Hut klirrend die Tasse ab, packte seine Aktentasche und sprach erregt auf Madeleine und Paul ein. Mehrmals tauchten die Namen Andreotti und Pastrelli auf; dann erhob er sich und ging grußlos.

Paul sah ihm verblüfft nach. »Was hat er gesagt?«

Madeleine lachte zerstreut. »Ein Eiferer«, antwortete sie. »Er behauptet, daß Giulio Andreotti im letzten Jahr ein Gesetz durchgebracht hätte, wonach jeder, der mit Grundnahrungsmitteln spekuliert, vier Jahre Gefängnis und eine hohe Geldstrafe zu erwarten hat. Wenn Pastrelli wirklich ganze Lagerhallen voller Parmesan hätte, würde er nicht mehr frei herumlaufen, sondern hinter Gittern sitzen. Typischer Konservativer, wählt wahrscheinlich seit seiner Geburt Democrazia Cristiana.«

»Vielleicht hat er ja recht«, meinte Paul, wußte aber selber nicht, was er glauben sollte. Schade war nur, daß er jetzt, nachdem er Madeleine getroffen hatte, nicht mehr behaupten konnte, auch im Rathaus gewesen zu sein, aber vielleicht war das ganz gut so. Vielleicht. Wahrscheinlich. Er blickte über den Rand seiner Kaffeetasse und entdeckte in Madeleines Augen die gleiche Ratlosigkeit, die auch ihn erfüllte. Er wußte nicht, ob sie einer klaren Situation gegenüberstanden, für die es eindeutige Lösungen gab, oder ob sie sich nicht eher in einer Lage befanden, die von Mächten kontrolliert wurde, zu denen sie niemals durchdringen würden. Normalerweise gab es immer ein, zwei Punkte, an denen man den Schraubenschlüssel ansetzen konnte, aber hier? Ein Nebelfeld, in das man gerät und ganz langsam fahren muß, ohne zu wissen, ob das Ziel überhaupt noch existiert, so sah das hier aus. Einen Augenblick wünschte er sich, klare Verhältnisse um sich zu haben, ohne selber etwas dazu beitragen zu müssen oder zu können, wie in einer Gefängniszelle.

»Hast du Hunger?« fragte er, spürte aber im selben Augenblick, daß er keinen mehr hatte. »Oder kommst du mit zum Hotel?«

Madeleine packte ihre Sachen zusammen und ging schon hinaus, während Paul bezahlte.

»Ich will zu Fuß gehen. Hast du Lust?« fragte sie dann. Paul nickte. Sie konnten am Hafen entlanggehen und schauen, ob sie irgendwo die *Luxor* entdeckten. Passacaglia war der einzige, der ihnen jetzt noch helfen konnte.

»Wenn das stimmt, was du mir erzählt hast, verdient dieser Pastrelli eine Abreibung, die er nie vergißt«, meinte Paul. »Kein Anwalt, keine Richter, die sich doch dazu beschwätzen lassen, ihm nur ein paar Lire abzuknöpfen, ehe sie ihn am Ende wieder laufenlassen. Man müßte ihm die Beine brechen. Oder, was sagst du?«

»Natürlich müßte man das«, sagte Madeleine fast beiläufig. »Aber das ist nur eine Illusion, oder? Er bleibt ja doch am Leben.«

Nebeneinander gingen sie zurück zum Hotel. Von der Straße aus konnte man die *Luxor* nicht sehen, und das Hafengelände war abgesperrt. In den Seitenstraßen der Via Gramsci parkten Einsatzwagen der Karabinieri. Durch die vergitterten Fenster erblickte Paul Schutzhelme und Schilde, die ihn an Bilder von römischen Legionären erinnerten. Überall standen Passanten in kleinen Gruppen zusammen und sahen zum Hafenbecken hinüber. An einer Ecke verteilte ein junges Mädchen Flugblätter und forderte die Spaziergänger auf, sich mit den Streikenden zu solidarisieren.

## 21

Laurent und Etienne saßen unter einer gestreiften Markise vor der Osteria neben dem Hotel. Paul und Madeleine ließen sich erschöpft auf die beiden an ihrem Tisch freigehaltenen Stühle fallen. Laurents Madonnengesicht wirkte finster, fast bösartig; man sah ihm an, daß er getrunken hatte. Etienne, bis zu dessen Platz der Schatten der Markise nicht mehr reichte, brütete dumpf in der Sonnenglut vor sich hin.

»Auguste schon aufgetaucht?« fragte Madeleine.

»Siehst du ihn hier etwa irgendwo sitzen?« maulte Etienne trotzig wie ein Junge, der sich gegen einen erwarteten Tadel wappnen will.

»Ich frage ja nur. Wir haben ihn nämlich auch nicht getroffen.«

Mißmutig näherte sich der Kellner ihrem Tisch und nahm die neue Bestellung entgegen. Noch ein Grappa für Laurent, noch ein Bier für Etienne und zwei Espresso für Paul und Madeleine.

»Poujouly hat angerufen«, verkündete Laurent düster.

Paul fragte: »Was wollte er?«

Laurent zuckte mit den Schultern. »Cattivo hat den Anruf entgegengenommen. Wir waren nicht da. Auguste soll in Marseille anrufen, wenn er zurückkommt.«

»Hoffentlich ist ihm nichts passiert«, meinte Madeleine. »So wie's am Hafen jetzt aussieht.«

Niemand fragte Paul, was er erreicht hatte. Auch Laurent und Etienne erzählten nichts. Alle warteten auf Auguste, der schon seit Stunden überfällig war.

Laurent schüttete den Schnaps hinunter, als versuchte er, etwas zu vergessen, das Boot zum Beispiel, das er sich mehr als alles andere wünschte und nun vielleicht doch nicht bekommen würde. Dann ging er ins Hotel zurück, um sich hinzulegen. Eine halbe Stunde später folgten ihm die anderen nach. Madeleine und Paul ließen sich angezogen aufs Bett fallen und starrten die Decke an. Auguste hätte längst zurück sein müssen.

Als die Strahlen der Sonne nicht mehr bis auf die Straße vor dem Fenster reichten und die Dämmerung alle Farben violett eintönte, trat Paul auf den Balkon. Inzwischen war er ernstlich beunruhigt. Er bemerkte, daß Laurent auf dem Nachbarbalkon Stellung bezogen hatte. Auguste war nirgendwo zu sehen; auch am Taxistand tat sich nichts.

Aus der Seitenstraße neben der Bank reichte ein Rückstau bis auf die Via Menotti. Vor einer Eisdiele standen drei Jungen neben ihren Mofas. Ein Mädchen ging an ihnen vorbei, einer der Jungen pfiff. Alle drei starrten dem Mädchen nach, das mit wiegenden Hüften ein Café passierte, dann ein Schallplattengeschäft, zwei Arztpraxen, einen kleinen Frisiersalon, einen Buchladen, einen Billardschuppen und wieder ein Café, ehe es verschwand. Paul blickte zur anderen Straßenseite hinüber. Dort gab es einen Supermarkt, noch mehr Ärzte, zwei weitere Eisdielen und eine Fischbraterei. Vor ein paar Bars sammelten sich kleine Menschentrauben. Stoßstange an Stoßstange und laut hupend schoben sich die Autos über den Asphalt. Auguste saß in keinem davon.

»Ich gehe mal runter«, rief Paul Laurent zu.

Der Franzose nickte. »Ich begleite dich.«

Beide wußten, daß Auguste deswegen nicht schneller kommen würde, aber man wartete dort unten wenigstens nicht allein.

Auf dem Trottoir wandte Paul sich nach links, Laurent ging nach rechts. An den Eisdielen und Cafés flammten gasblaue und rosa Neonreklamen auf. Einige Wagen hatten bereits Abblendlicht eingeschaltet. Die Blätter der Bäume und die ehemals farbigen Markisen waren mit einer grauen Schmutzschicht überzogen. Abgasgestank hing über dem Asphalt. Paul blickte jedem ins Gesicht, der ihm entgegenkam; manche Augen verirrten sich in die seinen und verweilten dort für Sekunden gelangweilt, gleichgültig oder erschöpft, manchmal verpaßte er ein Gesicht, weil er zu lange an einem ausdrucksstarken, leuchtenden Mädchenmund hängengeblieben war.

Auguste kam genau in dem Moment zurück, als sich Paul und Laurent wieder vor dem *Albergo Stella* trafen. Er entstieg einem schwarzen Taxi, das sich aus dem Verkehrsfluß gelöst hatte und mit zwei Rädern auf den Bürgersteig gefahren war. Weder Paul noch Laurent erkannte ihn auf Anhieb wieder. Sein Hemd war eingerissen, der untere Teil des linken Ärmels fehlte. Seine Hose wies ölige Flecken auf, und ein Schuh hatte keinen Schnürsenkel mehr. Das Gesicht war mit getrocknetem Blut bedeckt und ein Auge fast zugeschwollen. Auguste preßte ein Taschentuch gegen den Mund. Sein Haar war grau vor Staub.

Wortlos drehten sich Paul und Laurent um und entfernten sich ein paar Schritte vom Eingang des Hotels, ehe Auguste sie bemerken konnte. Es war besser für seinen Stolz, wenn er ungesehen in sein Zimmer gelangte und Gelegenheit bekam, sich zu säubern, ehe sie mit Fragen über ihn herfielen. Erst nachdem er bereits einige Minuten im Eingang des *Albergo Stella* verschwunden war, folgten sie ihm hinein. Als sie sein Zimmer betraten, lag er auf dem Bett. Etienne saß bei ihm und stellte Fragen. Madeleine lehnte mit verschränkten Armen an der Wand. Auguste stöhnte und schwieg, bis ihm die Fragerei zu bunt wurde. Mit geschlossenen Augen fuhr er Etienne an. »Halt endlich die Klappe. Ich war bei Passacaglia.«

Dann schwieg er wieder. Niemand drängte ihn fortzufahren. Daß der Kapitän ihn nicht so zugerichtet hatte, war klar, deswegen würde er von selber weitererzählen.

»Er schätzt, daß der Streik höchstens eine Woche dauern wird, weil Pastrelli Beziehungen zur Gewerkschaft hat und sie den Ausstand nicht finanziert. Trotzdem fährt er spätestens am Dienstag; das heißt, wir haben einen Tag gewonnen. Er sagt, es hat keinen Sinn, bei den Behörden vorzusprechen, aber das habt ihr ja sicher selber herausgefunden, so wie ihr ausseht.«

Jetzt konnte Laurent es sich nicht verkneifen, zu fragen: »Und was hast du herausgefunden, so wie du aussiehst?«

»Du bist ein Arschloch, Laurent«, sagte Auguste gepreßt und gönnte sich einige Minuten beleidigten Schweigens.

»Dieser Passacaglia ist ziemlich klein und sieht ganz schön gerissen aus«, fuhr er dann fort. »Er meinte, wenn überhaupt, dann könnten wir nur bei den Schauerleuten selber etwas erreichen. Er würde die Kisten ja an Bord holen, aber er hat Angst, seine Leute könnten sich weigern oder verprügelt werden. Also bin ich von Bord gegangen und habe versucht, mit einem der Streikposten ein Gespräch anzufangen. Die meisten machten auf taub, aber da war so ein Alter, Typ ›einfach und ehrlich‹, der mich in Ruhe angehört hat. Er war auch gestern dabei, als sie uns nicht durchlassen wollten. Er kam nicht dazu, etwas zu sagen, aber ich hatte das Gefühl, er könnte unsere Lage vielleicht verstehen. Ich habe so getan, als ginge es bei unserer Fracht um Leben und Tod, optische Geräte, Ausgrabungen, Millionenverluste. Bestimmt alles Hexenkram für den, aber er schien beeindruckt.«

»Wieso kam er nicht dazu, etwas zu sagen?« fragte Paul.

Auguste schnaubte, fast klang es wie ein Lachen. »Da waren so ein paar langhaarige Scheißer mit Flugblättern und Nickelbrillen und scharwenzelten um die Männer mit den Streikschildern herum. Psychiatersöhnchen mit Zehntausendlirescheinen in der Tasche. Rote Brigaden oder so.«

Seine Stimme klang bitter und enttäuscht. »Sie hörten, wie ich von einem zum anderen ging und unsere Lage schilderte und fingen plötzlich an zu schreien; was, habe ich selber nicht ganz mitbekommen. Wahrscheinlich hielten sie mich für einen Provokateur, einen Mann Pastrellis, der den Arbeitern Geld unterjubeln wollte, um dann sagen zu können: Sieh an, da streiken sie gegen den Signor Pastrelli, sind aber nicht zu fein, unter der Hand sein Geld zu nehmen. Oder sie dachten, ich wollte die Arbeiter einfach nur bestechen, damit sie zu streiken aufhörten. Jedenfalls brüllten sie herum wie die Wilden, diese Kommunisten, und nannten mich einen Faschisten – mich! Plötzlich flogen von überallher Fäuste auf mich zu. Stiefel, Knie, Ellbogen, mit allem droschen sie auf mich ein, ich glaube, sogar mit den Streiktafeln.«

Paul schwankte zwischen dem Drang zu lachen – denn Augustes Erlebnis hatte durchaus auch seine grotesken Seiten – und der Wut auf die Burschen mit den langen Haaren, die sich überall einmischten, ohne für einen Pfennig Ahnung zu haben. Außerdem war er der Ansicht, Auguste hätte die anderen in seinen Plan einweihen müssen, ehe er sich zu einem solchen Schritt entschloß.

Jetzt kamen die ersten Reaktionen. Madeleine und Etienne waren dafür, sofort loszuziehen und zu sehen, ob man noch einige der Schläger erwischte und es ihnen heimzuzahlen. Laurent war gegen den Rachefeldzug, weil die Gefahr bestand, daß die überall lauernden Karabinieri sich einmischten und es die Sachlage nicht gerade vereinfachte, wenn man sie durch vergitterte Fenster betrachtete.

Paul starrte auf den moosgrünen Linoleumboden, der sich an den Ecken hochbog. Dann betrachtete er die Tapete, die das Moosgrün des Bodens in senkrechten Streifen wieder aufnahm. Parallel dazu verliefen Reihen weißer Blüten und Sterne, alles auf karminrotem Untergrund. Der Stoffschirm der Nachttischlampe saß schief über der Birne.

Paul sagte: »Ich finde, wir sollten uns allmählich auch mal darüber Gedanken machen, was geschieht, wenn Passacaglia ausläuft, ohne unsere Paletten an Bord zu nehmen. Wir können sie ja schlecht nach Marseille zurückfahren. Sollen wir die Kisten ins Meer werfen, die Laster in Brand setzen und es den Streikenden in die Schuhe schieben, damit es doch noch einen Versicherungsfall gibt? Oder was sollen wir sonst tun?«

In der folgenden Stille drangen die Geräusche der Straße wie eine Reaktion auf seine Worte besonders laut in das dunkle Zimmer. Huptöne, schrilles Lachen, hitzige Diskussionen, durchstartende Motoren.

Auguste hatte eine Hand über die Augen gelegt, als sei selbst das wenige Licht, das von draußen hereindrang, noch zuviel für ihn.

»Morgen«, sagte er nur. Das Wort beinhaltete, daß heute ohnehin nichts mehr zu machen war, daß er die Vorschläge der anderen wegen seines Zustands nicht richtig aufnehmen konnte und daß seine eigenen heute nichts mehr taugten. Außerdem war er müde, und sie sollten ihn endlich in Ruhe lassen.

Etienne und Laurent gingen als erste, ohne Paul zu fragen, ob er mitkommen wollte. Wahrscheinlich wollten sie ihre Sauftour vom Nachmittag fortsetzen. Dann verschwand Madeleine, um ihre tägliche Dusche zu nehmen. Paul und Auguste blieben allein zurück. In das Schweigen hinein fragte der Franzose: »Wie ist es denn mit Madeleine?«

Das von Schlägen entstellte Gesicht trug einen lüsternen Ausdruck. Verquollen wie es war, paßte es mehr als je zuvor zu allem, was Auguste sagte. Es hätte traurig ausgesehen, wenn er etwas Trauriges von sich gegeben hätte, und lustig, wenn er mit einem Witz herausgekommen wäre. Jetzt sah es lüstern aus.

Seltsamerweise fühlte Paul sich geschmeichelt. Man traute ihm zu, daß Madeleine etwas mit ihm haben könnte – Serges Freundin. Er hätte jetzt die Wahrheit sagen können, daß er es noch nicht ausprobiert hatte, aber Auguste hätte ihm das sicher nicht abgenommen, und die Vorstellung, daß er bei den anderen als Madeleines Liebhaber galt, war auch zu behaglich, um sie sofort wieder abzubauen.

»Das erzähle ich dir später mal«, sagte er zufrieden. Dann verließ auch er das Zimmer und schloß leise die Tür hinter sich.

Nebenan setzte er sich rittlings auf den einzigen Stuhl an die Brüstung des Balkons, zündete sich eine Zigarette an, verschränkte die Arme auf der Lehne und sah auf die Straße hinunter.

Er dachte darüber nach, wie schnell sich alles verändert hatte. Gestern morgen waren sie in der Hoffnung losgefahren, bald wieder in Marseille sein und aus Poujoulys Hand die Prämie entgegennehmen zu können. Jetzt hockten sie in dieser billigen Absteige, Auguste war zusammengeschlagen worden, und von den anderen ging jeder seine eigenen Wege. Die drei Franzosen nahmen an, daß er mit der Freundin seines besten Kumpels ins Bett ging, und er hatte zum erstenmal seit langem wieder Angst vor dem nächsten Tag.

Unten auf der Straße riß der Strom der schimmernden Autos nicht ab. Die Stimmen der Passanten stiegen unverändert laut zu dem Balkon herauf. Paul fühlte sich verloren. Ob Madeleine sich auch so vorkam, ohne Serge?

Ein Lachen schreckte ihn aus seinen Gedanken. Vier Mädchen zogen singend auf dem Trottoir heran und winkten ihm zu. Eine rief sogar etwas, aber er verstand die Worte nicht, deswegen lachte er nur und nickte.

Dann dachte er wieder an Madeleine. Wie selbstverständlich schien sie sich inzwischen als zu ihm gehörig zu betrachten. Damit hatte er ganz und gar nicht gerechnet, als er sie in Marseille aus Serges Wohnung geholt hatte. So eine wie sie war ihm überhaupt noch nie begegnet. Bei den meisten Frauen, die er kannte, kam es sofort zu etwas oder nie. In beiden Fällen wäre es undenkbar gewesen, daß man zwei Nächte tatenlos im selben Zimmer verbrachte. Madeleine dagegen schien das nicht im geringsten zu kümmern. Anders als die meisten Leute schien sie nicht zu glauben, eine Situation sofort mit Lot und Wasserwaage ausmessen zu müssen.

Sie ließ sich Zeit. Bei ihr lief alles über das Gefühl, wuchs langsam oder nahm ab, sie eignete sich einen Menschen tatsächlich an, in dem sie sich an ihn und ihn an ihre Gegenwart gewöhnte. Und hatte sie etwas keinen Erfolg? Fühlte er sich nicht schon geschmeichelt, wenn man ihn für ihren Liebhaber hielt?

Paul stand auf, brachte den Stuhl ins Zimmer zurück und schloß die Balkontür. Unter seinen Fingern blätterte der rote Lack ab und rieselte in briefmarkengroßen Stücken zu Boden. In diesem Moment kehrte Madeleine vom Duschen zurück. Sie trug ein feuchtes Handtuch über dem Arm und die Seife in einer Reisebox aus Plastik in der Hand. Die Spitzen ihrer Haare waren noch naß.

»Hallo, Paul, gehst du noch weg?«

»Nein, ich wollte gerade ins Bett.«

Madeleine lachte. Es war das erste Mal heute.

»Bist du so auf dem Flur herumspaziert?« fragte Paul und musterte ihre nur mit zwei Knöpfen geschlossene Bluse und die weißen, hautengen Jeans, die dreißig Zentimeter über Clocks mit roten Riemen endete.

»Schau mich nicht an wie ein Vater seine vierzehnjährige Tochter, die sich zum erstenmal schminkt, bevor sie zur Schule geht«, antwortete Madeleine fröhlich. »Erstens hat mich niemand gesehen, und zweitens weiß jeder, daß wir ein gemeinsames Zimmer haben.«

Sie stand so dicht bei ihm, daß er ihren warmen Atem spüren konnte. Dann trat sie ans Fenster und ließ sich mit dem Rücken zur Balkontür in die Hocke nieder, die Beine gespreizt, die Füße direkt unter den Gesäßbacken, die Hände auf die Oberschenkel gestützt. Ihre Brustwarzen zeichneten sich unter dem dünnen Stoff der Bluse ab, während der Reißverschluß an der Hose unaufhaltsam auseinanderglitt.

»Lehn dich nicht mit dem Rücken gegen die Tür«, sagte Paul. »Der Lack blättert ab.«

»Große Sache«, erwiderte Madeleine ironisch. Auch ein neuer Zug an ihr, diese Ironie. Sie wollte etwas von ihm, das war sonnenklar. Paul wandte sich rasch ab, damit sie nicht sehen konnte, daß sein Körper das Angebot bemerkt hatte. Aber er wußte, daß, selbst wenn es ihnen jetzt gelang, auf anständige Weise ins Bett zu kommen, das Verlangen nur aufgeschoben war, seines und ihres.

Er knipste die Nachttischlampe an. Das Licht ließ den abgeblätterten Lack unter Madeleines Gesäß aufleuchten. Es sah aus, als hätte sie geblutet.

## 22

Paul erwachte von der Sirene eines Polizeiwagens, und als er die Reflexe des rotierenden Lichts auf dem Dach eines vorbeirasenden Wagens auf den Vorhängen sah, wußte er, daß der Himmel heute bedeckt war. Den ganzen Vormittag über heulten an immer anderen Stellen der Stadt Sirenen auf. Die Kundgebungen der Streikenden hatten begonnen. Wieder hatte das Gefühl lähmender Katastrophenstimmung von Paul Besitz ergriffen, mit dem er schon gestern morgen aufgewacht war.

Beim Frühstück erzählte ihnen der Besitzer, daß an allen Grenzübergängen die Laster gestoppt oder umdirigiert wurden, genau wie die Schiffe per Funk aufgefordert wurden, in anderen Häfen zu löschen. Außerdem hatte er erfahren, daß am Vormittag des vergangenen Tages zwei Lastwagenfahrer – »Männer wie Sie und Ihre Freunde, Signor!« – die Streikpostenkette durchbrochen hatten, daraufhin mit Steinen beworfen worden waren und ihren Wagemut beinahe mit dem Leben bezahlt hätten. Cattivo hatte die Geschichte in der Zeitung gelesen, und er ließ durchblicken, seiner Meinung nach sei Auguste einer der Männer gewesen, und der andere, wer weiß, vielleicht Sie, Signor, denn als Deutscher und groß wie Sie sind, lassen Sie sich bestimmt nicht gern an etwas hindern, nicht wahr?

»Sehr witzig«, gab Paul zurück. Es war Samstag.

Laurent und Etienne waren bereits zum Hafen gegangen. Auguste lag noch im Bett. Es war, als hätte die Nacht – schlaflos, voller Schmerzen und quälender Gedanken – ihn sämtlicher Energie beraubt. Aber vielleicht hatte nun auch er in den langen, dunklen Stunden erkannt, daß nichts zu machen war, gar nichts; erst recht nicht heute, wo sich alle Karabinieri Genuas im Hafen eingefunden hatten.

Gleich nach dem Frühstück gingen Madeleine und Paul zu den Docks hinunter. Es war so schwül, daß ihnen schon nach wenigen Minuten die Kleider an der Haut klebten. Die Hitze schien während der Nacht noch zugenommen zu haben. Wie ein geruchloses, betäubendes Gas staute sie sich zwischen dem Asphalt und der niedrig hängenden Wolkendecke. Auf der Via Sifredi standen vier Einsatzwagen der Polizei, die nur auf ein Zeichen warteten, um mit lärmenden Sirenen zu den Kais zu rasen. Die Schiebetüren an den Seiten standen offen, die Männer dahinter nestelten an den Kinnriemen ihrer Helme oder justierten den Sitz des Augenschutzes. Nur einer hatte den Helm auf den Boden gestellt, statt ihn im Schoß zu halten. Er saß im zweiten Wagen, den Kopf in beide Hände gestützt. Stirn und Wangen waren schweißbedeckt, und er sah aus, als müsse er sich jeden Augenblick übergeben.

Zwei Ecken weiter mußten Paul und Madeleine umkehren, weil die Straße abgeriegelt war. Auf einem anderen Weg gelangten sie bis zu einer Treppe, die auf eine Terasse führte. Das halbe Viertel drängte sich bereits dort oben zusammen und blickte zum Hafenbecken hinüber.

Vom Meer her kam Wind auf. Die schieferfarbenen Wellen schoben sich übereinander und rannten gegen die Molen an. Die Streikenden hatten ein Hafenbüro besetzt und darin ihre Zentrale eingerichtet. Ein paar Männer gaben bemalte Schilder aus. Um die Zentrale herum drängte sich das Heer der Demonstranten. Ihnen gegenüber warteten Schulter an Schulter die Karabinieri mit ihren schwarzen Helmen, den Knüppeln, den Gesichtern aus Glas und Schilden aus Hartplastik. Unsichtbar für die Demonstranten lauerten in den abgesperrten Seitenstraßen ein Dutzend gepanzerter Mannschaftswagen und Wasserwerfer.

Paul bahnte sich und Madeleine einen Weg bis an die steinerne Brüstung der Terasse. Die Demonstranten schrien Parolen, die ihnen von den jungen Leuten mit den langen Haaren eingetrichtert worden waren. Einige hielten Pappbecher mit Kaffee aus dem besetzten Hafenbüro in den Händen. Das Rauschen des Meers und die klare Luft, die die Distanzen zu verkürzen schien, betonten die beunruhigende Atmosphäre. Vor den hohen Kränen im Hintergrund wirkten die Demonstranten, unter denen sich auch Frauen mit Kindern auf dem Arm befanden, kleiner als normale Menschen, als hätte die Tatsache, daß sie mit dem Rücken zum Wasser standen, und die Gewißheit, daß sie zum Scheitern bestimmt waren, sie schrumpfen lassen.

»Siehst du Laurent und Etienne irgendwo?« fragte Madeleine.

»Nein. Selbst wenn sie da unten wären, könnten wir sie von hier aus nicht erkennen.«

Von hinten drückten andere Schaulustige, die auch einen Platz an der Balustrade haben wollten, gegen sie. Paul lehnte sich mit seinem ganzen Gewicht zurück, damit er und Madeleine nicht an der Brüstung zerquetscht wurden.

Unten intonierten ein paar Stimmen zögernd die Internationale, verstummten aber nach der ersten Strophe wieder. In der Nähe des Hafenbüros redete ein alter, weißhaariger Mann auf eine Gruppe von Männern mit Streiktrafeln ein, ohne daß zu verstehen war, was er sagte.

»Kannst du lesen, was auf den Schildern steht?« fragte Paul.

»Ich weiß nicht.« Madeleine beugte sich vor. »Die meisten sind so weit weg, daß man sie nicht erkennen kann.«

Paul deutete mit dem ausgestreckten Arm auf einen Punkt weiter links von ihnen. »Da ist ein großes. Was steht da?«

»Rosario Pastrelli«, entzifferte das Mädchen laut, »das nächste kann ich nicht lesen. Dann kommt *sedia elettrica,* also wahrscheinlich, daß Pastrelli auf den elektrischen Stuhl gehört oder so.«

Paul stieß einen leisen Pfiff aus. Bei dem Schild standen hauptsächlich junge Männer. Einige von ihnen trugen Helme, andere hatten sich mit Schals vermummt.

»Ob die sich den ganzen Tag so gegenüberstehen?« fragte Madeleine.

»Glaube ich nicht«, antwortete Paul. Nur zum Herumstehen und Parolenschreien hatten die Psychiatersöhnchen bestimmt keine Helme aufgesetzt. Er spürte, wie die Wut, die sich während der vergangenen fünfunddreißig Stunden in ihm aufgestaut hatte, nach einem Ventil suchte. Der Anblick der Karabinieri reizte ihn genauso wie der der Demonstranten.

Plötzlich öffnete sich die vorderste Reihe der Streikenden, genau gegenüber der Polizeikette, und ein im Durchmesser gut anderthalb Meter großes goldgelbes Rad wurde auf die Straße gerollt. Das Rad kippte um, und einer der Arbeiter rammte einen Stab mit einer Tafel hinein.

»Was ist denn das?« fragte Madeleine aufgeregt. Paul antwortete nicht.

Es war ein Käse. Auf dem Schild stand *Parmesano,* daneben ein Kreuz wie auf einem Grabstein, gefolgt von der Zeile: *Reggiano Origine – Pastrelli Necropoli.*

Eine Frau in einer grauroten Strickjacke leerte einen Kanister über die Käseattrappe, dann warf eine andere Frau ein brennendes Zündholz auf das breite, benzinglänzende Rad.

Sofort stand die Attrappe in Flammen. Schwarzer Rauch entwickelte sich, stieg aber nicht auf, sondern wurde vom Wind am Boden gehalten und hüllte die beiden Frauen ein. Ein Scheiterhaufen, dachte Paul; alles, was noch fehlte, um die theatralische Wirkung komplett zu machen, war eine nach Rosario Pastrelli gestaltete Strohpuppe, die den züngelnden Flammen geopfert wurde. Hinter dem Vorhang des schwarzen Rauchs wurden Sprechchöre laut, die immer wieder in dem Namen Pastrellis gipfelten.

Jetzt kam Bewegung in den Kordon der Polizisten. Er riß in der Mitte auseinander, und durch die entstandene Lücke schob sich ein Wasserwerfer, der aus einer der Seitenstraßen gekrochen war. Zischend leckte ein kräftiger Wasserstrahl auf den brennenden Käse zu.

Das Feuer erlosch sofort, aber der Wasserwerfer zog sich nicht zurück. In feinen Schleiern stäubte das Wasser über die Front der Demonstranten. Der Strahl tastete das Feld um die schwarzverkohlte Attrappe ab. Einige Männer hatten sich die Jacken über den Kopf gezogen und rannten auf die Brandstelle zu. Sie klaubten Stücke des ehemals goldgelben Rads auf und schleuderten sie nach dem gepanzerten Fahrzeug und den Karabinieri.

Jetzt lösten sich auch die ersten Polizisten aus ihrer Formation, rannten den jungen Burschen entgegen und droschen mit ihren Knüppeln auf sie ein, zogen sich dann aber wieder zurück.

Neben Paul und Madeleine beugten sich einige Zuschauer über die Balustrade und brüllten: »Dreckige Faschisten! Faschistenschweine! Mussolini ist tot!« Einer warf einen Stein hinunter, den er in einem Tuch bei sich getragen hatte.

Im nächsten Moment schlug der Strahl des Wasserwerfers um und richtete sich auf die Terrasse. Paul und Madeleine drängten sich zurück, ehe sie getroffen werden konnten. Die erste Reihe der Demonstranten stürzte über die Straße auf die Polizeikette zu. Es waren Männer darunter, die gefütterte Jacken und Helme trugen und Eisenstangen in der Hand hielten.

»Paul, irgendwo da unten sind Laurent und Etienne!« rief Madeleine entsetzt.

»Ich weiß. Komm, wir müssen hier weg!« Er zerrte sie durch die von der Terasse drängenden Zuschauer. Ihm fiel auf, daß die jungen Männer, die »Faschisten!« gerufen hatten, als erste von der Plattform zu verschwinden suchten. Männer und Frauen duckten sich unter dem herabrieselnden Wasser und stauten sich an dem schmalen Ausgang zur Treppe, der längst von den heraufstürmenden Karabinieri verstellt war.

Paul erblickte einen weißen Knüppel über den Köpfen und wußte, daß es jetzt auch hier oben nicht mehr ohne Kampf abgehen würde. Fast freute er sich darüber, denn dann wurde blind zugeschlagen, ohne Ansehen der Person, und er wußte, daß er durchkommen würde.

Geschrei stieg vor ihm auf, begleitet von Schlägen wie auf dumpfe Trommeln. Zwischen den Schultern der vor ihm Stehenden tauchten die glasgeschützten Gesichter der Karabinieri auf, die die Leute mit ihren Schilden zurückdrängten und mit den Knüppeln auf die Fallenden einschlugen.

Madeleine klammerte sich mit aller Kraft an Pauls Hand. In der ausgebrochenen Panik wurde auch sie immer wieder von Stößen getroffen. »Paul, hilf mir, ich werde zerquetscht!«

Die Karabinieri prügelten sich durch, fällten die unschuldigen Zuschauer wie die Mähdrescher das Korn. Schweigend, mit zusammengebissenen Zähnen ließen sie ihre Knüppel niedersausen. Direkt vor Paul geriet ein älterer Mann aus dem Tritt und riß andere mit sich. Eine Frau drehte sich um und versuchte gegen den Strom zu fliehen. Blut spritzte aus ihrer gebrochenen Nase. Immer noch rieselte Wasser aus dem Himmel wie von einer verrückt gewordenen Fontäne, vermischte sich mit dem Blut und glänzte auf den Helmen der Polizisten, die jetzt fast bis zu Paul vorgedrungen waren.

Den Kopf zwischen die Schultern gezogen, einen Arm schützend vor das Gesicht gekrümmt, warf der Deutsche sich vor und zog Madeleine hinter sich her. Er stolperte. Fast gleichzeitig traf ihn ein Knüppel zwischen den Schulterblättern. Für Sekunden glaubte er, sein Rückgrat sei unter der Wucht des Schlags zersplittert. Er schnappte nach Luft. Dann ließ das Brennen nach. Er schlug mit dem freien Arm um sich und rammte irgend jemand sein Knie in den Unterleib. Vor ihm lag ein Junge zusammengekrümmt auf der Seite, die Hände vors Gesicht geschlagen. Der blutbefleckte Knüppel eines Karabiniere drosch wie aus eigenem Bedürfnis ohne Unterlaß auf Ohr und Schläfe des Liegenden ein. Paul trat auf den Jungen, riß auch Madeleine hinüber, rammte den Polizisten mit der Schulter, trat ihm gegen das Schienbein, und dann waren sie draußen, auf den Stufen, und flohen die Gasse hinunter.

Naß und abgerissen kehrten sie ins Hotel zurück, am ganzen Körper mit blauen Flecken und schmerzhaften Prellungen bedeckt. Sie wollten zu Auguste, um ihm von der Demonstration zu erzählen, aber er hatte das Bett verlassen. In ihrem Zimmer fanden sie einen Zettel, auf den er mit Bleistift geschrieben hatte: *Bin ausgegangen, um mir eine Karte für Dalida zu besorgen, die hier am Montag im Teatro Musicale auftritt. Komme zum Abendessen zurück.*

Paul knüllte den Zettel zusammen und warf ihn in die Ecke. Dalida. Im Hafen tobten Unruhen, Laurent und Etienne steckten mittendrin, Madeleine und er wären fast erschlagen worden, die drei Laster waren noch immer nicht entladen, und Auguste besorgte sich eine Karte für Dalida.

»Nerven hat der«, stieß Paul hervor.

»Laß ihn doch«, meinte Madeleine und betastete einen blauen Fleck am Oberarm. »Er steht eben auf solche Konzerte.«

»Und ich stehe auf Prämien, besonders wenn sie zehntausend Francs betragen. Nur fliegen einem die nicht wie gebratene Tauben in den Mund.«

Madeleine schloß die Untersuchung ihrer Wunden ab. »Ich habe Hunger«, sagte sie. Paul zog sich ebenfalls um und fuhr dann mit ihr im Taxi nach Boccadasse zum Essen.

## 23

Die alten Häuser um den Fischmarkt wirkten, als wären sie bis an den Fuß des Berges heruntergerutscht und klammerten sich nun mit letzter Kraft ans Land, um nicht ins Meer zu fallen. Auf langen Tischen lagen silbrig glänzende Fische im Schatten ausgebleichter Sonnenschirme. Frauen unbestimmbaren Alters mit schwarzen Kopftüchern schliffen lange Messer. Eine zerlegte einen Hummer.

Hier, ungefähr sieben Kilometer von der Demonstration im Hafen entfernt, schien sich niemand für die Ereignisse im Stadtzentrum zu interessieren. In Boccadasse lebten die meisten vom Fischfang, hatten ihre eigenen Kutter und damit auch ihre eigenen Sorgen.

Madeleine stand vor einem Korb mit Thunfischen und sagte langsam: »Ich finde, Auguste sollte sich lieber um die Laster kümmern, statt an sein Vergnügen zu denken.«

Sie sprach mit der Ernsthaftigkeit, die Frauen für beinahe

alles aufbringen, und dennoch erschien es Paul, als sagte sie es nur, weil sie gemerkt hatte, wie wütend er über Augustes Verhalten war.

»Ich habe Durst«, meldete sie sich etwas später wieder. »Da vorn ist ein Bistro; darf ich mir etwas zu trinken bestellen?«

Erst hatte sie Hunger gehabt, jetzt wollte sie nur noch etwas zu trinken. Konnte man sich denn auf nichts mehr verlassen? Schweigend ging Paul neben ihr die enge Gasse bis zu dem Stehlokal hinauf. Aus den Häusern drang der Geruch von Holzkohlefeuern und gebrateten Sardinen, und in den kleinen Bars standen die Fischer, die erst bei Sonnenuntergang aufs Meer mußten, mit ihren Schirmmützen auf dem Kopf und tranken Grappa. Einige saßen im Freien und spielten Karten. Die jüngeren unter ihnen blickten Madeleine nach, als wäre sie eine dieser schlanken Stripteasetänzerinnen, die man in manchen Bars der Innenstadt in Automaten sehen konnte.

In dem Stehlokal bestellte Paul eine Limonade für Madeleine und für sich einen Teller Spaghetti. Hinter der Theke stand ein Kofferradio, aus dem Volksmusik ertönte. Es gab keine Frauen in dem Lokal, und die Männer wirkten, als sei Zeit eine Sache, die nur im Rundfunk eine Rolle spielte.

»Wie lange müssen wir wohl noch hier bleiben?« fragte Madeleine. »Ich möchte wieder zurück nach Marseille.«

Paul zuckte mit den Schultern. Das fehlte ihm noch, daß sie jetzt anfing, ihm mit Heimweh in den Ohren zu liegen. Dann sagte er: »Spätestens am Dienstag geht's zurück. Dann ist Passacaglia weg, Auguste hat seine Dalida gesehen und du kannst Serge wieder in die Arme schließen.«

»Ach, Serge.« Madeleines Stimme klang alles andere als begeistert. »Ist das nicht schrecklich, diese Prügeleien im Hafen? Haben die Karabinieri denn keine Frauen und Kinder? Sie müssen doch auch sehen, daß Parmesan . . .«

»Parmesan, Parmesan, Parmesan!« fuhr Paul auf, aber dann sagte er sich, daß Fluchen nichts brachte und fügte nur noch schnell hinzu: »Scheißkäse!«

Als sie wieder draußen waren, hatte sich die Farbe der Wolken verändert. Schwarz, mit schwefelgelben Rändern, ballten sie sich über der Stadt zusammen. Wind rauhte das Meer auf.

»Hast du gehört, Paul? Es donnert. Jetzt werden wir zum zweitenmal naß.« Obwohl Madeleine weniger redete als die meisten Frauen, die Paul kannte, plapperte sie ihm immer noch zuviel.

Vereinzelt platschten große Tropfen auf das staubige Pflaster. Paul und Madeleine begannen zu laufen, aber innerhalb weniger Sekunden waren sie bis auf die Haut durchnäßt. Madeleines weiße Bluse wurde fast durchsichtig. Ihre Brüste wippten beim Rennen auf und nieder. Sie wußte nicht, ob sie sich die Handtasche über den Kopf oder vor ihre Blöße halten sollte; schließlich senkte sie nur den Kopf, als würde sie unsichtbar, wenn sie selber niemand mehr sehen konnte. In den Eingängen der Bars drängten sich die Männer und grinsten. Einmal versuchte sie, sich beim Laufen hinter Paul zu verstecken, aber Männer gab es zu beiden Seiten der Gasse.

Sie liefen bis hinunter zum Meer. Dann fielen sie atemlos und erschöpft in Schritt. Die Straße hatte sich in einen lehmigen, erdfarbenen Sturzbach verwandelt. Das Wasser umspülte ihre Knöchel. Schließlich fand sich ein Taxi, das anhielt und sie zum Hotel brachte. Madeleine strich sich die Haare aus der Stirn und bedachte das Wetter mit einem saftigen Fluch, schien aber gleichzeitig die Blöße zu genießen, die es ihr vor Paul gab. Genau wie er war sie klatschnaß geworden, das Wasser rann an ihren langen Haaren hinunter und sprühte bei jeder heftigen Bewegung in winzigen Tröpfchen von ihrer Schulter.

Der Wagen kam nur im Schrittempo vorwärts. Wahre Springfluten strömten aus den steil abfallenden Gassen über die Uferstraße, und jedes Fahrzeug warf Gischtflügel auf wie ein Schoner vor dem Wind.

Um fünf Uhr waren sie schließlich am *Albergo Stella* angelangt. Sie gingen sofort in ihr Zimmer. Madeleine zog die

Vorhänge zu und setzte sich auf den wackeligen Stuhl. Im Halbdunkel begann sie sich auszuziehen, eine zerzauste Katze, die man aus einem Bach gefischt hat. Sie rollte sich die nasse Hose von den Beinen und schlüpfte aus der Bluse, wobei sie Paul nicht eine Sekunde aus den Augen ließ. Dann stand sie auf, ohne Büstenhalter und Höschen, und stellte sich mit dem Rücken zu Paul neben den Vorhang, ohne ihn zu berühren. Sie hatte die Arme vor der Brust verschränkt, die Handflächen lagen auf den Schultern, das Gewicht des Körpers ruhte auf dem rechten Bein. Es war soweit, und sie wartete.

Paul streifte ebenfalls die nassen Kleider ab, ging schwer auf Madeleine zu, ergriff sie bei den Schultern und führte sie langsam zu ihrem Bett.

Sie legten sich nebeneinander, auf die Seite, und berührten sich. Paul konnte über ihren Hals in den Wandspiegel sehen. Vor dem Spiegel stand ein kleiner Tisch mit einer burgunderroten Decke, auf der eine Glasplatte lag. Auf dem Tisch lagen Madeleines nasse Schuhe und die Dinge – Lippenstift, Kamm, Geld –, die sie aus der aufgeweichten Handtasche genommen hatte. Im Spiegel bewegten sich Madeleines Rücken, ihr Gesäß unter Pauls Zärtlichkeiten. Der Rahmen des Spiegels war rot wie die Balkontür.

Madeleine stöhnte. Paul zu berühren, von ihm gestreichelt und geküßt zu werden, gab ihr ein Gefühl, als kehrte sich ihr Innerstes Stück für Stück nach außen, als würde ihr Körper gewendet wie eine Jacke, die umgedreht noch schöner zu tragen war. Seine Hände waren fordernd und aufrichtig und überall. Ihre Knie berührten fast ihre Achseln, als Paul auf ihr lag, sie aber nur an einer einzigen, ständig größer werdenden Stelle zu berühren schien. Sie ließ sich gehen, empfand Entspannung und Erlösung wie bei einem Tränenausbruch. Ihr ganzer Körper weinte, aber die Tränen blieben innerlich, ließen sie weich und feucht werden. Dann schien sie zu fallen, aus einer Höhe von vielen tausend Kilometern, durch schwarze Nacht und vorbei an mondbeschienenen Wolken. Während des Falls wuchs das

Gefühl der Freiheit in ihr, als legte sie eine Fessel nach der anderen ab, und am Ende wartete der Aufprall, der Tod. Aber dann war es doch Paul, der Mann, der sie erwartete, und es waren nicht Fesseln, die sie ablegte, sondern Jahre, Schichten über ihrer Seele. Sie glitt durch die Nacht der bisher gelebten Zeit zurück, während der Mann, den sie nicht mehr wahrnahm, blieb, und dann kam sie und schrie, und Paul griff in diesem Moment nach ihr und sah ihr Gesicht und hatte Zeit zu denken, daß sie ein offenes, weites Gesicht hatte wie die Pionierfrauen, die ihren Männern klaglos überallhin folgten. Er versank in diesem Gesicht, legte seine rechte Hand darauf, um ihren rauhen Schrei zu ersticken und seinen Namen, dann flammte alles auf und zerfiel wie weiße Asche unter dem Druck der Finger.

Es war vorbei, und Paul ließ seine feuchte Stirn auf dem groben Laken ruhen. Er fühlte sich nicht schuldig. An Dingen, die in einem Traum passieren, ist man meistens schuldlos. Deutlicher als je zuvor in der Woche seit Amsterdam stand plötzlich, noch während seine Haut mit der Madeleines verbunden war, das Bild Serge Mallets vor ihm. Der Serge, der seit seiner Zeit im Maquis mit Pistolen jeglichen Kalibers umgehen konnte wie Manitas de Plata mit einer Gitarre.

Madeleine stöhnte, Paul wurde ihr zu schwer. Er glitt von ihr, während ihre Hände seinen Körper streichelten und er zu müde war, um diese Zärtlichkeiten zu erwidern.

Madeleine beobachtete ihn von der Seite und dachte, daß er vielleicht träumte, ein müder Löwe unter einem schattenspendenden Baum. Sie stellte es sich aufregend und schön vor, jetzt auch seine Träume zu sehen, von dem zu hören, was er sich erhoffte und was er fürchtete und wofür er gestorben wäre. Serge war ein Mann, der in den Tod gegangen wäre für etwas, an das er nicht einmal glaubte, nur um der Geste willen. Paul hier, der stand auf dem Boden, er dachte nicht ans Sterben, es sei denn für eine Sache, die es wert war.

Sie wollte ihm ein Kompliment machen, damit er sie in

seine Gedanken miteinbezog, das einzige, das ihr jetzt einfiel: »Du bist ein besserer Mann als Serge. Du träumst. Serge fing gleich hinterher immer mit seinen Pferdewetten an, dem Tiercé, welche Stute das Rennen macht und so – kaum daß wir fertig waren.«

Paul lachte. »Was verstehst du schon von Menschen?« fragte er. Es klang fast bösartig. Weil er sich schuldlos glaubte, gab er jetzt ihr alle Schuld. »Du hast einen Geliebten, den du betrügst, und mich, aber ich zähle nicht, weil ich ein Zwischenfall bin. Wir haben miteinander geschlafen, und es war schön, und das macht dich gleich zum Menschenkenner? Nein, meine Liebe, wenn es darum geht, was ein Mann wert ist, dann liegt Serge weit besser im Rennen als ich.«

Da merkte Madeleine, daß das Glück, das sie zu erleben geglaubt hatte, ihr nur geliehen war wie Aschenbrödel die silbernen Schuhe der Schwester. Vor der Kälte seiner Worte konnte sie ihren Wunsch, an seinen Träumen teilzuhaben, nicht verteidigen. Der Fall in seinen Armen war kein Argument, das sie vorbringen durfte, und sie drehte sich um, damit er nicht sah, wie ihr Mund zuckte.

Paul stand auf und ging über den Linoleumboden zu seiner Hose, um sich eine Zigarette zu holen, aber die Schachtel war noch durchweicht vom Regen. Er kehrte zurück zu Madeleines Bett, setzte sich und legte ihr die Hand auf die Schulter.

»Sei mir jetzt nicht böse«, bat er, konnte sich aber nicht dazu entschließen, ihr einen Kuß auf den schmalen Nacken zu geben.

»Warum redest du dann so?« fragte Madeleine mit belegter Stimme, ohne ihn anzusehen.

»Ich weiß nicht. Vielleicht, weil ich mich nicht ganz wohl fühle. Ich glaube, ich bekomme eine Grippe.«

Madeleine drehte sich um. »Laß mal deine Augen sehen«, verlangte sie, Paul tat ihr den Gefallen. Er wollte ihr nicht sagen, daß er sich schon seit zwei Tagen völlig erledigt fühlte und auch kaum noch Hunger verspürte.

»Deine Augen sehen aus wie immer«, stellte Madeleine fest. Sie wollte noch etwas hinzufügen, etwas über seine Augen, die ihr so gut gefielen, aber in diesem Moment flog die Tür auf, und Auguste stürmte herein, ein Billett in der Hand.

»Dalida!«

Dann sah er, daß Paul und Madeleine nackt waren, grinste, wurde rot und murmelte schließlich etwas von später, ehe er die Tür rasch hinter sich schloß.

## 24

Am Sonntag nahmen Paul und Madeleine einen Autobus, der sie an einen kaum besuchten Strand vor der Stadt brachte. Paul fühlte sich zerschlagen. Nur mit Mühe hatte er das Frühstück herunterbekommen. Sein Magen schmerzte.

Die anderen waren im Hotel geblieben. Ihre Pläne, wie sie die Paletten an Bord der *Luxor* bringen sollten, wurden immer kindischer und undurchführbarer, und Paul hatte inzwischen jedes Interesse an dem Gerede verloren. Sein persönliches Problem, nämlich wie er Serge erklären sollte, daß er mit Madeleine geschlafen hatte, schien ihm viel wichtiger. Außerdem wollte er die anderen ruhig einen Tag lang brüten lassen. Am Abend, wenn sie feststellten, daß sie sich wieder einmal festgerannt hatten, würde er versuchen sie von einer Idee zu überzeugen, die er in der Nacht gehabt hatte, als er nicht schlafen konnte.

Madeleine merkte, wie es um Paul stand und ließ ihn in Ruhe. Sie fragte nicht, was er für sie empfand oder in Zukunft empfinden würde, und fing auch nicht an, von ihren eigenen Gefühlen zu erzählen. Dennoch standen das Problem und all die gedachten angefangenen Sätze zwischen ihnen.

Der Weg von der Bushaltestelle zum Meer endete in dem aschfeinen Sand des Strandes, der menschenleer in der grellen Sonne lag. Madeleine zog sich bis auf das Höschen aus, legte sich auf den Bauch und begann in einer Illustrierten zu lesen. Die Blätter der Zeitschrift rollten sich in der Hitze, die Farben der Fotos verblaßten, während das Weiß des Papiers einen bräunlichen Ton annahm. Paul saß neben ihr, rauchte, ließ die Asche in den Sand fallen und starrte das Meer an, bis das Bild zu flimmern begann und er blaue Kreise sah, wenn er die Augen auf den weißen Sand senkte. Er schwitzte. Träge ließ er seine Blicke über Madeleines Haut gleiten, die beinahe die gleiche Farbe wie der Sand hatte, und sah zu, wie sich an einigen Stellen Schweiß sammelte, in den Achselhöhlen, im Nacken, in den Kniekehlen.

Madeleine und Serge, dachte er ärgerlich. Madeleine und Paul. Serge und Paul. Madeleine, Serge und Paul. An diesem Strand wäre Platz für sie alle gewesen, in der Fantasie und in der Wirklichkeit gab es diesen Platz jetzt nicht mehr. Wenn Serge von Anfang an dabeigewesen wäre, hätte es ihn gegeben. Oder wenn das gestern nicht passiert wäre.

Paul zog sich bis auf die Unterhose aus und ging durch den heißen Sand auf das glitzernde Wasser zu, müde und ohne etwas zu erwarten. Madeleine sprang auf und lief an ihm vorbei, um als erste im Wasser zu sein. Ihre Haut hatte sich bereits ein wenig gerötet.

Lachend warf sie sich in das flache Wasser, das unter ihren Füßen aufspritzte. Paul watete ungerührt weiter, bis der Pegel seine Oberschenkel erreichte, dann ließ er sich vornüber fallen und schwamm mit weitausholenden Bewegungen. Madeleine blieb hinter ihm zurück, und er sah nur noch das Meer und den Himmel, die am Horizont beide rot zu sein schienen.

Dann kehrte er um und sah Madeleine, die im seichten Wasser herumplantschte und sich selbst mit Wasser bespritzte. Sie kam ihm entgegengeschwommen und rief: »Ist das nicht herrlich, Paul?«

Er drehte sich auf den Rücken und schloß die Augen, paddelte nur mit den Füßen und lauschte dem Wind und dem sanften Dröhnen, das überall auf dem Meer liegt, wo es das Land berührt. Das Wasser plätscherte in seinen Ohren und hinterließ salzige Spuren auf seinen Lippen. Er fragte sich, wie es sein mochte, in tiefem Wasser mit einer Frau zu schlafen.

Als er wieder an Land ging, schloß Madeleine sich ihm an. Die um ihre Füße zurückrollende Gischt war lauwarm. Er wußte, daß sie jetzt einen Kuß von ihm erwartete, aber er gab ihr keinen.

»Ob man hier wohl irgendwo etwas zu essen bekommen kann?« fragte Madeleine. Sie hatte eine Art, ihre Bedürfnisse durch Fragen zu äußern, die es einem leicht machte, sie ihr abzuschlagen.

Ohne etwas zu essen, blieben sie bis zum Abend am Strand sitzen und sprachen nur wenig miteinander. Einmal machte Paul Madeleine auf einen Frachter aufmerksam, der weit draußen wie ein silbernes Spielzeugboot dahinzog. Beide dachten an die *Luxor* und bekamen ein schlechtes Gewissen.

Betäubt von dem hellen Sand, dem Widerschein der Sonne auf dem Meer, rauchte Paul eine Zigarette nach der anderen, bis sein Mund ganz ausgetrocknet war. Der Tag verwandelte sich in einen grünen Abend, und oben auf den Bergen blitzte ein weißes Haus wie ein Edelstein auf, als die Sonne langsam zum Wasser heruntersank. Auf der Straße über ihnen wurden die Autos zahlreicher. Bei dem Gedanken daß sie bald in die Stadt zurück mußten, stiegen Madeleine die Tränen in die Augen. Die Schönheit um sie herum, die Farben des Sonnenuntergangs hatten sekundenlang etwas Alptraumhaftes. Dann versank die Sonne im Dunst, ohne daß es gleich dunkel wurde, und Paul und Madeleine zogen sich an und stiegen den Weg hinauf bis zur Bushaltestelle an der Uferstraße. Eine Zeitlang teilten sich Himmel und Wasser dasselbe Grün, in dem ein blasser Halbmond prangte, dann tauschten sie es gegen das tiefe Blau aller schönen Abende am Mittelmeer ein.

Von der Straße aus konnte man Genua sehen. Die Autos, die von der Stadt kamen, hatten bereits die Scheinwerfer eingeschaltet.

Der Bus war vollgepackt mit Ausflüglern, die einen solchen Lärm veranstalteten, daß Paul und Madeleine nicht miteinander zu reden brauchten.

## 25

Die drei Männer waren die einzigen Gäste in der kleinen Osteria an der Ecke Via Menotti-Via Hermada. Auguste und Etienne saßen an einem der vier Tische und spielten Karten. Laurent hockte vor dem Radioapparat und bedachte die beiden anderen mit bösen Blicken. Die Wände des Lokals waren hellbraun gestrichen. An der Lampe baumelte eine Fliegenfalle. Der Padrone saß hinter der Bar auf einem dreibeinigen Hocker und las in einem Comic-Heft. Über die Schulter hatte er sich ein Handtuch geworfen. Er schenkte den drei Gästen keinerlei Aufmerksamkeit. Erst bei Madeleines Auftritt wurde er munter. Als sie und Paul sich setzten, breitete er sogar eine Decke über ihren Tisch. Unaufgefordert stellte er eine große Flasche Rotwein darauf. Auguste und Etienne tranken ebenfalls Wein, Laurent hielt sich an Whisky. Er leerte Glas um Glas, während er der Schlagermusik zuhörte. Um zehn Uhr verlas ein Sprecher die Nachrichten. Der Padrone servierte Paul und Madeleine Spaghetti.

»Na, und wie haben unsere beiden Tintenfische den Tag verbracht?« erkundigte Auguste sich laut.

Unter anderen Umständen hätte Paul der Begriff Tintenfische für Liebespaare, die sich die ganze Zeit eng umschlungen hielten und dafür gut und gern noch ein halbes Dutzend weiterer Arme gebrauchen konnten, gefallen. Aber er und Madeleine waren kein Liebespaar, und der ironische Tonfall in Augustes Stimme bestätigte ihm, daß die allgemeine Stimmung nicht gerade die beste zu sein schien.

»Am Meer«, antwortete er. Auguste schnalzte mit der Zunge. Er griff nach einer Karte und sagte: »Unser kleiner Laurent hier hat heute sein Glück bei einer Nutte versucht.«

Seinem Gesicht hatte die Ruhe gut getan. Man sah nur noch schwache Spuren von den Schlägen. Laurent stierte ihn mit rotgeränderten Augen an.

»Fresse, Mensch, ich will die Nachrichten hören«, fauchte er. Seine Hand mit dem Whiskyglas zitterte.

»Ein flottes, spreizbeiniges Vögelchen hat er sich ausgesucht, mit langen braunen Beinen und langen blonden Haaren und einem ganz heißen Höschen aus Silberstoff, Junge, Junge«, frozzelte Auguste weiter.

Laurent drehte das Radio so laut, daß der Lautsprecher zu scheppern begann und der Patrone beunruhigt hochfuhr.

»Du verstehst doch sowieso kein Wort«, sagte Auguste lachend und schmetterte ein Blatt auf den Tisch, das ihm den gesamten Einsatz brachte.

»Wahrscheinlich dachte er, daß ein Mann mit so einer hübschen Visage nicht zu zahlen braucht, denn sie hat ihn hinterher beinahe verprügelt. Nicht wahr, Laurent, sie ist dir fast bis zum Hotel nachgelaufen, mit dem Messer in der Hand, oder?«

Mit einem Satz war Laurent von seinem Hocker herunter und bei Auguste und Etienne am Tisch.

»Und dir, was paßt dir an meiner Visage nicht?« fragte er aggressiv, bereit dem anderen das Glas ins Gesicht zu schütten. In seinen vom Alkohol verschleierten Augen lag Wut.

Augustes Hände lagen ruhig auf der Tischplatte. Lächelnd blickte er zu Laurent auf, sagte aber nichts. Sein Gesicht war vom Wein gerötet. Der Padrone schob sich hinter der Theke hervor und stellte das Radio wieder leiser.

Madeleine ließ das Besteck klirrend auf den Tellerrand fallen. »Seid ihr denn völlig verrückt geworden?« schrie sie. Dann sah sie Paul an. »Willst du zulassen, daß sie sich die Schädel einschlagen? Warum tust du nichts?«

Sie schob ihren Teller beiseite, als wollte sie aufstehen, begann statt dessen aber zu weinen. Die Anspannung, unter der sie den ganzen Tag an Pauls Seite gestanden hatte, löste sich mit einem Schlag. Das Gesicht hinter den Händen verborgen, beugte sie sich über den Tisch und schluchzte. Einzelne Satzfetzen fanden den Weg durch die zusammengepreßten Finger: »Ich halte das nicht mehr aus . . . dieses ewige Warten . . . und nichts geschieht . . . ich will nach Hause . . . wir kriegen die Kisten doch nicht auf das Schiff . . . das weiß ich genau . . . warum sollen wir bis Dienstag warten . . .«

Alle sahen sie weinen, erstaunt und mit einer Spur Scham. Laurent ging zu seinem Hocker zurück. Auguste senkte den Blick auf die Karten.

»Was hat sie denn bloß?« erkundigte Etienne sich hilflos.

Paul blickte Madeleine an und überlegte, ob er den Arm um sie legen sollte, blieb aber dann sitzen, ohne sich zu bewegen. Er wollte ihr sagen, daß sie weiteressen solle und daß es keinen Grund zum Weinen gebe, statt dessen sah er die anderen an und meinte: »Madeleine hat recht. Wir haben keine Zeit mehr, wenn wir noch an unsere Prämien kommen wollen.«

»Hast du einen Vorschlag?« fragte Auguste böse.

Paul schwieg einen Moment. Dann gab er sich einen Ruck. »Ja. Wir sollten den Arbeitern zeigen, daß wir auf ihrer Seite sind. Wir sollten versuchen, noch einmal mit dem Alten zu sprechen, du weißt schon, welchen ich meine. Vielleicht läßt er sich zu einem Handel überreden. Er und ein paar andere drücken die Augen zu, wenn wir die Kisten an Bord bringen. Dafür zwingen wir Pastrelli, die Lagerhallen mit dem Parmesan zu öffnen.«

»Blödsinn«, sagte Auguste. »Selbst wenn der Alte darauf eingehen sollte, wie willst du Pastrelli dazu bringen, daß er seinen Käse umsonst hergibt? Willst du ihm tief in die Augen blicken oder was?« Er lachte.

Paul schüttelte den Kopf. »Etienne hat eine Pistole, und wie ich dich kenne, hast du auch eine. Wir halten sie Pastrelli unter die Nase. Was kann er dann schon tun?«

»Laut und schallend lachen«, erwiderte Auguste gereizt. »Und die Polizei rufen.«

»Ich glaube nicht, daß er das tun wird, aber wir haben so

oder so keine andere Möglichkeit. Warum stimmen wir nicht einfach ab? Wer dafür ist, hebt die Hand.«

Madeleine zog die Nase hoch und hob die Hand. Paul schloß sich an. Auguste starrte kopfschüttelnd auf seine Karten. Mist, dachte Paul. Zwei gegen drei. In dem Moment hob Laurent mit einem trotzigen Seitenblick auf Auguste ebenfalls die Hand.

»Was ist mit dir, Etienne?« fragte er. »Willst du das Geld nicht.«

»Auguste hat den Kopf«, sagte Etienne. »Ich tue, was Auguste für richtig hält.«

Auguste schob sein Blatt zusammen. »Heb die Hand«, sagte er zu Etienne. Dann sah er Paul lange an. »Okay, wir machen, was du vorschlägst. Aber ich sage dir, es geht schief. Ich wasche meine Hände in Unschuld.«

Paul ließ sich zurücksinken und füllte sein Glas. Seine Hand zitterte leicht, als er trank.

»Damals in der Résistance«, erzählte Etienne plötzlich, »haben wir es mit den deutschen Lastern so gemacht: Wir sind hingeschlichen, haben die Tankverschlüsse aufgeschraubt, benzingetränkte Lappen in die Stutzen geschoben und, wenn es mehrere waren, eine Benzinspur von einem Lappen zum nächsten gezogen– plus ein paar zusätzlichen Metern nach dem letzten. Dann ein Streichholz an die Benzinspur und nichts wie weg. Und hinter dir ging dann alles in die Luft – Wumm, krach! Ich verstehe nicht, warum wir es hier nicht genauso machen. Wir lassen die Laster hochgehen, schieben es den Demonstranten in die Schuhe, und der Chef kassiert bei der Versicherung.«

»Du bist ein Schwachkopf, Etienne«, sagte Auguste. »Wir haben Steine geladen und keine optischen Geräte. Was meinst du wohl, was da nach deinem kleinen Feuerchen übrigbleibt, wie von den Versicherungsdetektiven bestellt? Außerdem, mein Lieber, seit wann warst du bei der Résistance?«

Etienne öffnete überrascht den Mund. Dann grinste er und wurde rot. Auguste nahm einen Schluck Wein. »Und wo wir gerade bei schwachen Punkten sind – vielleicht verrät uns unser deutscher Freund jetzt mal, wo wir den Alten finden sollen, wenn er morgen nicht im Hafen ist.«

»Du hast recht, das ist ein schwacher Punkt«, gab Paul zu, ohne sich angegriffen zu fühlen. »Er muß eben da sein. Wenn nicht, dann gute Nacht. Dann weiß ich auch nicht mehr weiter.«

Allmählich hatte sich die kleine Osteria gefüllt. Die vier Fahrer machten sich auf den Rückweg ins Hotel.

Paul mußte mitten in der Nacht aufstehen und zur Toilette gehen. Er war so schwach, daß er sich mit einer Hand an der Wand abstützen mußte. Sein Urin kam in einem braunen Strahl herausgeschossen, aber er nahm an, die ungewöhnliche Farbe hätte vielleicht ihre Ursache in dem italienischen Essen. Auch daß seine Augen plötzlich leicht gelblich geworden waren, hatte bestimmt nichts mit dem Schwächeanfall zu tun, sondern mit dem Rotwein, und würde am Morgen nicht mehr zu sehen sein.

Während er auf der Toilette war, lag Madeleine wach und dachte an einen Kampf zwischen einem Habicht und drei Hunden, den sie einmal gesehen hatte. Die Hunde, obwohl in der Überzahl und zu allem entschlossen, hatten gegen den Habicht keine Chance. Sie starben alle unter seinen Schnabelhieben.

Madeleine wünschte sich, daß Paul, wenn er von der Toilette zurückkam, sich zu ihr ins Bett legen würde, damit sie ihre Hand auf sein Bein legen konnte, wußte aber, daß er es nicht tun würde und daß sie nicht wagen würde, ihn zu fragen. Sie wußte nicht, warum sie es nicht wagte, warum sie nicht mehr war wie früher, als es ihr nicht das geringste ausmachte, jeden Mann alles zu fragen. Früher, als sie sich noch nicht vorstellen konnte, einmal einen Deutschen zu lieben.

Wieder dachte sie an den Habicht und die Hunde und begann zu weinen. Wenn es Paul nur gelänge, Serge zu vergessen, so wie es ihr gelingen könnte. Schon komisch, immer wenn Serge ihr von seinem Freund Paul erzählt hatte, wenn er gesagt hatte: Du wirst ihn mögen, er wird dir bestimmt gefallen, dann hatte sie sich insgeheim gefragt: Aber was ist, wenn ich ihm nicht gefalle? Niemals wäre sie auf die Idee gekommen, daß Paul einmal Serges Nachfolger werden könnte, wenn es ihnen erst gelungen war, den Elsässer zu vergessen. Nicht daß sie mit Serge nicht zufrieden gewesen wäre. Aber mit Paul war es noch besser, weil er von allen Seiten gleich war; wenn man ihn umdrehte, gab es keine Überraschungen. Sie würde überallhin mit ihm gehen, auch wenn er sie nie heiratete. Aber eine solche Vorstellung war zu schön, ein Märchen!

Die Wirklichkeit, das waren die Hunde und der Habicht. Die Wirklichkeit, das war Paul, der jetzt auf der Toilette den Rotwein ausschäumte und sich dann allein in sein Bett auf der anderen Seite des Zimmers legen würde. Der niemals etwas auf ihre Liebe geben würde und sich nicht traute, sie zu erwidern, weil sie für ihn das Mädchen seines besten Freundes war.

Als er zurückkam, drehte Madeleine sich mit offenen Augen und tränennassen Wangen zur Wand. Sie hörte ihn schwer atmen und fand nichts dabei, weil ein starker Mann nun einmal nicht so leicht atmen kann wie ein vierzehnjähriges Mädchen.

## 26

Am Nachmittag des folgenden Tages zog ein Gewitter auf. Das Licht veränderte sich, das Meer hatte eine Farbe wie Blei. Der Staub, den der aufgekommene Wind von den Bergen herabgeweht hatte, hing wie feiner Nebel in der Luft. Die Sonne nahm die Farbe von Weißwein an, und vorübergehend wurde es sogar kühl.

Paul und Madeleine fuhren mit einem Taxi zu Pastrellis Villa in Borgoratti, deren Sitz sie dem Telefonbuch entnommen hatten. Es war eine einfache Strecke, die fast ununterbrochen über Hauptstraßen verlief. Auch bei Nacht konnten kaum Komplikationen entstehen. Der Taxifahrer hatte sie mit einem eigenartigen Blick bedacht, als sie die vornehme Adresse genannt hatten, deshalb gingen sie vorsichtshalber ein Stück spazieren, ehe sie mit einem anderen Taxi den Rückweg antraten. Auf ihrem Fußmarsch begegneten sie einer Patrouille und dem Dienstwagen eines privaten Sicherheitsdienstes. Die Patrouille bestand aus zwei bis an die Zähne bewaffneten Burschen in Fantasieuniformen und zwei Schäferhunden, die so scharf waren, daß sie sich beinahe selbst geschnitten hätten. Jedes Haus war mit einer hohen Mauer gesichert, neben den Toren hingen Sirenen, die elektronischen Schutzvorrichtungen hatten pro Villa gut und gern ihre 50 Millionen Lire gekostet, und zu allem Überfluß spannte sich über die meisten Mauern noch elektrisch geladener Stacheldraht.

»Ermutigend«, sagte Paul. »Das ist die schöne neue Welt. Aber wir schaffen es trotzdem.«

Nach ihrem Ausflug in das vornehmste Viertel der Stadt warteten sie vor der Osteria an der Ecke darauf, daß die anderen aus dem Hafen zurückkehrten. Obwohl Paul noch keine fünf Stunden auf den Beinen war, fühlte er sich noch elender als an den Vortagen. Ausgerechnet jetzt mußte er eine Grippe bekommen. Seine Leisten schmerzten. Seine Gedanken drehten sich im Kreis, einem Kreis aus 1000-Francs-Noten, die im Gewitterwind tanzten.

Nach zwei Stunden begann der Rotwein zu wirken. Der runde Tisch auf dem Trottoir, die Leute auf der Straße, die Autos, der dunkle Himmel, die Häuserfronten, ja selbst Madeleine wirkten durch den Filter des Alkohols beruhigend fremd, fast unwichtig. Je mehr er trank, desto wohler fühlte er sich hier draußen inmitten der wirbelnden 1000-Francs-Noten. Die Grippe und Madeleine und ihre ständigen Blicke erhielten einen Platz weiter entfernt zugewiesen, von dem er sie aber trotzdem zurückrufen konnte, wenn er wollte. Aber er glaubte nicht, daß er heute noch einmal wollte.

Sein verbrannter Laster und die Versicherung, Poujouly

und die Paletten im Hafen, Serge in seinem Krankenbett – oder war er schon in Marseille? –, eigentlich waren das alles nicht mehr als Bilder an der Wand, die er von seinem Platz aus ohne Gefühlsregungen betrachten konnte. Nicht schlecht, nein, ganz und gar nicht schlecht. Alkohol und Humor, das gab einem den Sinn für Dimensionen zurück. Vielleicht war der Sinn etwas kühl, aber hilfreich, äußerst hilfreich. Paul lehnte sich befriedigt zurück und goß sein Glas wieder voll. Alkohol und Humor, meine Herren, halten Sie sich an diese Mischung, wenn Sie einmal Kummer haben.

Irgendwo schlug ein Fenster im Wind. Die Abgase der Autos wichen dem Geruch der Meerluft. Wenn man die Wolken über der Straße lange genug betrachtete, hatten sie sogar Gesichter. Zornige, grauschwarz zusammengeballte Gesichter, aus deren Lippen und Augen über den Bergen schon der Regen zu quellen schien.

Madeleine sah zu, wie Paul sich betrank. Er gehörte zu den Männern, die Frauen für zu beschränkt halten, als daß man sich mit ihnen ernsthaft unterhalten konnte. Frauen hatten ihre Gefühle, die Probleme der Männer überstiegen ihre Auffassungsgabe. Geredet wurde nur mit anderen Männern; für Frauen genügten einsilbige Antworten. Madeleine hatte gelernt, mit einem Mann wie Paul klarzukommen. Sie sah ihn nur an, während er sich betrank. Sie wußte, daß er sich betrank, denn sie hatte Männer schon oft bei dieser Tätigkeit zugesehen. Im Gegensatz zu den meisten, die sich dabei an Methoden oder eine feste Regel hielten, betrank er sich wie ein unerfahrener Gelegenheitssäufer; der Vorgang hatte für ihn nur angenehme Seiten.

»Da kommen sie!« rief Madeleine plötzlich und sprang auf. Paul drehte sich um. Der große Scania schob sich durch den Montagnachmittagsverkehr heran. Die drei Franzosen thronten hinter der Windschutzscheibe hoch über den anderen Wagen. Auguste saß am Steuer. Sie haben Erfolg gehabt, dachte Paul. Wenn sie den Alten nicht gefunden hätten oder wenn er abgelehnt hätte, wären sie zu Fuß oder mit einem Taxi gekommen. Aber der Scania, das bedeutete Erfolg – auf der ganzen Linie.

Auguste hielt direkt vor der Osteria. Er sprang aus dem Fahrerhaus, lief auf Paul zu und schloß ihn heftig in die Arme. »Es hat geklappt«, brüllte er heiser, »haha, es hat geklappt!« Dann war er schon wieder in seiner Kabine, beugte sich vom Sitz herab und rief: »Gleich erzähle ich euch alles, muß nur erst einen Parkplatz für unseren Kleinen hier finden. *Ciao*, ihr Lieben!«

Er wartete, bis Etienne und Laurent ausgestiegen waren, ehe er den Motor hochjagte, daß die Scheiben der Osteria klirrten. Wenn er sich freute, mußte Krach sein, je mehr, desto besser. Er winkte noch einmal, warf ihnen eine Kußhand zu, löste die Bremsen und ordnete sich wieder in den Verkehr ein.

Seine Freude war ansteckend. Obwohl Paul wußte, daß erst das geringere Hindernis überwunden war, konnte es sich doch immerhin um ein Omen handeln, ein gutes Vorzeichen für den zweiten Teil der Aktion. Er grinste Madeleine an. Madeleine erwiderte das Lächeln. Am liebsten hätte sie sich ihm um den Hals geworfen, weil alles auf seine Idee zurückging und sie so stolz auf ihn war.

Laurent und Etienne setzten sich. Etienne griff wortlos nach der Rotweinflasche und trank.

»Los, erzähl schon, Laurent, wie ist es gegangen?« drängte Madeleine. »Was hat der alte Mann gesagt? War er im Hafen? Spann uns doch nicht auf die Folter.«

Laurent wartete, bis Etienne die Flasche abgesetzt hatte, dann führte er sie selber an den Mund, ehe er sie Paul zurückgab. Der Besitzer zeigte sich im Eingang der Osteria, das unvermeidliche Handtuch über der Schulter. Er trug eine mit roten Flecken übersäte Schürze.

»Noch eine Flasche, *Padrone*«, rief Paul. Der Wirt nickte, warf dann einen Blick zum Himmel hoch und verschwand wieder.

»Wir sind ihm nachgegangen, am Mittag, vom Hafen bis zu seinem Haus«, sagte Laurent. »Er hatte uns den ganzen

Weg hinter sich, aber er ist nicht schneller gegangen, immer im gleichen Tempo, obwohl er doch befürchten mußte, wir könnten gekommen sein, um Auguste zu rächen. Er hat sich nicht umgesehen und ist nicht schneller gegangen und hat keine Haken geschlagen. Ein toller Kerl. Schließlich, vor seinem Haus, hat er auf uns gewartet und uns entgegengeblickt.

Er ist ein schlauer alter Fuchs, denn er wußte genau, daß die elende Gegend, in der er lebt, uns allen Wind aus den Segeln nehmen würde. Mann, so was habe ich selbst in Marseille noch nicht gesehen. Man kann das Elend richtig mit der Faust packen, es hängt in der Luft wie ein penetranter Gestank. Süß und faul und moderig, und aus dem Haus kam der Geruch von Essen, dazu der Lärm, und der Essensgeruch stieß auf den Gestank der Straße, Scheiße mit Curry, und wir und der Alte standen genau im Brennpunkt des Miefs, weil kein Wind wehte, der ihn vertrieben hätte.

Aber Auguste war genauso schlau wie der alte Mann, die beiden Füchse paßten so richtig zusammen. Weißt du, ich wäre sofort auf den Alten zugestürzt und hätte auf ihn eingeredet, hätte ihn zu überzeugen versucht. Aber Auguste machte das ganz anders. Er wußte, daß es besser ist, nichts zu sagen. Immer besser, nichts zu sagen, damit der andere den Anfang macht. Sie sahen sich nur an, der Alte und er, und natürlich erinnerte sich der andere genau an ihn. Und er wußte jetzt auch, daß Auguste kein Provokateur ist, denn inzwischen hatten sich ja die richtigen gezeigt. Wahrscheinlich hatte er auch noch die Schnauze voll von den Prügeleien am Samstag. Jedenfalls, noch ehe ein Wort gefallen war, streckte Auguste nach einer Weile die Hand aus, und, verdammt noch mal, der Alte ergriff sie. Und das war *der* Trick überhaupt, denn an ihren Händen spürten sie, daß sie aus dem selben Holz waren. Die gleiche Haut, die gleichen Schwielen, das gleiche Holz.«

Laurent war ein guter Berichterstatter, vielleicht etwas sentimental, aber das wunderte niemand nach den letzten Tagen. Wie er die Szene beschrieb, konnte Paul sie genau vor sich sehen, den alten Mann vor seinem schäbigen weißen Haus und ihre Augen und den Händedruck.

»Versteht ihr, die ganze Zeit gingen kleine Wellen von den beiden aus, und die Wellen taten die ganze Arbeit. Man brauchte überhaupt nichts zu sagen. Hinterher konnte Auguste dann gleich zum Wichtigen übergehen, denn jetzt waren sie ja Komplizen. Auguste hat ihm klargemacht, daß ihre Sache kein Spektakel nötig hat, sondern einzig und allein den Erfolg. Und diesen Erfolg hat er ihnen angeboten. Der Alte hat eine Brille aus der Tasche gezogen und zugehört und Auguste versprochen, daß er persönlich mit ein paar Freunden unsere Kisten an Bord der Luxor schafft, wenn wir Pastrelli dazu bringen, daß er seine Lagerhalle öffnet und den Käse zum Selbstkostenpreis verkauft.«

Laurent langte noch einmal nach der Rotweinflasche, die jetzt fast leer war. Paul meinte: »Jetzt müssen wir nur noch unseren Teil der Abmachung erfüllen.« Es klang sehr einfach, als er das sagte.

Dann kam Auguste, genauso erledigt wie die anderen, und bestellte eine dritte Flasche Rotwein für sich. Etwas später gingen sie ins Innere der Osteria, weil es zu regnen begann.

Paul hörte nicht mehr zu, als Auguste die ganze Geschichte noch einmal erzählte. Er war schon ziemlich betrunken und wußte, daß er in diesem Zustand nicht mehr fahren konnte. Gegen Abend hörte der Regen wieder auf, und Etienne und Laurent gingen kurz in das *Albergo Stella*. Als sie zurückkamen, hatten sie Schußwaffen in den Hosentaschen.

Madeleine durfte nicht mitfahren, denn Auguste wollte nicht, daß sie in eine Geschichte mit Pistolen verwickelt wurde. Sie versprach, in der Osteria zu warten, bis die Männer zurückkamen.

Das letzte Licht des Tages färbte den Himmel dunstig grün, mit einem schwachen, kaum sichtbaren Hauch gelb darin. Das Meer hatte dieselbe Farbe. Der Scania kam am Heck eines weißen Kreuzschiffes vorbei, das etwas heller, ebenfalls diesen traumhaften Farbton angenommen hatte. Vom Schornstein bis zum Heck des Schiffes zog sich eine Kette golden funkelnder Glühbirnen.

Als die Männer den Stadtkern verließen, hatte der Himmel über den Bergen noch einen Schimmer von zartem Velasquez-Blau. Der Halbmond war von kleinen Wolkentupfern umgeben. Direkt über den Bergen saß ein orangefarbener Lichtstreifen, bedrängt von den letzten Gewitterwolken. Eine Zeitlang fuhren die Männer hinter einem Autobus, aus dessen Rückfenster ihnen Kinder zuwinkten.

Dann lag der Berg vor ihnen, gesäumt von dunkelgrünem Buschwerk. Die Rücklichter des metallicsilbernen Busses folgten der Hauptstraße den Berg hinauf, während Auguste den Scania in eine abzweigende Seitenstraße lenkte. Die Kinder winkten ein letztes Mal.

An der Ecke standen zwei Frauen neben einer Blechtonne, in der ein Feuer brannte. Die eine trug silberne Hot Pants und einen ebenfalls silbernen BH, die andere eine Art Négligé aus schwarzer Spitze. Als der Lastwagen vorbeifuhr, winkten sie den Männern zu.

»Da ist ja Laurents Nutte«, kommentierte Auguste amüsiert.

Laurent tat, als sehe er genau hin, ehe er antwortete: »Ja, und die andere scheint Dalida zu sein. Bringt sich wohl für dein Konzert heute abend in Stimmung.«

Auguste schlug mit der flachen Hand auf die Achse des Lenkrads. »*Maudit,* das hatte ich ganz vergessen. Ich habe ja eine Karte für das Konzert.«

Paul grinste. In seinem leichten Rausch fand er die beiden Frauen wunderschön. Er fühlte sich geborgen hier in der Kabine hoch über der Straße. Die Unruhe, die er noch am Nachmittag wegen ihres Vorhabens verspürt hatte, war für den Augenblick von ihm gewichen. Was immer ihnen in der Villa Pastrellis bevorstand, es würde so oder so zum Ende des untätigen Wartens führen.

Er war froh, daß er keine Pistole dabei hatte.

# 27

Madeleine war mit Paul nach Genua gefahren!

Serge stand am offenen Fenster seiner Wohnung über dem Ciné St. Charles, eine Zigarette zwischen den Lippen, und sah hinaus. Er hatte ein Gefühl, als säße ein rotierendes Kugellager zwischen seinen Schläfen.

Gestern war er mit dem Zug aus Amsterdam zurückgekehrt, nachdem er dort zu zwei Wochen Gefängnis auf Bewährung verurteilt und sofort über die Grenze abgeschoben woren war. Nicht einmal sein Verteidiger hatte verstanden, warum er über den Mann in der Spedition Boerhaave hergefallen war und sich bei seinem Plädoyer schließlich in ein Zitat von Saint Exupery gerettet. *Monsieur Mallet hat etwas von der Naivität des kleinen Prinzen; er sieht die Dinge anders als die meisten Menschen.*

Das hatte dem Richter Eindruck gemacht. Wenn er gewußt hätte, daß er, Monsieur Mallet, alles andere als naiv war! Vielleicht hielten ihn einige Leute dafür, Paul und Madeleine zum Beispiel, aber er war es nicht. Er wußte genau, was dahinter steckte, daß die beiden zusammen nach Genua gefahren waren; er hatte es schon in Amsterdam geahnt. Man brauchte gar nicht an das maliziöse Grinsen von Poujouly zu denken, als er berichtet hatte, wie er Madeleine zu Paul und Auguste in den Scania steigen gesehen hatte.

Am Anfang war der Schmerz so heftig, so dumpf gewesen, daß er nicht einmal mehr Platz zum Nachdenken gelassen hatte – keine Gedanken, keine anderen Gefühle außer Schmerz, kein Haß, kein Wunsch nach Rache. Aber das war am Anfang gewesen, bis er die Tür seines Sekretärs geöffnet und festgestellt hatte, daß der ganze Cognac ausgetrunken war. Wahrscheinlich hatten die beiden sich hier ein Fest auf seine Kosten gemacht, Paul und Madeleine. Seltsam, wie eine solche Kleinigkeit ausreichte, um eine jahrelange Freundschaft wegzuwischen.

Die Geräusche des abendlichen Platzes mischten sich mit dem Ton des kleinen Schwarzweißfernsehers, den Serge automatisch angestellt hatte, als er nach Hause gekommen war. Er hatte noch nicht einmal die Aktentasche mit seinem Reisegepäck ausgeleert. Er knöpfte sein Hemd auf. Gegenüber am Gare St. Charles ging eine Leuchtreklame an und aus. Wenn gerade keine Autos vorbeifuhren, konnte man den Ton des Films hören, der unten im Kino lief. Er drang durch die Klimaanlage auf die Straße.

Wenige Minuten später war der Film zu Ende. Paarweise kamen die Leute aus dem Kino und schlenderten den Bürgersteig entlang. Auch Serge war schon unten in dem kleinen Saal gewesen, mit Madeleine, es handelte sich ja nur um zwei Treppen, einen Katzensprung.

Ins Kino ging man immer zu zweit. Das ganze Leben war eine Sache für zwei, nur beim Sterben war man allein. Bis vor kurzem hatte er gelebt. Und jetzt? Jetzt wäre er in seineer Einsamkeit in der Zelle eines holländischen Untersuchungsgefängnisses wesentlich besser aufgehoben gewesen. Nur daß eine Zelle keiner Wände bedurfte; man konnte genausogut an einem Fenster in Marseille stehen und zusehen, wie es Abend wurde. Für einen unbestimmten Zeitraum war man aus seinem Leben gerissen worden.

Serge ging zu der Zweiercouch, die dem Fernseher gegenüberstand. Er griff nach der Tasche, in der sich sein Gepäck befand, und trug sie ins Schlafzimmer. Er legte sie aufs Bett und setzte sich daneben, ließ die Hand schwer auf dem Schnappverschluß liegen. Das abgewetzte Leder sank ein wenig zusammen.

Nach einiger Zeit hörten die Eisenwirbel in seinem Kopf auf. Er verließ das Schlafzimmer, knipste das Licht im Bad an und warf einen Blick in den Spiegel. Das Bild gefiel ihm nicht. Er ließ das Licht an und ging zurück ins Wohnzimmer. Er setzte sich auf die Couch, ohne den Ton des Fernsehers lauter zu drehen, der jetzt unter dem Lärm der Autos, die auf dem Platz gestartet wurden, ganz verschwand. Die 8-Uhr-Nachrichten zeigten flackernde Bilder irgendwelcher Unruhen. Transparente wurden geschwenkt, Polizisten mit Helmen prügelten auf Demonstranten ein, und ein Wasserwerfer peitschte die Menge mit seinem nassen Rüssel. Im Hintergrund waren Schiffe und Kräne zu sehen, es mußte sich also um einen Hafen handeln.

Aber was im Fernsehen geschah, war nicht wichtig. Die Bilder verselbständigten sich und verwandelten sich in Szenen mit Madeleine und Paul, aber immer wurden nur ihre Gesichter deutlich, nie was sie taten.

Der Lärm von der Straße wurde Serge plötzlich zu viel. Er stand auf und schlug die Fensterflügel zu, ehe ihm die Trommelfelle platzten. Außerdem kam von außen auch keine kühlere Luft herein, nur lauwarme Abgase.

Serge ging ins Bad, wußte aber nicht mehr, was er dort eigentlich gewollt hatte. Der Wasserhahn tropfte. An der Stelle, an der die Tropfen das Becken berührten, hatte sich das Porzellan rostfarben eingetönt.

Plötzlich erinnerte sich Serge an einen Abend am Meer mit Madeleine. Er hatte sie nach ihrem Auftritt abgeholt, und sie waren an den Strand gefahren, etwas außerhalb der Stadt. Sie hatten ihre Hosen hochgekrempelt und sich mit Blecheimern und Taschenlampen auf Krebssuche gemacht. Das Wasser war schwarz und nicht sehr tief. Der Kegel der Taschenlampe warf suppentellergroße Lichtscheiben auf den Grund des Meeres. Die kleinen Krebse, die man nur bei Dunkelheit fangen konnte, flitzten seitwärts aus dem Licht, aber sie erwischten doch ein paar schöne Exemplare. Dann war Madeleine mit dem nackten Fuß in einen Seeigel getreten. Sie stand auf einem Bein, und Serge hatte ihr den Stachel im Licht der Taschenlampe herausoperiert. Es war eine sehr schöne, sehr familiäre Begebenheit gewesen, und denoch ein bißchen abenteuerlich.

Madeleine hatte in den Himmel geschaut, während er ihren Fuß behandelte, und dann gesagt: »Mein Gott, wie viele Sterne es gibt. Der Himmel ist so groß, so unendlich!«

»Du sprichst wie ein Astronaut«, hatte Serge geantwortet und dann selber am lautesten über diese Bemerkung gelacht.

Erst jetzt begriff er, daß er Frauen immer falsch gesehen

hatte. Vielleicht waren sie in ihren eigenen Augen wirklich abenteuerlustige, aktivere Wesen als Männer, vielleicht waren sie viel eher zum Astronauten geeignet als jeder Mann. Darüber hatte er noch nie richtig nachgedacht. Aber zum Nachdenken brauchte man Zeit, genau wie zum Verstehen, und die hatte er nie wirklich gehabt. Selbst jetzt gab es wichtigere Dinge, die erledigt werden mußten, eins nach dem anderen.

Vor einigen Jahren, als er nach einem Motorradsturz im Krankenhaus gelegen hatte, war ihm ein Buch von Montherlant in die Hände gefallen, »Die jungen Mädchen«. Ein Satz daraus war ihm in Erinnerung geblieben: Man muß sich rechtzeitig entscheiden, ob man die Frauen verstehen oder lieben will. Er hatte sich fürs Lieben entschieden, alles andere war zu verwirrend. Vielleicht konnten ein Mann und eine Frau sich niemals wirklich verstehen. Aber mit Sicherheit konnten sie lieben. Er verstand Madeleine nicht; daß er sie liebte, daran gab es keinen Zweifel. Er liebte sie so sehr, daß er auf der Stelle Schluß machen konnte, wenn er sie nicht zurückbekam.

Er stand auf, von einer dunklen Erregung ergriffen. Es war alles seine Schuld; er hatte gewußt, daß sie leicht zu verführen war, daß sie nicht nein sagen konnte. Er hätte sie niemals allein lassen dürfen. Gut, er hatte sie allein gelassen, das hieß aber nicht, daß er sie weiter sich selbst überlassen durfte. Von Marseille aus konnte er sie nicht überreden, zu ihm zurückzukehren, genauso wenig, wie er diese Sache mit Paul klären konnte. Jede Stunde, die er den beiden ließ, konnte sie fester miteinander verknüpfen, den Weg zurück erschweren.

Eigentlich hätten die drei Laster heute wieder hier sein sollen. Aber Poujouly hatte erzählt, daß die Männer in Genua durch einen Streik aufgehalten wurden. Dort unten verbrachten sie miteinander die Stunden seines Lebens, die ihm für immer fehlen würden.

Serge ging rasch ins Schlafzimmer. Sein Bein schmerzte nicht mehr. Er tauschte die schmutzige Wäsche in seiner

Aktentasche gegen frische, wusch sich das Gesicht und steckte die Zündschlüssel für den Renault in die Tasche. Er zog ein Jackett über, löschte alle Lichter und verließ die Wohnung. In der Tür machte er noch einmal kehrt, ging im Schein der Treppenbeleuchtung zu einer Kommode, zog die oberste Schublade auf und nahm eine Beretta heraus.

Dann schloß er die Tür hinter sich.

## 28

Um halb neun verließ Madeleine die Osteria, um ein wenig spazierenzugehen. Der einzige Gast außer ihr, ein junger Mann in ausgebleichten Blue Jeans und schwarzem Hemd mit weißen Streifen fuhr sich mit den Fingern durch das schwarze, gelockte Haar und sagte: »Wetten, daß die gleich zu heulen anfängt?«

Sein neugieriger Blick folgte ihr auf die Straße. Er stützte die Ellbogen auf die Theke, verlagerte das Gewicht von einem Fuß auf den anderen und seufzte.

»Sie ist Französin«, sagte der Besitzer hinter der Theke. »Die drei Kerle, mit denen sie immer kommt, sind auch Franzosen. Sie haben sie hier allein gelassen.«

Madeleine ging ins Hotel und holte sich einen leichten, olivgrünen Staubmantel, den sie im Schrank ihres Zimmers gefunden hatte. Es war kühl, und sie wollte spazierengehen, ihre Unruhe ausführen, die ihr das Sitzen an dem kleinen runden Tisch schwer gemacht hatte.

Sie ging die Via Menotti auf der einen Seite hinauf und auf der anderen wieder hinunter. Der Himmel spannte sich wie ein dunkelblaues Samtzelt über die Straße. Unter jeder Lampe ballten sich die Mücken zusammen wie die Jungen in den Eingängen der Bars und die Mädchen an den Straßenecken.

Madeleine hatte keine Vorstellung, wie lange die Männer brauchen würden, um mit Pastrelli zu einem Ergebnis zu gelangen. Vielleicht bis zehn oder elf Uhr, dachte sie, dann würde man sie abholen. Hoffentlich waren sie vorsichtig mit den Pistolen.

Sie blieb vor einem Schaufenster stehen, hinter dem ganze Stapel billigen Schmucks und protziger Uhren lagen, ungeschickt zwischen Plattenspielern und Transistorradios aufgehäuft. Einer der Scheinwerfer, die die Pracht beleuchten sollten, war nicht richtig eingestellt. Sein greller Strahl traf Madeleines Haar und ließ es rotblond aufleuchten.

Plötzlich drehte sie sich um, lief über die Straße, zwischen den heranrasenden Autos hindurch, und ging wieder in die Osteria, in der Paul und die anderen sie zurückgelassen hatten. Sie wollte nicht, daß die Männer zurückkamen und sie nicht da war. Ihr Platz an dem Tisch in der Ecke war inzwischen besetzt, so daß sie mit einem Tisch an der Theke vorlieb nehmen mußte.

Kaum hatte sie sich ein Glas Rotwein bestellt, trat der junge Mann, der ihr ansah, daß ihr immer noch zum Heulen zumute war, an den Tisch und fragte: »Haben Sie etwas dagegen, wenn ich mich zu Ihnen setze?«

»Nein«, sagte Madeleine, »aber es muß nicht sein.«

»Darf ich Sie zu diesem Glas einladen?« fragte der Italiener. »Mein Name ist Romeo, Romeo Saldoni.«

»Ich heiße Madeleine«, erwiderte sie. »Nur für den Fall, daß Sie annehmen, mein Name sei vielleicht Julia.«

Der Italiener lachte, ein Goldzahn schimmerte in seinem Unterkiefer. Dann sah er auf die Uhr, die er mit dem Zifferblatt über der Schlagader trug.

Der Mann hinter der Theke brachte Madeleine und dem Italiener ihre Gläser, und Madeleine nahm sofort einen großen Schluck. Sie sah, daß der Italiener sie dabei beobachtete.

»Was schauen Sie mich so an?« fragte sie.

»Ich frage mich, ob Sie Lust auf ein bißchen Spaß haben?« antwortete der Italiener.

»In Ihrem Bett?« fragte Madeleine aggressiv. »Vielleicht habe ich mich nicht klar genug ausgedrückt.«

»Ihr Name ist nicht Julia, Sie heißen Madeleine«, fiel der

Italiener ihr ins Wort. Plötzlich hatte er die Lust verloren, ihre Bekanntschaft zu machen. »Sie glauben gar nicht, wie oft man diesen Witz schon mit mir gemacht hat. Ihr Frauen seid alle gleich, in euren Witzen und im Bett.«

Der Italiener stand auf und schob dabei quietschend den Stuhl zurück, um seinen Unmut zu zeigen. Aber er verließ die Osteria nicht sofort, sondern stellte sich wieder an die Theke, als wäre nichts vorgefallen.

Madeleine fühlte sich gedemütigt und starrte mit brennenden Wangen in ihr Glas. Früher wäre ihr sowas nicht passiert, da hätte sie dem Kerl eine geklebt oder zumindest eine passende Antwort gegeben, die ihn ganz klein gemacht hätte. Aber die Tage mit Paul hatten sie verändert. Fast als könnte sie noch einmal anfangen, noch einmal unschuldig sein und sich das Leben nach ihren Wünschen einrichten, wenn auch die meisten Wünsche unerfüllbar blieben, solange man seine Unschuld nicht verlor, weil Unschuld nichts anderes als Schutzlosigkeit bedeutete.

Paul und die anderen waren fortgegangen, mit ihren Pistolen zu ihren Männergeschäften, stolz wie Gassenjungen, und hatten sie allein zurückgelassen. Sie bedauerte jetzt, daß sie sie nicht dazu überredet hatte, die Pistolen im Hotel zu lassen. Wie jede Frau hatte sie kein Vertrauen zu Schußwaffen; sie fürchtete sich sogar vor Steinschleudern, und wenn sie einen Sohn gehabt hätte, wäre sie ihm sofort in die Parade gefahren, hätte er in ihrer Gegenwart mit einem Zündplättchenrevolver gespielt.

Aber wie hätte sie Paul oder den anderen etwas verbieten können, diesen breiten, harten Männern, deren Blick so stumpf werden konnte wie der eines Ochsen, wenn eine Frau sich aufspielte. Ein Lächeln – halb bitter, halb zärtlich – trat für einen Moment auf ihr Gesicht.

Über der Tür hing eine Uhr. Es war zehn nach neun, und nachdem Madeleine die Uhr nun einmal bemerkt hatte, würde sie alle zwei Minuten zu ihr hinaufstarren, ob sie wollte oder nicht, und auf die Rückkehr der Ochsen warten. Sie nickte dem Besitzer zu, damit er ihr ein neues Glas Wein brachte.

Bis zehn Uhr mußten sie es eigentlich geschafft haben und wieder hier sein, um sie abzuholen. Der Wein reichte nicht aus, um sie zu beruhigen, nichts konnte das jetzt. Am liebsten hätte sie zu weinen angefangen, das entspannte sie immer. Aber diesmal überwand sie die Verlockung, indem sie schnell eine Zigarette aus der Handtasche fischte und anzündete.

Mistkerl, dieser Paul! Jetzt heulte sie schon seinetwegen, und er hatte ihr in all den Stunden nicht einmal gezeigt, ob ihm ihre Tränen gleichgültig waren oder nicht.

## 29

Der blaue Dunst der Dämmerung war aus den Straßen der Stadt aufgestiegen. Das Meer erstreckte sich – fast moosgrün – bis zum Horizont, und darüber wölbte sich der Himmel wie ein Ölbrand; braungolden erstrahlend wehrte er sich gegen die Nacht, die den Flammen immer mehr Farbe entzog. Durch den Dunst blinkten die Lichter der Stadt herauf. Auf einem Gebäude im Süden drehte sich langsam ein Neonkreuz.

»Da ist es«, sagte Paul, als sie an dem Grundstück mit Pastrellis Villa vorbeifuhren. »Nicht anhalten, wir lassen den Wagen hinter der nächsten Ecke.«

»Du machst wohl Witze!« Auguste starrte ihn entgeistert an. Der Anblick des festungsähnlichen Areals ließ den Franzosen plötzlich jeden Mut verlieren. »Da gehe ich nicht rein.«

»Wie kann man sich in so einem Ding bloß wohlfühlen?« fragte Laurent. »Das sieht ja aus wie ein Gefängnis.«

Etienne sagte gar nichts. Er atmete nur schwer und leckte sich immer wieder über die Lippen.

Paul blickte zur Villa hinüber, die leicht erhöht auf einem künstlich aufgeschütteten Hügel lag. Der Rasen rings um das Haus wirkte fast schwarz. Eine Lampe neben der Haustür schien vor allem dazu zu dienen, den Blick auf eine rote Sirene zu lenken.

»Keine zehn Pferde bringen mich da rein«, wiederholte Auguste. »Was glaubst du, wie das bewacht ist.«

Paul stellte den Scania hinter der nächsten Ecke ab. »Laß uns erst mal aussteigen«, meinte er. »Von nahem sieht die Sache gleich ganz anders aus. Mehr als schiefgehen kann's nicht.«

Er sprang aus der Kabine. Die anderen folgten ihm zögernd. Etienne und Laurent steckten die Hände in die Hosentaschen, damit sich die Umrisse der Pistolen nicht durch den Stoff abzeichneten. Langsam schritten die Männer über den breiten Bürgersteig, zurück zu Pastrellis Villa. Auguste stemmte die Hände in die Hüften und sagte: »Von nahem sieht die Sache sogar noch schlimmer aus. Durch diese Pforte treten nur Freunde des Hauses, mein Lieber!«

Etienne kratzte sich nervös zwischen den Schulterblättern und blickte die leere Straße hinauf und hinunter. »Unheimlich ist das hier«, meinte er. »Richtig tot.«

Paul betete, daß die drei Franzosen jetzt nicht plötzlich die ganze Sache abbliesen. Er betete, obwohl er selber wußte, daß sie den Plan aufgeben mußten, zu Pastrelli ins Haus zu gehen. Aber etwas mußte geschehen, sonst würden sie auseinanderlaufen und nie wieder unter einen Hut zu bringen sein.

»Da bewegt sich was«, meinte Laurent fast andächtig.

Die vier Männer starrten zu Pastrellis Haus hinauf wie Apostel, die auf die Rückkehr ihres Herrn warten. Das automatische Tor des Garagenanbaus war hochgeschwenkt. Eine schwarze Mercedeslimousine rollte aus dem dunklen Eingang.

»Ein 600er«, sagte Auguste.

»Er fährt weg«, ergänzte Laurent.

Pauls Stimme klang heiser, als er sagte: »Wir verfolgen ihn und halten ihn an. Dann muß er uns zuhören!«

Auguste fuhr herum und starrte Paul ungläubig an. Er stieß ihn mit dem Handrücken gegen die Schulter. »Bist du verrückt, Mensch? Das ist Kidnapping!«

»Wer spricht denn von entführen? Wir wollen doch bloß mit ihm reden! Los, der fährt bestimmt in die Stadt. Wer weiß, wann er wieder zurückkommt. Wir blockieren weiter unten die Straße und holen ihn aus dem Wagen. Paßt auf, eine Minute, nachdem der uns gesehen hat, willigt er in alles ein, was wir wollen!«

Der Mercedes rollte vor das Portal der Villa. Es ließ sich nicht erkennen, ob außer dem Fahrer noch jemand in der Limousine saß.

»Du spinnst«, sagte Auguste, »aber darauf kommt's jetzt schon nicht mehr an.«

Die Männer liefen zurück zu dem abgestellten Lastwagen und zwängten sich in die Fahrerkabine. Paul startete, legte den ersten Gang ein und gab Gas. Sein Magen war plötzlich so schwer wie Blei. Der Scania rollte die Strecke zurück, die sie vor ein paar Minuten gekommen waren.

»Um diese Zeit herrscht hier kaum Verkehr«, erklärte Paul hastig. »Wenn wir schnell sind, haben wir eine Chance. Laurent, du kümmerst dich um den Fahrer. Mach irgend etwas mit der Pistole, aber schieß bloß nicht. Der Kerl ist wahrscheinlich bewaffnet, wird sich aber hüten, gleich loszuballern. Dem ist sein Leben schließlich auch lieb!«

Hinter der nächsten Kurve fuhr er den Scania an den Straßenrand. Dann warteten sie bei laufendem Motor. Paul wischte sich die Handflächen an den Oberschenkeln ab. Die matten Feuchtigkeitsflecken auf dem Lenkrad lösten sich langsam auf.

Inzwischen war der Himmel ganz dunkel geworden. Das Licht der Straßenlampe, unter der der Scania stand, drang bis auf den Boden der Fahrerkabine. Laurent hatte seine Pistole zwischen die Beine geklemmt und wischte sich ebenfalls die Handflächen an der Hose ab.

»Verdammt, der braucht ja eine Ewigkeit«, fluchte Auguste.

»Und was machen wir, wenn er gar nicht in die Stadt will und eine andere Straße genommen hat?« meldete sich Etienne.

»Dann haben wir eben Pech gehabt«, schnauzte Paul ihn an. »Wäre ja wohl nicht das erste Mal.«

»Da kommt einer«, flüsterte Laurent.

»Das ist er.« Paul starrte in den Rückspiegel, während seine Hände sich um das Steuer ballten. Er wartete, bis die Scheinwerfer des Mercedes groß und nah genug waren. Dann gab er Gas, als hätte er einen Jumbo-Jet von der Piste hochzureißen. Der Laster legte sich in die Kurve und stellte sich dann mit quietschenden Bremsen mitten auf der Fahrbahn quer.

Der Mercedes schleuderte und stoppte kurz vor dem Laster. Der Fahrer drückte auf die Hupe. Der dumpfe Heulton aus der Kühlerhaube der Limousine nahm kein Ende.

Laurent und Paul hatten die Kabine des Scania als erste verlassen. Paul stürzte zur Hintertür des Mercedes und versuchte, sie aufzureißen. Laurent zerschlug mit dem Lauf der Luger das Fenster auf der Fahrerseite. Die rechte Hand des Chauffeurs schaffte es nicht mehr bis zum Schulterhalfer; sie mußte auf halber Höhe innehalten, weil Laurent ihm die Pistolenmündung in die Halsgrube preßte.

»Hand von der Hupe, du Idiot, dann passiert dir nichts!« brüllte der junge Franzose den Fahrer auf italienisch an.

»Raus, alle rauskommen oder wir schießen!« rief Paul und rüttelte an der Tür zu den Rücksitzen. Er hatte bemerkt, daß im hinteren Teil des Wagens drei Männer saßen. Sie starrten ihn entsetzt an. Dann sprang die Tür auf, und Paul fragte: »Wer von euch ist Pastrelli?«

Die drei Männer waren im Halbdunkel des Wageninneren kaum zu erkennen. Der Mann in der Mitte trug einen schwarzen Anzug und ein großes, edelsteinverziertes Kreuz an einer Kette auf der Brust. Er schien Priester zu sein – die Art Priester, die bei Militärparaden auf der Ehrentribüne stehen und die vorbeirollenden Panzer segnen und bei denen man sich immer fragt, wann ihr Blick stumpf und ihr Händedruck kalt geworden war, wann sie angefangen hatten, Gott nicht mehr bei den Armen zu suchen, sondern in Villen und Waffen.

»Er«, sagte der Priester und deutete auf den Mann, der ganz vorn an der Tür saß.

Paul packte den Mann und zerrte ihn auf den Asphalt. Rosario Pastrelli war alt und in schlechter körperlichen Verfassung. Er hatte kurze, ungleich lange Beine und sah aus, als wäre er früher einmal fett gewesen, hätte dann aber so schnell abgenommen, daß sich seine Haut noch nicht an die neue Form gewöhnen konnte. Er zitterte, seine Augen wirkten gerötet. Er trug einen weißen Anzug. Eine silbergraue Haarsträhne war ihm in die Stirn gefallen.

»Wer sind Sie?« fragte er aufgeregt. »Was wollen Sie?«

Als Paul die Stimme hörte und in Pastrellis Gesicht sah, wußte er plötzlich, daß ihr Unternehmen mißlingen mußte. Bei einem Mann wie diesem, kam man nur nach langen, zähen Verhandlungen ans Ziel. Ein atemloser, gehetzter Überfall, der ihm Angst machte, würde ihn vor ihren Argumenten verschließen.

»Wir sind Arbeiter«, schaltete sich jetzt Auguste ein. »Lastwagenfahrer. Wir möchten mit Ihnen sprechen.«

Pastrelli ließ seine Augen rasch von einem zum anderen wandern. Sein linker Arm ruhte immer noch in Pauls Faust, als wäre er ihm selber zu schwer.

»Wir stehen mit drei Lastern im Hafen, die uns niemand ablädt – wegen des Streiks«, fuhr Auguste fort, während sich Pastrellis Haltung allmählich veränderte, als hätte ihm jemand einen Stoß Vitamine gespritzt. Der Großhändler betrachtete Auguste mit hochgezogenen Brauen und einen genau dosierten, leicht verwirrten und leicht interessierten Staunen, so als habe er bisher noch gar nicht gewußt, daß Genua am Meer lag und einen Hafen hatte.

Paul erkannte, daß Pastrellis Angst nur gespielt gewesen war, bis er wußte, mit wem er es zu tun hatte.

»Und?« fragte der Großhändler.

»Die streiken doch bloß Ihretwegen«, schrie Etienne.

Auguste hatte sich für einen Augenblick von Pastrellis Mimik aus der Fassung bringen lassen und wußte nicht mehr, wie er fortfahren sollte. Dann riß er sich wieder zusammen.

»Wir haben mit den Arbeitern gesprochen«, sagte er. »Sie

wären bereit, unsere Paletten zu verladen, wenn Sie den Parmesan rausgeben würden. Verstehen Sie – es ist sehr wichtig, daß Sie die Lagerhalle öffnen lassen, sonst fährt das Schiff ohne unsere Fracht ab.«

Es war heraus. Auguste wischte sich die Handteller an der Hosennaht ab. Die Männer beobachteten Pastrelli, der kein Zeichen gab, daß er verstanden hatte. Er schwieg. Er fragte nicht einmal, was für eine eilige Fracht sie denn auf den Lastern hätten. Dann lächelte er zu allem Überfluß noch.

Verwirrt stellte Paul fest, daß er immer noch den Arm des Spekulanten festhielt. Er sah erst Pastrelli an, dann Auguste, schließlich die anderen. Er wußte, daß er dieses absurde Bild nie vergessen würde: Der große, mit hellem Lehm verdreckte Scania quer über der Straße, davor die langgestreckte niedrige Mercedeslimousine, in deren schwarzen Lack sich die Straßenlaterne spiegelte. Der tiefblaue, fast sternlose Himmel, die wirbelnden Mücken unter den Neonleisten der Peitschenleuchten, dazu das bleiche Gesicht von Laurent, der immer noch die Luger in den Wagen hielt, der Schweiß auf der Stirn von Etienne, die roten Bremslichter der Wagen und die arrogante Überheblichkeit Pastrellis.

Der Italiener griff in die Tasche, ohne daß jemand einen Einwand machte. Fehlt nur noch, daß er jetzt eine Pistole zieht, dachte Paul. Aber statt einer Waffe kam die Hand mit einem Zigarettenetui wieder zum Vorschein. Pastrellis schob sich in Ruhe eine Zigarette mit Goldmundstück zwischen die Lippen und zündete sie an.

Pauls Mund zog sich zusammen, als er Pastrelli rauchen sah.

»Das ist ein interessanter Vorschlag«, begann der Großhändler schließlich in aller Ruhe. »Wenn ich Sie richtig verstanden habe, legen Sie mir einen Handel nahe, bei dem Sie profitieren, denn Ihre Fracht wird verladen, und die Schauerleute haben auch etwas davon, denn es sähe so aus, als hätte ich mich durch ihren Ausstand dazu zwingen lassen, meine Waren zu verschleudern. Ist das richtig?«

Mein Gott, dachte Paul, wir wollten ihn zu etwas zwingen, und jetzt hören wir uns einen Vortrag an.

»Nein, nein«, sagte Auguste rasch, denn er merkte daß Pastrelli im Begriff war, ihm den Boden zu entziehen. Seine Hand bezeichnete hilflos einen Kreis. Pastrelli kam ihm zu Hilfe:

»Sie haben wahrscheinlich gedacht, das alles sei mir peinlich, der Streik, mein Name im Zusammenhang mit der Preistreiberei, und ich würde nun voll Dankbarkeit diese Chance ergreifen, mich hinter ihrer Notlage zu verstecken, und um die Lagerhäuser öffnen zu können, so daß die ganze Sache von heute auf morgen aus der Welt geschafft ist – ohne großes Aufsehen. Ich will Ihnen nicht verhehlen, daß ich selber schon im Spaß daran gedacht habe, jetzt einen gewissen Teil meiner Waren aufzugeben, um die Streikenden nicht als Märtyrer behandelt zu sehen, und mir den entgangenen Profit später wieder hereinzuholen. Aber ich bin kein Romantiker, kein Schauspieler, *Signori.* Ich bin in einer Lage, in der fremdes Martyrium mir nicht schaden kann, warum also sollte ich es verhindern wollen?«

Er weiß, daß er etwas Unwiderlegbares gesagt hat, dachte Paul. Er hat uns sofort richtig eingeschätzt und wußte, daß wir nie ernstmachen würden. Jetzt versucht er, uns hinzuhalten, und die merken es nicht einmal.

»Obwohl sie einfache Leute sind, werden Sie mich verstanden haben, *Signori.* Mir persönlich gefällt ja Ihre Art, wissen Sie, wegen einer nicht verladenen Fracht den Dingen gleich mit einer Pistole auf den Grund gehen. Wenn ich soviel Zeit hätte wie Sie, würde ich das auch öfter tun. Leider habe ich aber nicht einmal die Zeit, Ihnen noch länger zuzuhören.«

Wie auf Kommando öffnete sich auf der anderen Seite des Mercedes die Tür, und der dritte Mann richtete sich hinter der Limousine auf. Er hatte ziemlich langes Haar, obwohl er schon über Vierzig sein mußte. Sein malvenfarbenes Hemd wurde von einem bis über die goldene Gürtelschließe herabhängenden Bauch gespannt. Er trug eine

Samtjacke und strömte sogar an der frischen Luft noch den Geruch eines teuren Eau de Toilette aus. Er schien gemerkt zu haben, daß Pastrelli die Oberhand gewonnen hatte und schlenderte nun um das Heck des Wagens herum auf Laurent zu.

»Wann geht's denn endlich weiter, Rosario?« fragte er laut.

Pastrelli drehte sich um und ging ein paar Schritte. Plötzlich brüllte Etienne: »Sie sind ein Mörder! Sie lassen Kinder verhungern, um noch reicher zu werden! Sie haben uns alles versaut, ich knall' Sie ab!«

Die Worte waren schrecklich laut, und sie trafen Pastrelli wie Steine. Alle starrten Etienne an, der sich Pastrelli in den Weg gestellt hatte. Sein Gesicht war hochrot, und in seiner Hand lag die 7,65 Steyer-Automatik, ohne zu zittern, blauschimmernd, gefährlich und ganz und gar fehl am Platze.

Etienne wirkte, als habe er den ungeheuren Wunsch, etwas zu sagen, das Pastrelli vernichtete, aber seine Grimasse zeigte gleichzeitig, daß ihm nichts einfiel. Deswegen drückte er ab. Im selben Moment sprang Paul vor und schlug Etiennes Arm zur Seite, so daß die Kugel nur ein Loch in den von der Hitze aufgeweichten Asphalt schlug.

»Sie sind verrückt«, stieß Pastrelli hervor. »Sie sind ja alle miteinander wahnsinnig.«

»Vielleicht«, schrie Laurent wütend. »Vielleicht sind wir verrückt geworden, während wir Ihrer Schleimerei zugehört haben.«

Der dritte Mann, der um das Heck des Wagens auf Laurent zugegangen war, strich mit der Hand über den langen, purpurnen Seidenschal, der aus dem offenen Kragen seines Hemdes bis auf die hellbraune Hose herabhing. Sein Gesicht glänzte feucht. Plötzlich sprang er vor und versetzte Laurent einen Stoß in den Rücken.

Laurents Gesicht sah plötzlich aus wie gebrannter Ton. Seit sie den Mercedes gestoppt hatten, zitterten seine Muskeln vor lauter Kraft, die losschlagen und zerstören wollten.

In diesen Moment sah er alles, was er vorher nur verschwommen wahrgenommen hatte – verhüllt von dem Schleier der Demütigung – gestochen scharf, fast körnig.

»Was ist, Fettsack?« wollte er wissen, Er wischte sich eine nasse Haarsträhne aus der Stirn. Er sah die Angst des Mannes vor sich, aber er fühlte auch die neugierigen Blicke der anderen. Er wußte, daß er in den Augen des Fettsacks, des Priesters im Wagen und Pastrellis der Unterlegene bleiben würde, selbst wenn er den Fettsack jetzt verprügelte. Langsam schob er die Luger in die Tasche und ballte die Hände.

Der Fahrer im Wagen rührte sich nicht. Er griff auch nicht nach seiner Waffe. Ein scharfes, kleines Lächeln spielte um seinen Lippen.

»Paß auf, Mario«, sagte Pastrelli scharf, »die sind alle komplett wahnsinnig.«

»Was ist, Fettsack?« fragte Laurent noch einmal aggressiv.

»Vorsicht, Kerl, ich bin Träger des schwarzen Gürtels«, stieß der Mann hervor.

Laurentis Lächeln war wie ein häßlicher Riß, eine neue, große Narbe. Er schlug dem Fettsack mit dem kaum gekrümmten Handrücken in den teuren Bauch. Der Fettsack schnappte nach Luft, würgte, mehr aus Angst als aus Schmerz, dann prallten die beiden Männer gegeneinander. Außer Rand und Band geraten, versuchten sie einander zu packen. Der Fettsack landete einen leichten Schlag und zog schnell die Faust zurück, erschrocken, daß er wirklich den Mut zu dieser Geste aufgebracht hatte, denn mehr war es noch nicht für ihn, und er konnte sich auch nicht vorstellen, daß wirklich ein Kampf aus ihren Gesten werden konnte.

Laurent traf den weichen Kopf des anderen mit einem Schlag, der irgend etwas platzen ließ. Der Fettsack taumelte schwerfällig, fast wie ein Betrunkener, und sein Gesicht, das nur die Feuchtigkeit von Pre- und Aftershave kannte, strahlte plötzlich voller Blut. Paul rief: »Achtung!« und Laurent stürzte wieder auf den anderen zu, drosch mit beiden Fäusten auf ihn ein. Er war sich der Stille bewußt, die um sie herum herrschte, der starrenden Augen. Er atmete so leise wie möglich, während der andere ächzte und schrie und schließlich in die Knie brach und auf allen vieren wegzukriechen suchte.

Laurent wollte ihm nach, ihn umgehen und dann mit einem Fußtritt empfangen, denn er kannte nur Schlägereien, bei denen man den anderen zu töten versuchte. Da wurde er plötzlich von Paul und Auguste zurückgerissen. Sie hielten seine Arme fest und zerrten ihn über die Straße zum Scania.

»Beruhige dich, Laurent, komm, dreh nicht durch, mein Junge. Dem hast du's aber gegeben.«

Hilflos mußte Paul mit ansehen, wie sein Plan auf der ganzen Linie fehlschlug, ohne daß er in der Lage gewesen wäre, etwas dagegen zu unternehmen.

Der Fahrer des Mercedes setzte den Wagen zurück. Pastrelli kümmerte sich um den Fettsack mit dem blutverschmierten Gesicht, der zu schluchzen begonnen hatte. Zusammen mit dem Priester verfrachtete er ihn auf den Rücksitz der Limousine. Dann sprang er, ohne den Männern beim Laster noch einen Blick zu gönnen, ebenfalls in den Wagen, der schaukelnd mitten auf der Straße wendete und davonschoß.

Die Männer starrten den Rücklichtern nach, bis sie in der Dunkelheit verschwunden waren. Ein paar schwarze Blutflecken auf der staubigen Straße blieben zurück.

Das war's, dachte Paul. Wenigstens hatte es keine Zeugen gegeben. Eine Sache zwischen einem Scania und einem Mercedes, und sie war schiefgegangen. Etwas Blut, aber keine Namen und kein beweisbarer Hintergrund.

»Eine prima Idee war das, von Anfang an«, sagte Auguste wütend. »Und was haben uns die Pistolen jetzt genutzt?«

»Wir sind eben keine Revolverhelden«, versuchte Paul sich und die anderen zu entschuldigen. »Sowas weiß man erst, wenn man's drauf angelegt hat.«

»Ich hätte ihn abgeknallt, wenn ihr mich gelassen hättet«, beschwerte sich Etienne. Er hob die Arme, um frische Luft an seine nassen Achselhöhlen zu lassen.

»Und was hätten wir damit gewonnen?« brüllte Auguste ihn an. »Fünf Jahre Gefängnis mindestens, du armer Irrer!«

Wütend riß er den Schlag des Scania auf und hievte sich auf den Fahrersitz. Er zündete sich eine Gauloise an und holte den Rauch tief in seine Lungen, wobei sich das schweißgetränkte Hemd über seiner Brust spannte, bis es zwischen den Knopflöchern auseinanderklaffte. Er starrte durch die mit toten Insekten verklebte Windschutzscheibe auf die menschenleere Straße. Dann drehte er das Radio an. Dalida füllte mit ihrer rauchigen, sehnsuchtsvollen Stimme das Fahrerhaus.

Paul stieg ebenfalls ein. Auguste überließ ihm wortlos den Platz hinter dem Steuer. Tut mir leid, dachte Paul, sprach die Entschuldigung aber nicht aus. Statt dessen lehnte er sich aus der Tür und rief: »Wollt ihr nicht endlich einsteigen? Ihr glaubt wohl, Pastrelli kommt uns jetzt nachgelaufen, weil er es sich anders überlegt hat, und bittet uns kniefällig um Verzeihung?«

Schweigend quetschten sich die Männer auf der anderen Seite in die Kabine. Unter dem Stoff der Hosen von Laurent und Etienne zeichneten sich die Pistolen ab.

»Was regst du dich auf, wir haben doch keine Eile«, meinte Auguste bitter. »Passacaglia sticht morgen früh in See, und übermorgen ist die Police abgelaufen.«

»Bis morgen kann noch viel passieren«, erwiderte Paul und startete den Motor.

## 30

Serge erinnerte sich daran, wie er einmal einen Goldhamster besessen und stundenlang vor dem Käfig gehockt hatte, um zuzusehen, wie das kleine Tier sein Rad getreten hatte. Nie war der Hamster auch nur ein Stück vorwärtsgekommen – außer wenn Serge hin und wieder aus einer Laune heraus das Rad festgehalten hatte; dann war er von seinem eigenen Schwung vorwärtsgerissen worden und auf den Rücken gefallen – und nie schien es ihn besonders zu bekümmern. Mit beklemmender Intensität verbrachte er große Teile seiner Lebenszeit in dem Rad.

Serge, der hellwach in seinem burgunderroten Renault R 16 über die Autobahn raste, hatte plötzlich das Gefühl, daß die weißen Leitstreifen, die rechts und links an seinen Scheinwerferkegeln vorbeischossen, nichts anderes waren als die Speichen eines Tretrads in einem Hamsterkäfig. Zwar kam er im Gegensatz zum Hamster seinem Ziel immer näher, aber vielleicht hatte das Tier das auch geglaubt. Vielleicht saß jetzt irgend jemand nebenan und sah auf ihn herab und wußte, daß der Mann in diesem kleinen Renault nur seine Zeit vergeudete und, statt nach Genua zu fahren, genauso gut zu Hause in Marseille hätte sitzen und trauern können. Ein über fünfzigjähriger Mann, der einem knapp zwanzigjährigen Mädchen hinterherfuhr, das ihn verlassen hatte.

Gut, sie war nur eine Sängerin gewesen, aber, man brauchte bloß Auguste zu fragen, es gab Sängerinnen und Sängerinnen, genau so wie es Heilige und Heilige gab, Lastwagenfahrer und Lastwagenfahrer. Und unter den Sängerinnen war Madeleine eine Heilige, so wie er wahrscheinlich unter den Lkw-Fahrern ein Idiot war, ein liebeskranker Verrückter in einem Tretrad.

Ob er wirklich verrückt war? An der Grenze hatte ihn niemand aufgehalten – *Na, mein Lieber, wo sind wir denn entsprungen?* –, kein Krankenwagen raste mit schrillem Heulen und flammendem Rotlicht hinter ihm her. War es verrückt, an die Liebe zwischen einem Mädchen und einem um soviel älteren Mann zu glauben, selbst wenn er nie ganz begriffen hatte, was sie, die jeden hätte haben können, ausgerechnet an ihm gefunden hatte? Er hatte es so einfach akzeptiert, wie er jetzt *nicht* akzeptierte, daß sie ebenso unbegreiflich mit Paul durchgebrannt war. Das eigene Unglück und das Glück der anderen, das sind die Dinge, mit denen man sich am schwersten abfindet.

Bevor er Madeleine kennengelernt hatte, war Serge lange

einsam gewesen. Er wußte, was das hieß, wenn es weder Tage noch Nächte gibt, nur Stunden, die dunkler werden, wenn der Abend kommt; in denen man an alle Menschen der ganzen Welt zu denken vermag, ohne sich dazugehörig zu fühlen, weil es den einen Menschen nicht gibt, durch den man mit ihnen verbunden ist.

Er trug das Echo der Einsamkeit noch in sich. Es war das Echo eines einzigen, langen Schreis. Das andere, frischere Echo, der Nachhall von Madeleines Lachen, ihrem Gesang, drohte schwächer zu werden, während jenes erste stärker zurückkam.

Serges Bein schmerzte, obwohl er es so gut es ging zu schonen versuchte. Bei der nächsten Tankstelle mußte er halten und Öl nachfüllen lassen, das Lämpchen blinkte. Rechts unter der Straße konnte man das Meer ahnen, manchmal spiegelte sich eine beleuchtete Uferpromenade in den Wellen.

Der Elsässer holte ein Zigarettenpäcken aus der Brusttasche seines Hemdes, aber der Fahrtwind blies ihm zweimal das Feuerzeug aus, ehe es ihm gelang, sie anzuzünden. Dann rauchte er, ohne langsamer zu fahren oder den Blick von der Straße zu nehmen. Er hatte das Gefühl, daß nicht der Motor den Wagen so schnell vorwärtstrieb, sondern allein seine Sehnsucht nach Madeleine. Wenn er an einer beleuchteten Hinweistafel vorbeigekommen war, die Augen wie magisch angezogen von der immer niedriger werdenden Kilometerzahl bis Genua, passierte es hin und wieder, daß er Madeleine vor sich auf der Straße sah, mit dem Rükken zu ihm. Doch ihr Rücken entfernte sich schnell und wurde durchsichtiger und kleiner, ein gemaltes Echo.

Ob er verrückt war? Seinem Verteidiger in Amsterdam schien es keine allzu großen Schwierigkeiten bereitet zu haben, den Richter davon zu überzeugen, daß er zumindest eine Macke hatte. Kein normaler Mensch, Lastwagenfahrer oder nicht, kam auf die Idee, einen LKW zu klauen, wenn er schnell an einen bestimmten Ort gelangen wollte, oder?

In den Zeitungen las man immer wieder von amerikanischen GI's, die aus Vietnam zurückgekehrt waren und nun, zerrüttet, psychisch labil, verrückt geworden, mit einem Wort, im Alltagsleben nicht mehr Fuß faßten.

Verdammt, vielleicht wimmelte es auch in Europa von verrückten Überlebenden des Zweiten Weltkriegs, deren Störung sich darin äußerte, daß sie nie wieder richtig Fuß gefaßt hatten, so wie er. Ob er einer von ihnen war, mit seinen fünfzig Jahren auf der Fahne, die er in Madeleine spießen wollte? Vielleicht. Vielleicht legte sich ein normaler Mann keine geladene Pistole ins Handschuhfach, wenn er sein Mädchen, das mit einem anderen – nein, nicht einem anderen: seinem besten Freund – durchgebrannt war, zurückholen wollte. Selbst wenn er sich vormachte, daß noch nichts verloren war und alles sich ohne Gewalt lösen lassen würde.

## 31

Der Mann in dem zerdrückten Anzug sagte: »Vielleicht kommen sie ja gar nicht.«

Der Mann neben ihm nickte. »Vielleicht kommen sie nicht. Aber ich habe sie gesehen. Denen ist es zuzutrauen, daß sie kommen.«

Er erinnerte sich an die Gesichter der Männer aus dem Laster und an den Ausdruck ihrer Augen, besonders den in den Augen des Burschen, der ihm die Pistole gegen den Hals gedrückt hatte, damit er seine Waffe steckenließ. Sie waren zu allem entschlossen, und Pastrelli hatte das sofort begriffen.

»Muß ziemlich heiß sein, so eine Uniform«, sagte der Mann in dem zerdrückten Anzug und streifte die Chauffeurskleidung seines Gesprächspartners mit einem Seitenblick.

Der Mann neben ihm nickte wieder, diesmal ohne zu antworten. Er und die vier anderen Männer in dem großen, schwarzen Fiat waren bis an die Zähne bewaffnet, genau wie die drei Männer in dem zweiten Fiat hinter ihnen.

Die beiden Wagen standen im Schatten zwischen den Lagerhallen und warteten.

»Pastrelli dreht langsam durch. Der Streik scheint ihm zuzusetzen«, sagte der Mann im zerdrückten Anzug.

»Er ist nur beunruhigt. Wenn du die vier Typen gesehen hättest, wärst du auch beunruhigt. Denen ist es zuzutrauen, daß sie hierher kommen und die Lagerhalle knacken. Deswegen habe ich euch angerufen.«

Er zog einen Colt Cobra aus dem Schulterhalfter und warf einen Blick in die Trommel. Dann blickte er zur Straße hinüber, die man zwischen den beiden Hallen sehen konnte. Sie lag verlassen im blassen Licht der Bogenlampen. Hin und wieder glitt ein Taxi unter dem chlorgrünen Laub der Bäume vorbei.

»Flavio, stell mal das Radio an«, sagte der Mann in dem zerdrückten Anzug auf dem Rücksitz.

»Nein«, schaltete sich der Uniformierte ein. »Dann können wir nicht hören, wann sie kommen.«

»*Wenn* sie kommen«, korrigierte der andere, immer noch skeptisch. »Wahrscheinlich stehen wir hier ganz umsonst.«

»Es sind Franzosen«, widersprach der Uniformierte, den Giovanni Pastrelli damit beauftragt hatte, sofort ein paar Männer zusammenzutrommeln und zu den Hallen zu fahren. »Franzosen kommen auf die verrücktesten Ideen.«

Er ließ die Trommel wieder in den Rahmen schnappen und rechnete sich den besten Schußwinkel aus, den man haben konnte, wenn man sich nicht allzu weit aus der schützenden Deckung des Wagens entfernen wollte.

Er hätte sich gern einen Zigarette angezündet, aber das hier war wie Postenstehen im Krieg. Da hatte man auch nicht rauchen können, es sei denn, man legte es darauf an, sich durch die Glut zu verraten.

Er kurbelte das Fenster herunter, um besser hören zu können. Die Nachtluft war sanft und kühl. Der abgestandene, salzige Geruch des Hafenwassers drang in den Fiat.

»Sie kommen bestimmt«, sagte der Uniformierte.

# 32

Paul Grisbi lenkte den Scania auf die Piazza Corvetto. Er nahm die Kurve etwas zu scharf und schaltete herunter. Das Motorgeräusch wurde tiefer und voller. Das Scheppern der Ladefläche brach sich an den Häuserfronten um den menschenleeren Platz. In der Mitte der Piazza erhob sich ein Reiterstandbild aus einer grünbepflanzten Insel und streckte gebieterisch den Arm aus. Das Netz der Stromleitungen für die öffentlichen Busse schimmerte feucht.

»Schaut mal, wie schön das Grün der Bäume im Licht der Lampen aussieht«, sagte Laurent und hielt den Kopf aus dem offenen Fenster.

»Ich scheiße auf dein Grün, Laurent«, sagte Auguste heiser. Er stellte das Radio, dessen Klang bereits über die ganze Piazza schallte, noch lauter. »Hier, das ist schön – Dalida! Wenn man bedenkt, daß ich jetzt da im Konzert sitzen und sie leibhaftig vor mir sehen könnte, eine Frau wie aus tausend Träumen. Statt dessen muß man sich von einem Bonzen lächerlich machen lassen, nur weil – he, Moment mal, wo fährst du denn hin?«

Paul war in die Via Roma eingebogen und steuerte den Scania jetzt mit siebzig Stundenkilometern auf den Hafen zu.

»Ich habe euch die Blamage eingebrockt, jetzt werde ich sie auch wieder ausbügeln«, verkündete Paul. »Wir knacken Pastrellis Lagerhallen und räumen sie aus. Einer von uns informiert Passacaglia, ein anderer den Alten. Dann werden unsere Kisten noch vor Morgengrauen verladen.«

»Du bist ja verrückt.« Auguste drehte vor Schreck das Radio wieder leiser. »Das ist illegal.«

»Ach nein«, meinte Paul höhnisch. »Und die ganze Idee dahinter, der Versicherungsbetrug, ist das vielleicht legal?«

Dann waren sie auf der Via Adua und fuhren am Hafen entlang. Ein großer Laufkrahn ragte vor einem Frachter auf. Träge schlugen kleine Wellen gegen die Kais.

Paul bog, ohne zu blinken, nach rechts auf das Hafengelände. Die Scheinwerfer erfaßten vier rotgestrichene Tonnen mit weißen Banderolen. Paul schaltete das Fernlicht ein. Die Lichtkegel tasteten über die schwarz aufragenden Hallen.

»Da ist es!« Paul verlangsamte. »Seht ihr, ein Kinderspiel. Weit und breit niemand, der Wache hält. Wir nehmen einen Hammer und eine Zange aus dem Werkzeugkasten und, zack, offen ist die Tür. Die Dinger haben schließlich keine Tresorschlösser.«

Paul stellte das Radio ab und drehte den Zündschlüssel um. Der Motor dieselte einmal nach, dann herrschte Stille. Niemand sagte ein Wort. Allein das Geräusch der gegen die Molen schwappenden Wellen war zu hören. Paul schaltete auch die Scheinwerfer aus, griff hinter sich und hob den Werkzeugkasten über die Rückenlehne des Fahrersitzes.

»An die Arbeit«, sagte er optimistischer als er sich fühlte. Er hatte das Gefühl, zuviel getrunken zu haben. Die Grippe ließ seine Glieder schmerzen. Er stieß die Tür auf und stieg vorsichtig aus der Kabine. Laurent drückte seinen Zigarillostummel im Aschenbecher aus und folgte ihm. Auguste und Etienne sprangen an der anderen Seite ab.

Der Wind roch nach Tang, brackigem Wasser und Salz. Der Motor des Scania knackte. Paul zögerte einen Moment, ehe er den ersten Schritt tat. Der Werkzeugkasten klirrte. Auguste und Laurent tauschten einen Blick, ehe sie Paul langsam folgten. Etienne tauchte auf der anderen Seite des Lasters auf und hustete leise. Auch er schien den Schutz des 38-Tonners nur ungern aufzugeben.

Die Lagerhalle war ungefähr neun Meter entfernt. Dazwischen lag nichts, nur der zementierte Boden, der voller Ölflecken war. Durch das große Tor an der Stirnseite, das auf Rollen in Schienen lief, konnte bequem ein ganzer Sattelzug in die Halle fahren.

Paul hatte sich noch keine zwei Meter von dem Scania entfernt, als er die Motorhaube des Fiat bemerkte. Etienne sah sie im selben Augenblick. »Da sind noch welche«, sagte er erstaunt. Dann brüllte er los: »Achtung, wir sind nicht allein.«

Er riß die 7,65 Steyer aus der Hosentasche.

Der Fiat schaltete die Scheinwerfer ein und blendete auf. Geblendet schlossen die Männer für Sekunden die Augen. Dann schlugen Türen zu, Stimmen erklangen und Füße scharrten, aber alles zusammen war nur das Vorspiel für die Schüsse.

Etienne war der einzige, den die Scheinwerfer voll erfaßten. Vor der schwarzen Tafel der Nacht erstrahlte er in seinem rotblaugewürfelten Hemd, die Schultern leicht vorgeschoben wie jemand, der einen Karren hochhebt und anschieben will. Er hatte die Augen zusammengekniffen, beide Hände um den Griff der Steyer-Automatic geklammert und schoß auf die Scheinwerfer und die Männer, die aus dem Wagen gesprungen waren.

Es war reiner Zufall, daß er als erster schoß. Hätte er etwas länger gezögert, wären die anderen schneller gewesen, denn tatsächlich drückten sie fast gleichzeitig auf den Abzug.

»Scheiße, was soll denn das?« rief Auguste überrascht. Dann wurde er von Laurent zurückgerissen, hinter die Fahrerkabine des Scania.

Laurent hatte die Luger in der Faust und versuchte zu zielen.

»Weg da, Paul!«

Paul ließ den Werkzeugkasten fallen und sprang ebenfalls in Deckung. Die Männer, die auf den Laster schossen, waren nicht zu erkennen. Sie blieben im Dunkeln hinter den Scheinwerfern. Lediglich ihr Mündungsfeuer, das abwechselnd links und rechts von dem Fiat explodierte, gab den Männern bei dem Scania einen Anhaltspunkt.

»Etienne, Mensch, zurück!« brüllte Paul, aber Etienne schien ihn nicht zu hören.

»Wie viele sind das denn?« fragte Auguste fassungslos. »Wo kommen die auf einmal her?«

»Die waren schon da«, antwortete Laurent wütend. Er beugte sich vor und gab zwei Schüsse auf den Fiat neben der Lagerhalle ab. Es hatte wieder zu regnen begonnen. In feinen Schleiern trieb das Wasser an den Scheinwerfern vorbei.

Als Reaktion auf Laurents Schüsse veranstalteten die Männer bei der Lagerhalle ein wahres Trommelfeuer. Paul hörte die Kugeln in die Karosserie des Scania schlagen. Etienne schien sich zu strecken und ließ die Steyer fallen. Dann torkelte er mit weit aufgerissenen Augen ein paar Schritte zur Seite und prallte gegen den Laster. Seine Lippen spannten sich und sprühten plötzlich Blut in den Regen. Im Licht der Scheinwerfer nahm es eine rosa Färbung an.

»Um Himmels willen, Etienne!« brüllte Laurent. Seine Pupillen waren vom Schock geweitet. Etiennes massiger Körper wies ein kleines, beinahe schwarzes Loch am Schlüsselbein und ein weiteres am Haaransatz auf, aus denen Blut in dünnen Fäden über Stirn, Gesicht und Hemd lief. Langsam rutschte er an der anderen Seite des Führerhauses zu Boden. Seine rechte Hand kroch auf einen der Ölflecken zu, die im Licht der Scheinwerfer wie Pfauenaugen schillerten. Regen lief über sein Gesicht, troff von seinen Haaren.

»Etienne«, flüsterte Auguste, als sei ihm der Name gerade erst eingefallen. Dann griff er nach Laurents Luger. »Gib her.«

»Nein.«

Etiennes Automatic war für sie verloren. Blauschwarz schimmerte sie in drei Metern Entfernung auf dem regennassen Boden.

»Gib her, verdammt nochmal, du Arschloch!« brüllte Auguste, riß Laurent die Luger aus der Hand und feuerte auf die Scheinwerfer. Der Regen lief ihm in die Augenhöhlen und durchnäßte sein Hemd. Windböen wirbelten die Tropfen durch die Lichtkegel der Scheinwerfer.

Bei der Halle erklang ein Schrei und ging in ein ersticktes Wimmern über.

»Ha, einen habe ich erwischt«, triumphierte Auguste mit erstickter Stimme und drückte noch einmal ab.

»Hör auf«, rief Paul. Er versuchte den Arm mit der Luger

zu packen. »Schieß nur, wenn du einen erkennen kannst. Wir haben keine Ersatzmunition.«

Dann hörte er Laurent hinter sich aufschluchzen. Es gab ein Rascheln, gefolgt von patschenden Schritten. Als er sich umdrehte, sah er den jungen Ex-Sträfling in großen Sätzen davonlaufen.

Mein Gott, dachte er, wo sind wir bloß hineingeraten? Etienne ist tot, und da läuft Laurent. Auguste und ich werden die nächsten sein. *Ich* werde der nächste sein.

Aber er täuschte sich. Auguste war der nächste, nicht er. Der Franzose sprang auf, wie Etienne umklammerte er die Luger mit beiden Händen, berauscht von dem Gedanken, noch einen der Männer hinter den Scheinwerfern zu treffen, zu töten.

Auch Paul kam hoch, denn er wollte Auguste wieder in die Deckung ziehen. Neben dem Fiat richtete sich ein Mann auf und feuerte. Dreimal blitzte es fast fröhlich in seiner Hand. Nicht bewegen, dachte Paul. Nicht bewegen und auf das Vögelchen schauen, sonst wird die Aufnahme verwakkelt. Er streckte die Hand aus und bewegte abwehrend den Zeigefinger hin und her; keine Fotos, bitte! Doch es war zu spät; das tödliche Vögelchen hatte dreimal seinen feurigen Schnabel aufgesperrt. Auguste stieß einen Schrei aus.

Paul sah die Luger mit dem Lauf auf den nassen Beton schlagen.

»Auguste!«

Das nasse Hemd des Franzosen, das am Bauch Falten geworfen hatte, färbte sich in Nabelhöhe langsam rot. Auguste hörte nicht auf zu schreien. Immer mehr Falten wurden rot, bis sie das Blut nicht mehr halten konnten. Dick sickerte es aus dem Stoff hervor und rann über den Gürtel.

Auguste taumelte gegen die Tür des Scania und rutschte bis zum Trittbrett hinunter. Paul bückte sich und hob die Luger auf. Er war erstaunt, wie leicht sie sich anfühlte. Traumhaft langsam umwirbelte ihn der Regen.

Auguste rollte zusammengekrümmt unter das Trittbrett des Führerhauses. Seine Füße zuckten. Er preßte die verschränkten Arme gegen seinen Bauch.

Paul löste die Augen von seinem Kumpel unter dem Trittbrett und blickte zu den beiden Scheinwerfern hinüber. Er hatte keine Angst mehr. Er hob die Hand und krümmte den Zeigefinger um den Abzug der Luger. Mit der Linken umklammerte er das Handgelenk der Rechten, in der das schwarze, nasse Metall hochruckte, wenn er abdrückte.

Das Krachen der Schüsse verdrängte alles andere aus seinem Denken. Er sah, daß der Mann, den Auguste getroffen hatte, bewegungslos vor der Kühlerhaube des Fiat lag, aber das war nebensächlich. Ein Scheinwerfer erlosch. Auch das war nebensächlich. Alles war unwichtig, solange sich noch eine Kugel im Magazin der Luger befand. Als die Waffe leer war und der Hammer nur noch klickend ins Leere schlug, warf Paul sie fort und riß den Schlag des Scania auf.

Er hatte Auguste in die Scheiße geritten und mußte ihn wieder herausholen. Er versuchte, ihn aus der Lache von Blut und Wasser zu zerren, die sich um den reglosen Körper gebildet hatte. Der Franzose schüttelte abwehrend den Kopf, dann mußte er sich übergeben. Er machte nicht die geringsten Anstalten, Paul zu helfen.

Das Schießen hatte aufgehört. Endlich hatte Paul Auguste im Griff. Er setzte einen Fuß auf das Trittbrett, hievte ihn hoch, schob den Fuß dann in die Kabine und zog den Körper wieder weiter. Er war schwerer als alles, was er je getragen hatte. Er zwängte sich rückwärts in die Kabine und zerrte den verkrampften Körper auf den Beifahrersitz.

Jetzt hätte er eine Pause gebrauchen können, einfach nur atmen, den Kopf mit der Stirn auf die Lenkradachse legen. Aber er hatte keine Zeit, Auguste mußte ins Krankenhaus. Er riß die Tür zu. Um den einäugigen Fiat oder den toten Etienne konnte er sich jetzt nicht mehr kümmern. Es ging nur noch um Auguste, der neben ihm hockte, Spuren von Erbrochenem an den Lippen. Der Franzose zitterte, als sei ihm kalt, seine Lider flatterten.

»Du nimmst mich mit?« fragte er stockend. In seinem Mundwinkel wölbte sich eine rosige Blase im Rhythmus seines Atems.

»Ja.«

»Wohin?«

»Wohin du willst«, log Paul.

»Das wird auch Zeit«, sagte Auguste. Für Sekunden hielten seine Lider still, und er sah Paul in die Augen. »Bis jetzt haben wir gemacht, was du wolltest, und da sieht man, wohin wir gekommen sind. Wo ist Laurent?«

»Weggelaufen«, sagte Paul.

»Der Kleine hat Verstand«, murmelte Auguste, »hat er schon immer gehabt. Fahr los, und mach das Radio wieder an.«

Paul startete und schaltete die Scheinwerfer an. Dann suchte er den Lautstärkerregler des Radios und drehte ihn nach rechts. Beifall rauschte aus dem Lautsprecher, gefolgt von Dalidas Stimme, und daran erkannte Paul, wie wenig Zeit vergangen war, seitdem sie Pastrellis Wagen gestoppt hatten.

»Gutes Mädchen«, murmelte Auguste. »Gute Stimme ... tolle Figur ... Haare.«

Bei den Fiats rührte sich nichts. Paul legte den Rückwärtsgang ein und setzte nach hinten, ohne in den Außenspiegel zu blicken. Noch ehe der schwere Laster auf Touren gekommen war, zwang er ihm schon wieder den ersten Vorwärtsgang auf und gab Gas. Er drückte den Knopf für die Scheibenwischer. Ihr Quietschen vermischte sich mit Augustes Stöhnen.

Auf dem Weg zu Pastrellis Villa lag ein Hospital, links vom Corso Europa. Paul dachte ein wortloses Stoßgebet. *Laß uns dort ankommen, ehe Auguste verblutet ist.* Dann dachte er gar nichts mehr, sondern konzentrierte sich aufs Fahren.

# 33

Der Scania rollte vom Hafengelände. Erschöpft klammerte Paul sich ans Lenkrad, schwankte mit dem Laster hin und her. Sobald er auf der Straße war, trat er das Gaspedal ganz durch. Er beugte sich vor und ließ den regennassen Asphalt nicht eine Sekunde aus den Augen. Fahren, das war sein Gebiet! Schießen konnte er nicht, aber fahren. Das hatte er schon oft bewiesen, davon lebte er und daran hing jetzt auch Augustes Leben. Es befand sich in guten Händen.

Eine atmosphärische Störung verzerrte die Musik im Radio. Paul kniff die Augen zusammen und öffnete sie wieder. Er schluckte, um seine Ohren von einem plötzlich aufgetretenen Druck zu befreien. Noch immer vermeinte er, Schüsse zu hören. Dann berührte etwas seinen Arm, und er zuckte zusammen.

Auguste hatte sich zu ihm herübergelehnt, sein Gesicht zeigte ein schiefes Lächeln. »Und dabei«, flüsterte er eindringlich, als wollte er die Pointe eines besonders schlüpfrigen Witzes herausarbeiten, »hat der Arzt mir dauernd geraten, mehr Eisen zu mir zu nehmen.« Abwartend starrte er Paul in die Augen. *Hast du den Witz mitgekriegt, mein Alter?* Dann wollte er lachen, brachte aber nur ein trockenes Husten heraus, das keine Ende nehmen wollte.

Sein Körper fiel gegen die Tür auf der anderen Seite. Paul trat auf die Bremse, weil eine Ampel vor ihm auf Rot geschaltet hatte. Der Laster brach mit dem Heck aus. Auguste rutschte halb vom Sitz, kämpfte sich aber wieder hoch.

Als von rechts und links kein anderes Fahrzeug in die Kreuzung fuhr, gab Paul wieder Gas.

»Jetzt könnte ich da sitzen«, sagte Auguste stockend, »in einem Sessel, und sie vor mir sehen. Ich hatte eine Karte, weißt du?« Die Hände, mit denen er seinen Bauch hielt, waren schwarz von Blut.

Das Licht der Straßenlampen fiel in das Führerhaus, ließ es dunkel zurück und kam wieder. Zu spät stellte Paul fest, daß er in eine Einbahnstraße geraten war. Er beschleunigte, um die nächste Kreuzung zu erreichen, ehe ihm jemand entgegenkam. Wenn er bei dieser Geschwindigkeit bremsen mußte, war alles verloren.

»Du, Paul?«

»Ja?«

»Das vorhin – ich war ein bißchen sauer, weißt du. Du kannst ja nichts dafür.«

Paul sah starr auf die Straße. Die nächste Kreuzung flog ihm aus der Nacht entgegen.

»Du brauchst nicht so zu rasen, Paul. Ich schaffe es sowieso nicht mehr. Fahr langsam, laß dir Zeit, sonst schreiben sie dich noch auf.«

»Unsinn, Auguste, so schnell stirbt man nicht«, erwiderte Paul heiser. Aber er hatte die Wunde gesehen, die Wunde und das Blut. Auguste starb wirklich.

Die Musik im Radio ging Paul auf die Nerven. War das Konzert denn immer noch nicht zu Ende? Warum übertrugen die Italiener diesen Mist denn überhaupt? Aber Auguste schien es zu beruhigen, und das war die Hauptsache.

»Wie fühlst du dich?« fragte Paul.

»Gut. Etwas müde, aber sonst ist alles in bester . . .«

Auguste bäumte sich auf. Der Laster ratterte über eine Straßenbahnweiche. Die Erschütterung ließ Augustes Zähne gegeneinanderschlagen. Zusammengekrümmt lehnte er in der Ecke und brachte es nur mit Mühe fertig, den Kopf hochzuhalten.

»Du mußt wachbleiben, hörst du?«

Auguste reagierte nicht. Wenig später begann er, falsch und bruchstückhaft eins der Lieder aus dem Radio mitzusummen, unterbrach sich dann aber, um zu fragen: »Mit den Zehntausend, das wird wohl jetzt nichts mehr, was?«

Paul war müde und gleichzeitig hellwach. Seine Augen brannten. »Ich glaube nicht«, sagte er. »Scheiß drauf.«

Auguste lehnte sich zurück und schloß die Augen. Paul hatte den Eindruck, daß er nicht mehr so stark blutete, aber er konnte sich täuschen. »Hast du dich schon mal gefragt, wie das wohl ist, das Sterben?« fragte Auguste.

»Nein. Rede nicht soviel. Das strengt an.«

»Weißt du, was ich glaube? Daß das Sterben für jeden anders ist; das Gefühl, das man dabei hat. Willst du wissen, wie es für mich ist? Erinnerst du dich noch an die alten Wagenheber, die wir früher hatten, bevor sie die neuen mit ihrer Hydraulik konstruiert haben? Bei denen man pumpen mußte, bis einem das Herz aus dem Mund sprang? Stell dir vor, du stehst in einer frostklirrenden Winternacht da und mußt einen Reifen wechseln, und du wuchtest deinen Laster hoch; du denkst, du kommst um vor lauter Anstrengung. Und plötzlich tritt von hinten eine Frau an dich heran, nackt, warm, sie umschließt deine Taille mit ihren Armen und drückt dir einen heißen, glühenden Kuß auf den Nakken. Das ist der Tod, Paul. So stirbt man.«

»Scheiße!« Paul war zu früh abgebogen und in eine dunkle, schmale Seitenstraße geraten, die ihm keinerlei Anhaltspunkte zur Orientierung bot. Und zu allem Überfluß saß neben ihm auch noch einer, der sterben wollte, der ihm beschrieb, wie der Tod war, fast als gefalle es ihm, zu sterben. Er trat auf die Bremse und warf das Lenkrad herum, denn er hatte eine Gasse entdeckt, die zu der Straße führen mußte, auf die er ursprünglich gewollt hatte.

»Was war das eigentlich für ein Laster, für den du gespart hast, Auguste?« fragte er. »Ein Berliet! Oder ein amerikanischer?«

Erzähl mir, wieviel PS er hat, dachte Paul, was er kostet und wo du ihn zum erstenmal gesehen hast. Er wußte aber gleichzeitig, daß er an Augustes Stelle jetzt einen Scheiß tun würde, er wäre viel zu müde gewesen, um auch nur eine Silbe auf einen alten Traum zu verschwenden. Der Kuß der nackten Frau war viel zu verlockend, selbst wenn es sich nur um eine Reflexion handelte, ein Bild im Glatteis auf der Einbahnstraße in den Tod.

»Einen Berliet wahrscheinlich«, antwortete Auguste und schien für eine Minute tatsächlich aufzuleben. »Aber geträumt habe ich immer von einem Mack, so einem wie Laurent ihn jetzt gefahren hat, nur größer. Ich habe einmal einen auf einem Plakat gesehen, groß und glitzernd, mit zwei Hörnern auf dem Dach. Das Führerhaus war gestrichen wie die amerikanische Fahne, verstehst du, weißrot gestreift, mit einem blauen Dach voller weißer Sterne. Sechs Zylinder, elftausend Kubikzentimeter, dreihundertsechs PS. War bloß ein bißchen teuer, so um die dreihundertfünfzigtausend.«

»Habe ich dir eigentlich schon von meinem erzählt?« fragte Paul. »Mit dem ich den Unfall in Amsterdam hatte? Das war ein Ford, ein Transcontinental.«

Auguste antwortete nicht. Vielleicht hatte er Paul nicht verstanden, oder das Lied aus dem Radio gefiel ihm gerade besonders gut.

»Das war eine Kiste mit allen Schikanen, sage ich dir«, fuhr Paul fort. »Dreihundertacht PS, achtunddreißig Tonnen Gesamtgewicht, dreizehnttausendneunhundertachzig Kubikzentimeter.»

»Höchstgeschwindigkeit?« fragte Auguste.

»Über hundert Kilometer dicke«, gab Paul an. »Kannst dir vorstellen, wie ich gesaust bin.«

»Erzähl weiter.«

Paul schwieg. Ihm fiel nichts mehr ein, was er Auguste noch erzählen konnte. Es schien eine Ewigkeit her, daß er am Steuer seines eigenen Lasters gesessen hatte, Besitzer eines Ford Transcontinental. Er versuchte nachzudenken. Irgend etwas mußte ihm doch noch einfallen, die Reifengröße, Besonderheiten in der Kabine oder sonstwas. »Achtung, Kurve!«

Paul nahm den Fuß nur zwei Zentimeter vom Gas und trat in der Mitte der Kurve wieder voll durch. Die Seile, mit denen die Paletten auf der Ladefläche festgezurrt waren, stöhnten. Trotz der hohen Gesachwindigkeit rutschte der Scania kaum aus der Spur. Das Lenkrad stemmte sich Pauls Druck entgegen. Auguste klammerte sich mit den blutverschmierten Händen an seinem Sitz fest, den rechten Fuß gegen das Armaturenbrett gestemmt. Die Kurve blieb zurück. Paul wischte sich erst die rechte, dann die linke Handfläche an der Hose ab, aber gleich darauf waren sie schon wieder schweißfeucht und klebten am Steuer. Bei dem rasenden Tempo wirkten die zu beiden Seiten der Straße aufragenden Häuser zweidimensional wie Plakatwände.

Das rote Lämpchen im Tacho leuchtete auf. Es spiegelte sich in der nassen Windschutzscheibe. Amsterdam, dachte Paul. Die Scheibenwischer schlugen hin und her. Wenn man wollte, konnte man auch aus diesem Geräusch die Silben Amsterdam heraushören. Paul packte das Lenkrad fester, die Stöße des Wagens schossen bis zu seinen Schultern hoch.

»Achtung, Paul, paß auf!« schrie Auguste.

Paul zuckte zusammen und riß die Augen auf. Hatte er geschlafen?

Ein junger Mann in einem hellblauen Hemd stand nur wenige Meter vor ihm auf einem Fußgängerüberweg und starrte wie gelähmt in die Scheinwerfer des Lasters. Im letzten Moment konnte Paul den Scania nach links reißen. Der Fußgänger rettete sich zurück auf das Trottoir. Der Scania raspelte an einem parkenden Wagen entlang und schleuderte auf die andere Straßenseite. Dann waren sie über dem Zebrastreifen, vorbei an der drohend erhobenen Hand des jungen Mannes und mitten auf der nächsten Kreuzung.

Von links schoß ein Taxi heran, wechselte gerade noch rechtzeitig die Spur und verschwand hinter dem Laster. Die Hupe wimmerte durchdringend. Von jenseits der Kreuzung jagte ein grünes Sportcabriolet heran, hinter der Windschutzscheibe ein junges Paar.

Paul riß das Steuer noch einmal herum, und einige Sekunden lang hatte er das Gefühl, als verlöre er die Gewalt über den Laster. Es war zu lange gut gegangen, es konnte nicht ewig so bleiben. Selbst bei Nacht und Regen konnte ein Fahrzeug vom Format des Scania nur eine begrenzte Zeit mit Höchstgeschwindigkeit durch das Straßennetz einer Großstadt gefahren werden, bis etwas passierte. Das Sportcabriolet war längst vorbei – seltsam, hatten die Gesichter nicht auch gelacht wie die in dem weißen Porsche vor Amsterdam? Paul kriegte den Laster nicht wieder in den Griff. Die Vorderreifen rollten auf das Trottoir, eine weißgestrichene Mauer schien auf das Führerhaus zuzuschwingen.

Der Scania berührte die Mauer mit der Stoßstange. Der rechte Kotflügel schleifte an den Steinen entlang. Funken sprühten. Das Lenkrad wurde Paul aus den Händen gerissen. Der Laster brach mit dem Heck aus, drehte sich und rutschte einige Meter quer über die Straße und den Bürgersteig. Dann hatte Paul das Steuer endlich wieder unter Kontrolle. Er trat auf die Bremse. Der Laster schlidderte vom Bürgersteig auf die Piazza Verdi und blieb mitten auf der Fahrbahn stehen.

## 34

Auguste öffnete die Augen. Der Regen hatte aufgehört. Die Tür der Fahrerkabine stand offen, Paul war nirgendwo zu sehen. Wahrscheinlich wollte er nachschauen, wie schwer es den Laster erwischt hatte. Im Radio sang Dalida *Le jou ou le pluie venait*: das mußte schon eine Zugabe sein. Vor dem Fenster lag die Piazza Verdi. Die Straßenbeleuchtung warf glänzende Leisten auf den Lack der vorbeifahrenden Autos.

Aus den Grünanlagen und von den Trottoirs liefen die ersten Passanten auf den Platz. Augustes Blick fiel auf ein Portal neben einem Restaurant. Über dem Portal hing ein großes Plakat, auf dem ein Frauengesicht wehmütig in die Ferne blickte, beleuchtet von einem halben Dutzend Punktstrahler. Unter dem Gesicht stand in großen Buchstaben der Name der Frau: Dalida.

Nach einigen Sekunden begriff Auguste: Sie standen direkt vor dem Theater, aus dem Dalidas Auftritt live im Radio übertragen wurde. Der Auftritt, für den er sich eine Karte besorgt hatte.

Er griff nach seiner Jacke, die neben ihm lag, und stieß die Tür auf. Vorsichtig ließ er sich auf die Fahrbahn hinab und preßte sich dabei die Jacke gegen den Bauch, damit niemand sah, daß er blutete. Ein Motorroller sauste heran, der Fahrer betätigte die Hupe und konnte gerade noch ausweichen. Auguste löste sich schwerfällig von der Kabine und stolperte auf den Bürgersteig zu. Er versuchte, gerade und unauffällig zu gehen, aber es gelang ihm nicht. Ein Lancia kam mit blockierten Reifen nur wenige Zentimeter vor ihm zum Stillstand.

»Der hat ganz schön getankt«, rief ein Junge. Gelächter folgte seinen Worten, aber Auguste kümmerte sich nicht darum. Mit einer Hand suchte er in der Brusttasche seines nassen Hemds nach dem Billet. Es war nicht da. Auguste betrachtete das Plakat über seinem Kopf. Er verspürte keine Schmerzen mehr. Dann stemmte er sich gegen die Glastür des Theaters. Sie gab nach, und er schwankte in das hellerleuchtete, menschenleere Foyer. Geblendet schloß er kurz die Augen. Durch mehrere Türen gedämpft, drang Dalidas Sirenengesang an seine Ohren. Er wandte sich in die Richtung des Konzertsaals. Der Süßwarenstand war verlassen. In einer Ecke schlief ein uniformierter Mann auf einem Holzstuhl.

Es ging eine geschwungene Treppe hinauf, deren Geländer er mit beiden Händen packte. Mühsam zog er sich die Stufen hoch. Je weiter er kam, desto leichter fiel ihm der Aufstieg. Die letzten Stufen glitten wie von selbst unter ihm hinweg.

Die Tür zum Konzertsaal schwankte ein wenig, aber es gelang ihm dennoch, einen der beiden runden Messingknöpfe zu packen und sie aufzureißen. Sehr aufrecht stand er im Rahmen zum dunklen Saal, bemüht, keinen Lärm zu veranstalten. Bleiche Gesichter wandten sich ihm aus der Dunkelheit zu, dann schloß sich die Tür hinter ihm schon wieder mit einem gedämpften, metallischen Schnacken. Er hustete unterdrückt. Jemand zischte. Vom Ende des Seitengangs näherte sich ein Platzanweiser, eine Taschenlampe, deren Strahl auf den roten Läufer gerichtet war, in der Hand.

Auguste ließ sich gegen die mit gefältelter Seide verkleidete Wand sinken, um sich zu orientieren. Links von ihm befand sich die Bühne, eine Lichtergrotte mit einer Palme in der Mitte und einem gemalten Kulissenhimmel. Im Hintergrund spielte eine achtköpfige Band, davor stand eine große, schlanke Frau in einem langen elfenbeinfarbenen Kleid und sang. Ihre schmalen Finger strichen das blonde Haar aus der hohen Stirn. Ein auf einen dreibeinigen Ständer montiertes Mikrofon neigte sich ihrem Mund entgegen.

Dalida! Dalida und ihre große Show. Sah so das Paradies aus?

Der Ordner legte Auguste eine Hand auf den Arm und leuchtete ihm mit der Taschenlampe direkt ins Gesicht. Ehe er etwas sagen konnte, versetzte Auguste ihm einen Stoß gegen die Brust und schlug nach der Taschenlampe. Dann schwankte er den leicht abschüssigen Gang hinunter, weiter nach vorn, näher an die Bühne. In Höhe der vierten Reihe blieb er stehen und lehnte sich erneut gegen die Wand, um sich auszuruhen. Von den direkt am Gang Sitzenden wurden Proteste laut, verstummten aber wieder, als Auguste sich nicht mehr bewegte.

So einfach ist das also, dachte Auguste, man braucht nicht einmal ein Billet, wenn man eine Show sehen will. Dann kehrten die Schmerzen zurück. Die Bühne begann sich zu drehen. Kalter Schweiß trat auf die Stirn des Franzosen. Er versuchte ganz ruhig zu stehen; vielleicht ging der Krampf vorbei, ohne daß ihm schlecht wurde. Ein Summen breitete sich in seinem Kopf aus, erst nur eine Art Halleffekt, dann immer lauter, und schließlich konnte er nicht einmal mehr die Musik hören.

»Lauter«, sagte er.

»*Silenzio!*« zischte eine scharfe Stimme hinter ihm.

»Was hast du gesagt?« fragte Auguste.

Erneut ballte sich der Schmerz in seinem Bauch. Er drückte die Jacke gegen den Magen. Brechreiz stieg in ihm auf. Er preßte die Lippen zusammen, Schweiß rann ihm über das Gesicht.

Ihm war abwechselnd heiß und kalt. Er mußte niesen,

und gleich anschließend übergab er sich. Krampfartig würgte er einen blutigen Brei herauf und ließ ihn vornübergebeugt aus dem Mund laufen. In der Reihe neben ihm schrie eine Frau. Sie saß ganz außen. Ein paar Spritzer des Erbrochenen hatten statt Augustes Hose und Schuhe ihr Kleid getroffen. Die Frau erhob sich halb. Sie begann, die Spritzer mit einem weißen Taschentuch abzuwischen.

Auguste bewegte sich auf die Frau zu, um sich zu entschuldigen. Die glitzernden, dunklen Augen weit aufgerissen, stieß sie einen weiteren Schrei aus, diesmal etwas leiser. Neben ihr sprang ein junger Mann im Abendanzug auf und drängte sich an ihr vorbei. Auguste begriff, daß er etwas Schlimmes angestellt hatte, das sich nicht wieder gutmachen ließ. Der junge Mann war jetzt auf dem Gang und packte ihn an der Schulter. Auguste ließ die Jacke los und schlug zu. Das laute Bürschchen in seinem schwarzen Smoking stürzte gegen die Frau in dem beschmutzten Kleid. Auguste wurde von seinem eigenen Schlag zurückgeworfen, faßte nach dem Türgriff hinter sich, die Tür schwang auf, und er taumelte hinaus in die Helligkeit der leeren Empore.

Er wußte plötzlich nicht mehr, wo er war und was er hier sollte. Dann hörte er Schritte hinter sich, die Musik wurde für Sekunden noch einmal lauter. Jemand packte seinen Arm und zerrte ihn herum. Es war der junge Mann im Abendanzug. Seine Faust traf Auguste auf die Wange. Der Lastwagenfahrer verlor das Gleichgewicht und stürzte auf den spiegelglatten Parkettboden. In diesem Moment bemerkte der junge Mann Augustes Zustand. Er wich entsetzt zurück, die Hand, mit der er geschlagen hatte, weit von sich gestreckt.

Da war Paul schon zur Stelle. Er griff Auguste unter die Achseln, hob ihn hoch, legte sich einen der schlaffen Arme um die Schultern und zerrte ihn zur Treppe. So schnell es ging, schleppte er Auguste die Stufen hinunter und an dem gerade erwachten Portier vorbei auf den Bürgersteig hinaus.

# 35

Zwei Karabinieri gingen um den Scania herum. Einer von ihnen schrieb die Nummer auf, während der andere sich auf das Trittbrett geschwungen hatte, um in das Führerhaus zu schauen.

Paul schleifte Auguste vom Bürgersteig auf die Straße. Sein Blick ließ die Neugierigen zurückweichen und hielt sie davon ab, ihm nachzulaufen.

Der Karabiniere auf dem Trittbrett bemerkte ihn als erster. Er erbleichte und sprang beiseite. Paul riß den Schlag des Lasters auf und stopfte Auguste auf den Beifahrersitz. Sein Gesicht war schweißüberströmt, er hatte kein Gefühl mehr für seine eigene Kraft, die Augen funkelten. Er schlug die Tür zu und ging um den Scania herum, ohne sich um den Lärm und die erregten Zuschauer zu kümmern. Einer der Karabinieri schnappt nach seinem Arm, griff aber zu kurz.

»*Signore, non così presto, come . . .?*«

Paul hatte die Tür an seiner Seite aufgerissen und sich bereits wieder auf den Fahrersitz geschwungen. Er wußte, daß es sich um Polizisten handelte, daß sie ein Recht darauf hatten, zu erfahren, was vorging. Aber nicht jetzt, solange Auguste nicht im Hospital war. Einer der beiden Beamten hielt die Tür fest und rief etwas, das Paul nicht verstand. Paul startete, hob dann den linken Fuß, setzte ihn fast zärtlich auf die Schulter des Karabiniere, stieß ihn zurück auf die Straße und schlug die Tür zu. Nach einem Blick in den Außenspiegel setzte er ein Stück zurück und richtete den Laster wieder aus. Er legte den ersten Vorwärtsgang ein und trat das Gaspedal ganz durch. Ohne auf die anderen Autos zu achten, steuerte er den Scania in die Mündung der Via Tolemanaide.

»Jetzt ist es nur noch ein Katzensprung, Auguste. Dann haben wir's geschafft, mein Alter. Wir könnten schon da sein, wenn du nicht weggelaufen wärst. In deinem Zustand, das bringst auch nur du fertig.«

Auguste achtete nicht auf das, was Paul sagte. Er nahm auch die Erschütterungen nicht mehr wahr, die den Laster durchliefen, noch hörte er die Sirene des Polizeiwagens, der hinter ihnen herjagte. Er dachte, daß er in einem schönen Zustand für einen erwachsenen Mann und Franzosen war. Der Bauch voller Blut und Erbrochenem, Hose und Hemd naß und voller Flecken, und dazu stank er schlimmer als ein marokkanischer Bettler. Sein Kopf sank zur Seite. Träge betrachtete er den Fußboden, den Türgriff und die Kurbel zum Öffnen des Fensters. Er hatte sich noch nie die Zeit genommen, all diese Dinge, mit denen er doch täglich umging, genau zu betrachten, und dabei hatten andere Menschen vielleicht ihr ganzes Leben darauf verwandt, sie zu entwerfen, zu vervollkommen, sich patentieren zu lassen und schließlich zu bauen. Nur damit er, Auguste, in einen Laster ein- und aussteigen konnte.

Auf einmal hatte er das Gefühl, auf einer Luftmatratze auf dem Meer zu treiben. Die Sonne hing heiß und blendend über ihm, rings umher flirrte die Luft über kleinen blinkenden Wellen, die ihm tausend kleine Küsse des Lichts zuwarfen. Er schloß die Augen. Sein Kopf war völlig leer. Dann näherte sich ein Windstoß, er hörte ihn heranbrausen, dunkel und brodelnd, immer wieder unterbrochen von den Signaltönen einer Sirene. Krachend schlug vor seinen Augen eine Holztür zu und wieder auf, und er stand am Fuß einer Treppe in einem dunklen Stiegenhaus, und auf der obersten Stufe erwartete ihn sein Vater in einer schwarzen AGIP-Montur. Er schwankte leicht hin und her und winkte ihm langsam mit einem Einfüllstutzen, von dem ein langer schwarzer Schlauch in die Finsternis führte. Aus dem Stutzen schoß plötzlich ein Schwall Blut. Das Blut benetzte die Fensterscheibe und rann über den Türgriff, die Kurbel zum Öffnen des Fensters und Augustes Beine.

»Gleich sind wir da, Alter«, rief Paul. »Da vorne ist schon das Hospital.«

# 36

Madeleine hatte jetzt keinen Tisch mehr für sich allein. Eine fette Genueser *Mamma* und ihre beiden *bambini* mit schokoladeverschmierten Mündern hatten bei ihr Platz genommen. Die Frau trug ein schwarzes, mit kleinen weißen Punkten übersätes Kleid, an dessen Halsausschnitt die Träger eines rosa Büstenhalters blitzten. Alles andere war wabbelige Haut, verschwenderisch mit Leberflecken bestreut, als stamme sie vom selben Schneider wie das Kleid. Immer wenn Madeleine ihren kleinen Spiegel aus der Tasche holte, um das Make up an Mund und Augen zu überprüfen, gab die Mamma ein mißbilligendes Schnalzen von sich. Trotzdem hatte Madeleine ihr gegenüber ein Gefühl der Dankbarkeit, denn die Anwesenheit der italienischen Dreifaltigkeit bewahrte sie davor, ununterbrochen angesprochen zu werden.

Sie zündete sich eine weitere Zigarette an; wenigstens das störte die *mamma* nicht. Wahrscheinlich rauchte sie selber. Zigaretten, Schokolade, Spaghetti und Muskateller, die einzigen Laster, die man in einem solchen Zustand noch hat, vermutete Madeleine und meinte mit Zustand sowohl Alter wie Aussehen, wußte allerdings gleichzeitig, daß sie ungerecht war. Aber in ihrer seelischen Verfassung konnte sie nicht mehr gerecht sein.

Etwas war passiert. Natürlich war was schiefgelaufen, so lange konnten sie nicht brauchen. Sie war ja am Vormittag mit Paul dagewesen, so lange brauchte man selbst mit einem Lastwagen nicht.

Die Männer hatten Mist gebaut. Sie hatten sich reinlegen lassen; oder sie hatten sich schlecht benommen und Pastrelli hatte sie hinausgeworfen. Zwei von einem Dutzend Möglichkeiten, die harmlosesten. Am liebsten hätte Madeleine ein Taxi genommen und wäre nach Borgoratti gefahren, aber sie hatte Angst, daß die Männer bei der Osteria eintrafen, kaum daß sie um die Ecke gebogen war. Schon ein paarmal hatte sie geglaubt, Pauls wuchtige Gestalt in dem Gewimmel am Eingang auszumachen, aber jedesmal war sie einer Täuschung erlegen.

Madeleine suchte die Augen der *mamma*, schwarze, kalte Kugeln, die Augen eines Raubvogels aus schwarzem Onyx. Sie merkte, wie sie zu zittern begann, nicht wegen der Frau, sondern weil sie plötzlich wußte, daß Paul und die anderen nicht durch irgend etwas aufgehalten worden waren. Das Etwas war ihnen zugestoßen, es war schrecklich und ließ sich nicht wieder ausbügeln, und sie würden heute nicht mehr kommen und vielleicht auch morgen nicht.

## 37

Paul konnte sich nicht erinnern, je eine solche wilde, wahnsinnige Fahrt gemacht zu haben. Es war grotesk, grotesk wie ein Alptraum. Erschöpft hielt er sich am Lenkrad fest. Die Müdigkeit hatte ihm Tränen in die Augen getrieben, die Müdigkeit und das Schicksal, das Auguste sterben ließ. Er rieb sich die feuchten Lider. Augustes Blut blieb auf seiner Haut zurück. Der bittere, salzige Geschmack auf seinen Lippen war angenehm.

Inzwischen hatten sich mindestens drei Polizeiwagen an den Scania gehängt, aber die Sirenen störten Paul nicht. Er konnte sie mit dem Handrücken wegwischen, genau wie die Tränen, sie existierten einfach nicht. Auch die Leute auf den Bürgersteigen, die dem heranrasenden Laster entgegenblickten, ihn vorbeidonnern sahen und dann seinen Rücklichtern nachstarrten, existierten nicht. Die Häuser, die rechts und links geparkten Autos, die Straße und der Himmel, das alles existierte nicht. Nur Auguste und er selber waren wirklich, sie allein zählten, sie und das Hospital, dessen neonerleuchteter Eingang ihnen, rund fünfhundert Meter entfernt, aus der Nacht entgegenflog.

Dann waren sie am Ziel. Paul fuhr an den Randstein. Das linke Vorderrad schoß aufs Trottoir. Paul bremste. Vor dem Portal des Krankenhauses warteten zwei Einsatzwagen der

Karabinieri, mehrere Motorradstreifen und zwei Männer in weißen Kitteln, die eine Trage zwischen sich abgestellt hatten.

»Auguste, wir sind da! Wir haben es geschafft!«

Die Karabinieri setzten sich langsam in Bewegung. Hinter dem Laster erklangen die Bremsgeräusche der Streifenwagen.

»Auguste?«

Paul legte seinen Arm um den reglosen Körper auf dem Beifahrersitz. Die Hand, die er berührte, war noch warm. Eine Lache dunklen Bluts schimmerte auf der Fußmatte, an den Rändern bereits eingedickt und matt, und immer mehr rann an Augustes Hosenbeinen hinunter und troff in die Lache.

Da begriff Paul, daß der Franzose tot war, neben ihm verblutet, während sein Kopf am Fenster gelegen hatte, als schliefe er nur. Er strich über die mit kaltem Schweiß bedeckte Wange des Toten, richtete ihn auf, wischte ihm die Haare aus der Stirn.

Als er den Schlag aufstieß und sich aus dem Führerhaus herabließ, flammten Blitzlichter auf. Seine Pupillen verengten sich kaum. Er riß auch nicht den Arm hoch, um sein Gesicht zu verdecken. Zwei Polizisten ergriffen ihn an den Ellbogen, während die beiden Krankenträger in die Kabine des Scania kletterten. Einer der Reporter warf einen Blick in das Führerhaus und drängte sich dann zu Paul.

»Ist der Mann in Ihrem Wagen tot? War er ein Freund von Ihnen? War er schon tot, als Sie losgefahren sind? Gab es keinen Arzt dort, wo es Ihren Freund erwischt hat.«

Ein grelles Licht explodierte direkt vor Paul, eine Kamera begann zu surren. Der Kameramann ging rückwärts vor Paul her, während die beiden Karabinieri ihn zu einem der wartenden Fahrzeuge führten. Paul kniff die Augen zusammen. Ihm war kalt, und sie sollten nicht sehen, daß er geweint hatte.

»Können Sie uns sagen, wer dieser Mann ist, *Teniente*? Was für eine Erklärung haben Sie für diese Amokfahrt?«

Ein Krankenwagen entfernte sich heulend die Straße hinunter, vielleicht zu einem anderen Toten an einem anderen Punkt der Stadt. Der Regen auf dem Asphalt begann schon wieder zu trocknen. Paul fühlte sich so schwach, als hätte er all das Blut verloren, das den Boden der Fahrerkabine bedeckte. Auf den Bürgersteigen zu beiden Seiten des Corso Aldo Gastaldi näherten sich ein paar Nachtschwärmer, die von den Sirenen angelockt worden waren. Weiter unten sprang eine Ampel um und zeigte nun Grün.

Mit geschlossenen Augen ließ Paul sich in einen der Streifenwagen schieben, und ein ferner Teil seines Bewußtseins fragte sich, ob er von nun an für den Rest seines Lebens immer wieder in Streifenwagen steigen mußte, in immer wieder anderen Ländern von immer wieder anderen Beamten geleitet. Ein Mann zwängte sich neben ihn. Die Tür wurde zugeschlagen.

## 38

Zwei Seitenstraßen vom *Albergo Stella* entfernt fand Serge einen Parkplatz. Er schob die Beretta in seine Aktentasche. Es war nach Mitternacht. Der Regen hatte die Luft abgekühlt, und die Straßen waren leer. Serge blieb fünf Minuten im Wagen sitzen, ohne sich zu bewegen, die Aktentasche auf den Knien. Niemand betrat oder verließ das Hotel. Es war nicht leicht, jetzt auszusteigen und Madeleine und Paul gegenüberzutreten. In Marseille hatte er sich seine Gefühle anders vorgestellt. Aber es mußte getan werden, weil man einer Situation nicht einfach aus dem Weg gehen konnte, nur weil sie unangenehm war, erst recht nicht, wenn man an ihr selber keine Schuld trug.

Serge stieg aus, ging zum Hotel hinüber und drückte auf den Klingelknopf neben der Tür, bis der Besitzer im Morgenrock in dem schwach beleuchteten Gang dahinter auftauchte.

»Was wollen Sie, Signor, wir haben nichts mehr frei. Um diese Zeit!«

»Ich suche eine junge Frau, Madeleine Boisset. Sie reist mit vier französischen Lastwagenfahrern. Sind die bei Ihnen abgestiegen?«

»Si, Signor, aber sie sind heute noch nicht zurückgekommen. Die junge Frau bewohnt ein Zimmer mit einem der Männer. Vielleicht sind sie noch im Hafen, sie hatten dort Ärger. Wollen Sie warten?«

»Ja«, sagte Serge. »Die junge Frau ist eine Freundin von mir. Ich warte in ihrem Zimmer.«

Der Besitzer schloß die Tür hinter Serge ab. Besorgt musterte er das Gesicht des Franzosen und wiegte den Kopf hin und her. Er watschelte vor Serge durch die notdürftig beleuchteten Gänge bis zu Pauls Zimmer. Er schloß es auf und öffnete die Tür, hielt Serge aber am Arm fest.

»Das ganze Hotel ist voll belegt, Signor. Bitte machen Sie keinen Lärm, keine Eifersuchtsszenen, verstehen Sie, keine Dramen, keine Schüsse, kein Blut, *prego?*«

Serge nickte. Als der Besitzer gegangen war, trat er ans Fenster und sah auf die Straße hinunter. Dann setzte er sich auf Madeleines Bett, das er sofort an den Gegenständen auf dem Nachtschränkchen erkannte. Die Aktentasche legte er neben sich.

Deutlicher hätte der Padrone ihm nicht sagen können, was sich in diesem Zimmer abgespielt hatte. Er dachte: Tut mir leid, Besitzer, vielleicht wirst du ein paar Gäste verlieren, aber bedenke einmal, was ich verloren habe.

Er sah die Tür aufgehen und Madeleine hereinkommen. Sie machte kein Licht und verhielt, als sie ihn auf ihrem Bett sitzen sah.

*Serge? Ich habe mit Paul geschlafen.*

Genauso würde es sein, sie würde hereinkommen und alles gestehen, sobald sie ihn sah, das war ihre Art. Und er würde sich zurückhalten müssen um sie nicht zu schlagen; er würde sich hüten müssen, daß er sie nicht tötete.

*Ist es sehr schlimm, Serge?*

*Schlimm? Wieso sollte das schlimm sein, es hat dir doch nichts bedeutet, es bedeutet doch nichts mehr, jetzt, wo ich wieder da bin.*

*Was glaubst du denn, was ich die ganze Zeit getan habe? Glaubst du, ich habe ruhig auf dem Altenteil gesessen? Junge, wenn ich nur an die Krankenschwester in Amsterdam denke oder die reiche Amerikanerin in Marseille, das war auch nicht ohne. Aber es hat mir nichts bedeutet, genausowenig wie dir. Jetzt sind wir wieder zusammen und vergessen alles, nicht?«*

Nein, das war schlecht, es erklärte nichts von dem, was er empfand. Früher, als Kind, hatte man es leicht gehabt, wenn ein Mädchen einen reingelegt hatte. Ein wütender Ausbruch, eine Handvoll Dreck mitten ins Haar, das Mädchen rannte weinend nach Hause, und man hatte seine Rache gehabt, vielleicht etwas Angst vor den Folgen, aber mit einem Gefühl tiefer Befriedigung im Bauch.

Serge stand auf und ging vom Bett zur Tür und von der Tür zum Balkon. Er sah hinab auf die Straße. Neben den Hotel war eine Osteria, dort hätte er vorher etwas essen sollen. Wieder ging er auf und ab, der Linoleumboden knartschte unter seinen Füßen. Schließlich klopfte jemand an die Wand, und er setzte sich wieder auf das Bett und wartete.

Auf dieser Matratze hatte Paul mit ihr geschlafen, hatte ihr all die Zärtlichkeiten und Ungeschicklichkeiten getan, die sich nur aus der Begegnung eines Mädchens mit einem alten Mann ergeben. Warum war alles so gekommen? Warum war Paul nicht in seinem Laster verbrannt, als er vor Amsterdam von der Autobahn gedrängt worden war?

Dann hätte er sich wenigstens immer an einen Kerl erinnern können, der ein Freund war, verdammt nochmal! Es wäre traurig gewesen, aber nicht so traurig, wie ihn auf diese Weise verloren zu haben. Oder wenn sie bei einem Unfall auf der Fahrt nach Genua umgekommen wären, Paul und Madeleine, selbst das wäre besser gewesen als dieser Besitzer mit seinem bedenklichen Gesicht – *keine Eifersuchtsdramen, kein Blut, Sie verstehen, nicht wahr?*

Serge ließ das Gesicht in die aufgeschlagenen Handflächen sinken, als wäre er über einem Buch eingeschlafen, dessen Inhalt zu kompliziert für ihn war. Geh schon, Madeleine, komm nicht zurück in dieses Zimmer, flieh irgendwohin, wo ich dich nicht finden kann! Warum war er nicht in Marseille geblieben, er hätte dort warten sollen! Das schlimmste aber war, daß er wußte, er würde ihr immer weiter nachfahren, um jedes Wort zu sagen und zu hören, was in einer solchen Sache fallen konnte. Den Mann gab es noch nicht, der in die andere Richtung fortging, nachdem alles zerstört war.

Serge schob die Aktentasche ans Fußende des Bettes. Außer der Pistole befand sich nichts darin. Dann legte er sich hin, den Duft von Madeleines Parfüm in der Nase, schloß die Augen und lauschte, wie er das so viele Tage im Krankenhaus getan hatte. Jetzt war er wirklich krank, wie nach dem Tod des Kindes, wie in den Wochen, nachdem Josie ihn verlassen hatte – und das war etwas anderes als die kleinen Blessuren, derentwegen sie einen in Gips legten.

## 39

Der Stuhl, auf dem er saß, hatte keine Lehne mehr. Paul wünschte sich, einer dieser großen Fische zu sein, die im Meer stehen konnten und sich nur mit einem gelegentlichen Flossenschlag im Gleichgewicht hielten, schwerelos, getragen von ihrer Umgebung. Seine Augen brannten. Er hatte sich vorgebeugt und die Ellbogen auf die Oberschenkel gestützt. Eine Berührung mit dem kleinen Finger hätte ausgereicht, ihn zu Boden zu stoßen. Sein Kopf war leer. Alles, woran er denken konnte, war, daß er nun doch noch in die Questura hineingekommen war und daß sie genauso aussah, wie er sie sich vorgestellt hatte. Einer der beiden Polizeibeamten, die während des Verhörs ständig um ihn herumgegangen waren, hatte sich jetzt hinter den Schreibtisch gesetzt; der andere lehnte mit dem Rücken an der Wand. Beide wirkten erschöpft, aber auch so, als könnten sie jenseits des Punktes der Erschöpfung noch Stunden im gleichen Stil fortfahren. Die Luft in dem kleinen Raum war blau vor Zigarettenrauch.

Paul räusperte sich und wollte etwas sagen, aber seine Lippen klebten aneinander. Er nahm einen zweiten Anlauf und fragte: »Kann ich eine Zigarette haben?«

»Nein.«

»Ein Glas Wasser.«

»Nein.«

Paul ließ den Kopf wieder sinken. Er fuhr sich mit der Hand über das Haar und ließ sie dann sekundenlang auf einem Wirbel liegen.

Der Mann, der mit dem Rücken an der Wand lehnte, sagte: »Sie haben bisher noch keine einzige unserer Fragen zufriedenstellend beantwortet. Zwei derartig zugerichtete Tote in einer Nacht sind selbst für unsere Stadt ganz schön happig. So wie es jetzt aussieht, werden Sie sich ohnehin daran gewöhnen müssen, nicht mehr jederzeit trinken zu können, wenn Sie Durst haben, oder sich auch nur eine Zigarette anzünden zu können, wenn Ihnen gerade danach ist, weil manche Dinge im Gefängnis einfach nicht so selbstverständlich sind wie hier draußen. Aber das muß ja nicht so bleiben, die Aussicht verändert sich bestimmt, wenn Sie erstmal zu reden anfangen. Stellen Sie sich vor, wir wollen Ihnen bloß helfen. Keine Zigaretten, kein Wasser, kein Schlaf, keine Lehne am Stuhl – alles Umstände, die Ihnen das Reden erleichtern sollen. Weil wir ja wissen, daß Sie irgendwann damit anfangen. Der Stuhl da ist gebeizt vom Schweiß der Burschen, die froh waren, endlich reden zu können. Wir wollen den Vorgang nur etwas beschleunigen.«

Paul verstand nur die Hälfte von dem, was der Beamte sagte. Obwohl er langsam sprach, war der Abruzzendialekt zu stark für jemand, der sowieso kaum Italienisch sprach. Auf der anderen Seite einer Tür mit einem Glasfenster wurden die Zeugen befragt; Paul erinnerte sich an niemand, außer an den jungen Mann im Abendanzug aus dem Theater.

»Ich bin müde«, sagte er heiser.

»Schön, schön, wir auch, lieber Freund«, sagte der Polizist hinter dem Schreibtisch, »das können Sie uns glauben.

Wir alle haben uns den Schlaf mehr als verdient. Aber wie könnten wir Ruhe finden, mit all diesen bohrenden Fragen? Zwei Tote in einer Nacht, davon der eine im Hafen, der andere in Ihrem Lastwagen, der zu allem Überfluß auch noch beladen ist, und womit? Mit Steinen! Drei Deutsche kommen in einem Lastwagen mit französischem Kennzeichen über die Grenze und liefern sich in einer italienischen Hafenstadt eine Schießerei, so war es doch, oder? Versetzen Sie sich einmal in unsere Lage, Signor Grisbi, oder in die eines deutschen Polizisten. Würde der sich einfach ins Bett legen, nachdem ein Italiener seine Stadt demoliert hat?«

Paul schüttelte den Kopf wie ein Stier in der Arena, dessen Nacken von Picas und Banderillas gelähmt ist. Was hatte der Bursche plötzlich mit der deutschen Polizei? Vielleicht verstand er sein Italienisch überhaupt nicht, dabei hatte Paul ihn gebeten, einen Dolmetscher zu holen.

»Es war alles ganz anders«, sagte er mit belegter Stimme noch einmal und so deutlich, wie es ging. »Morgen erkläre ich es Ihnen. Jetzt bin ich müde. Lassen Sie mich schlafen.«

Vielleicht konnte er gleich morgen früh Poujouly in Marseille anrufen, ihm erzählen, was passiert war, und von ihm erfahren, wie er sich am besten verhielt. Aber wie sollte der Spediteur ihm helfen können? Er hatte ja Etienne nicht sterben gesehen, als sei er nur ausgerutscht, und Auguste in seinem Blut; und Laurent, der weglief wie ein Hase über die Felder. »Lassen Sie mich schlafen«, bat er noch einmal. »Ich bin krank.«

Die beiden Beamten nickten sich zu. Früher oder später kam jeder, den sie verhörten, mit der Behauptung, krank zu sein. Es lag einfach daran, daß jeder, der vier Stunden auf dem Stuhl ohne Lehne verhört worden war, genau wußte, daß er krank aussah, ob er es war oder nicht. Und der Beamte, der hinter dem Schreibtisch saß und Nacht für Nacht all die Kranken und eingebildeten Kranken so vor sich stehen sah, griff nach einer neuen Zigarette und sagte: »Also, fangen wir noch einmal von vorne an. Warum sind Sie über die Grenze gekommen?«

# 40

Man mußte dieses arme Ding da sitzen gesehen haben; wie ein geschlagener Boxer, genauso. Zufrieden zerschlug Stefano Targo ein Ei am Rand der Pfanne. Seine Frau machte sich zwar nichts aus Boxern, und wenn er ihr erzählte, daß er wegen einer einzigen Frau nicht wie üblich um ein Uhr geschlossen hatte, obwohl sie seit einer Stunde der einzige Gast gewesen war, sondern auch noch um Viertel nach zwei ein Frühstück gemacht hatte, weil sie darauf bestand ... Lieber nicht ausmalen, wie sie reagierte. Dabei wäre sie die erste gewesen, die gesagt hätte: »Komm Stefano, das arme Ding fällt ja gleich vom Stuhl, mach ihr ein ordentliches Frühstück!«

Stefano warf einen Blick über die Schulter. Da saß sie, sein einziger Gast, mit dem Rücken zur Wand am letzten Tisch, völlig verzweifelt, obwohl sie es zu verbergen suchte. Eine lange Zigarette hing ihr von den Lippen herab, die sie gerade anzündete. Der Staubmantel war viel zu groß, und der Rock war hochgerutscht, so daß man die langen, schlanken, weißen Beine sehen konnte, die sie übereinandergeschlagen hatte. Die Ringe unter ihren Augen waren fast schwarz. Ihre Gesichtzüge wirkten kantig unter dem vollen, rotblonden Haar, dessen lange Strähnen sie nachlässig in den Kragen des Mantels gestopft hatte.

»Noch einen doppelten Grappa«, rief sie Stefano zu. Das macht dann drei, überschlug der Padrone kurz in Gedanken, plus sieben Gläser Wein; nein, das konnte er nicht verantworten.

»Um diese Zeit darf ich keinen Alkohol mehr ausschenken«, log er. »Ich mache Ihnen einen starken Kaffee, und die Eier sind auch gleich fertig.« Was kann da nur geschehen sein? fragte sich Madeleine verzweifelt. Sie überlegte, ob sie hinübergehen sollte ins *Albergo Stella*, um dort zu warten. Aber sie ging nicht. Sie fragte sich, ob die Männer sich nicht einfach aus dem Staub gemacht hatten, weil sie sie loswerden wollten. Aber sie glaubte es nicht.

Irgend etwas war passiert; irgend etwas war mit Paul passiert, das spürte sie fast körperlich. Es schien beinahe so, als bestünde zwischen einem Punkt in ihrem Körper und Paul eine magische Verbindung, die sie spüren ließ, wann etwas mit ihm geschah. Vielleicht war es sein Samen in ihr, der wie ein Empfänger funktionierte und die von Paul ausgehenden Strahlungen auffing und verstärkte.

»Aber warum weinen Sie denn, Signorina?«

Sie sah zu Stefano auf, der sich besorgt über sie beugte, aber sie wußte, daß ihre Zunge zu schwer zum Antworten war. Vor ihr auf dem Tisch stand ein Teller mit zwei Spiegeleiern, die in Öl schwammen, und eine Tasse teerschwarzen Kaffees. Hatte sie diese widerlichen gelben Inseln wirklich bestellt? Allein der Anblick verursachte ihr Übelkeit.

Paul und die anderen, sie würden nicht mehr kommen. Es war der Anblick dieser beiden öligen Eier, die ihr plötzlich die Gewißheit gaben, daß alles weitere Warten vergeblich bleiben würde. Vielleicht waren sie mit Pastrelli in Konflikt geraten, mit Pastrelli oder der Polizei; vielleicht saßen sie jetzt schon im Gefängnis, oder ihre Körper trieben im brackigen Hafenwasser, jeder mit einem ausgefransten Einschußloch irgendwo in seiner Kleidung.

Madeleine wollte die Tasse an den Mund führen, aber ihre Hand zitterte zu sehr. Sie zerquetschte die Zigarettenkippe im Aschenbecher und stach lustlos mit der Gabel in eins der beiden Eier. Aber das ausfließende Dotter erfüllte sie mit Ekel, und sie sprang auf und raffte ihre Handtasche vom Tisch, nachdem sie hastig Zigaretten und Zündhölzer darin verstaut hatte.

Sie bezahlte mit einem in der Faust zerknitterten Zehntausendlireschein und rannte dann aus der Osteria, ohne auf das Wechselgeld zu warten. Draußen schlug sie die Seiten des Staubmantels übereinander, ohne die Knöpfe zu schließen, die Handtasche preßte sie mit dem Ellbogen gegen die Hüfte. Sie zitterte am ganzen Körper.

Madeleine kehrte nicht ins *Albergo Stella* zurück. Ihr war nicht nach Schlafen, und in dem leeren Zimmer würde sie sich ohne Paul nur gefangen fühlen. Mit schnellen, nervösen Schritten wandte sie sich in die andere Richtung. Im Gehen zündete sie sich eine weitere Zigarette an. Als sie den Rauch inhalierte, antwortete ihr Magen mit einem nervösen Zucken. Ein süßer Geschmack stieg die Kehle hinauf.

Aber die frische, kühle Luft, in der bereits der Geruch des Morgens mitschwang, tat ihr gut. Die Straßen waren leer, hin und wieder fuhr langsam ein Auto vorbei, aber keins davon hielt neben ihr. Es war das erste Mal, daß ihr so um einen Mann zumute war. Sie wußte, daß manche Männer von ihr behaupteten, sie könne nicht schwanger werden, obwohl es keinen Grund dafür gab. In diesen Stunden hatte sie ein Gefühl, als hätte sie ein Kind geboren, das man nicht sehen und nicht anfassen konnte, das aber trotzdem lebte.

Als sie an einer Ampel darauf wartete, die Straße überqueren zu können, wurde das rote Licht plötzlich riesengroß und begann sich zu drehen wie eine Roulettescheibe. Sie stürzte in einen Hauseingang, stützte sich mit einer Hand gegen die Wand und erbrach sich. Sie würgte alles hervor, was sie in der Nacht zu sich genommen hatte, Wein, Grappa, Kaffee, die Niederschläge unzähliger Zigaretten und die Erinnerung an das auslaufende Ei und das Bohren der Angst um Paul und die anderen.

Dann richtete sie sich wieder auf. Ihr Kopf schmerzte, wenn sie ihn bewegte, als sei ihr Gehirn eine Lage Schotter, die hin und her rutschte. Sie ging ein paar Schritte und lehnte sich mit dem Rücken gegen die Hauswand. Mit dem Ärmel des Staubmantels wischte sie sich den Mund ab.

Paul, dachte sie. Sie sorgte sich um ihn und noch viel mehr um sich, weil sie so stark von ihm abhing.

Sie stopfte die Hände in die Taschen des Staubmantels und wartete, bis ein paar junge Burschen auf Mopeds, die vor der Ampel gewartet hatten, verschwunden waren. Dann verließ sie den Hauseingang. Sie wollte zur Questura; vielleicht konnte man ihr dort schon sagen, wie lange sie noch auf Paul würde warten müssen.

# 41

In einer Nische in der rückwärtigen Wand des Raums stand eine steinerne Madonna mit dem Jesuskind auf dem Arm. Die Nische war von einem Kranz verschiedenfarbiger Glühbirnen eingefaßt wie der Eingang eines Zirkuszeltes. Die Birnen brannten Tag und Nacht, und sonntags wurde in der Mitte des Raums mit den graugrün gestrichenen Wänden die Messe gelesen. Aus vielen Zellen fielen dann Stimmen in die letzten Worte des Ave Maria ein – *et ne nos inducas in tentationem sed libera nos a malo.* Paul war zu schwach, um laut reden zu können, außerdem konnte er sich an die Worte der meisten Gebete aus der Kindheit nicht mehr erinnern. Er lag auf dem Rücken auf seinem Bettgestell und verbrachte die Zeit damit, den Wärtern in ihren schlecht sitzenden Uniformen dabei zuzusehen, wie sie zwischen den Betten auf und ab patrouillierten.

In der Nacht des Verhörs war er plötzlich bewußtlos von dem Stuhl ohne Lehne gefallen. Die urologische Untersuchung hatte ergeben, daß Pauls Grippe in Wirklichkeit eine akute Leberentzündung war. Seit einer Woche lag er auf der Krankenstation des Staatlichen Zuchthauses von Genua in Untersuchungshaft.

Es dauerte einige Zeit, bis er, der seit seinem zwölften Lebensjahr nicht mehr krank gewesen war, sich damit abgefunden hatte, daß sein Körper ihn vorübergehend im Stich ließ. Dann aber wich seine Niedergeschlagenheit; er fühlte sich nicht mehr so sterbenselend und merkte, daß die Krankheit ihm mehr von Nutzen war, als sie ihm schadete. Die Erinnerung an die Schießerei im Hafen und die anschließende, schreckliche Fahrt durch die Stadt war verblaßt, und wenn es zu einem Prozeß kommen sollte, wovon er ziemlich überzeugt war, würde sich sein Zustand zu seiner Verteidigung anführen lassen. Bei der letzten Visite hatte der Gefängnisarzt ihm ein leichtes Beruhigungsmittel verschrieben, weil er Schwierigkeiten mit dem Einschlafen am Abend hatte.

Während er wachlag und um Atem rang, lauschte er auf das Wimmern und Keuchen der anderen Häftlinge auf der Station, hörte sie im Schlaf schreien und um Gnade bitten, und das trockene, harte Husten, mit dem ihre unterkühlten Lungen auf die Haft reagierten, drang in seine Träume zwischen den langen Stunden des Wachens.

Manchmal dachte er an Madeleine, die in seiner Vorstellung noch immer in der Osteria saß und auf ihre Rückkehr wartete, und an Laurent, der sicher längst nach Marseille zurückgekehrt war.

Er lag auf dem Rücken und starrte die fleckige Decke an, die sich aus der Dunkelheit auf ihn herabzusenken schien, während er von dem schmerzenden Gewicht seiner Leber und den schwer arbeitenden Lungenflügel auf dem Bett gehalten wurde. Im Halbschlaf träumte er, daß Pastrelli erfahren hatte, daß er hier lag und den Auftrag zu seiner Beseitigung gab, weil er sich denken konnte, daß Paul bei der Vernehmung von den Pistoleros in den schwarzen Fiats erzählen würde.

Schweißgebadet wälzte er sich hin und her und wünschte sich, daß die Krankheit ewig währen möge, weil sie ihm Schutz vor den Nachstellungen der Justiz gewährte und ihn gleichzeitig der Verantwortung enthob, für sein Leben etwas tun zu müssen. Er war ein Pflegefall, man kümmerte sich um ihn. Es war das erste Mal seit seinen Kindertagen, als seine Mutter ihm an manchen Tagen jeden Wunsch vor den Augen abgelesen hatte, weil er krank war. Trotz der Krankheit fühlte er sich wohl.

## 42

Laurent sah sich in dem kleinen Zimmer um und legte seinen Mantel dann über die Stuhllehne. Die Wände waren grau gestrichen, es gab ein altmodisches Waschbecken aus emailliertem Blech, ein Bett, einen Tisch, einen Schrank und eine Kommode neben dem Bett. Das war alles.

»Hier also wohnst du«, sagte Laurent.

»Ja.«

Madeleine drehte sich nicht um. Sie freute sich nicht im geringsten über ihr Wiedersehen. Sie waren sich auf der Straße begegnet, weil der Zufall es so wollte, nicht weil sie einander gesucht hätten. Sie brauchten sich bloß anzusehen, und jeder wußte, wie es dem anderen in der Zwischenzeit ergangen war. Madeleine war nicht nach Marseille zurückgefahren, weil sie auf Paul wartete, und Laurent hatte Angst, in Frankreich in die Ermittlungen gegen Poujouly hineingezogen zu werden, die bestimmt längst begonnen hatten. Keiner von beiden war seit jener Nacht noch einmal ins *Albergo Stella* zurückgegangen, denn sie fürchteten sich vor der Polizei und Pastrelli. Er brauchte ihr nicht einmal zu erzählen, was damals im Hafen vorgefallen war, denn sie wußte alles aus den Zeitungen.

Laurent biß sich auf die Lippen. Traurig ließ er seine Blicke über die künstlichen gelben Rosen in der Flasche auf dem kleinen Tisch gleiten, verweilte einen Moment bei der halbvollen Grappaflasche auf der Kommode, dem unausgespülten Glas daneben und betrachtete dann wieder die junge Frau.

Sie stand sehr starr und blickte aus dem Fenster, die Hände in den Taschen des Staubmantels und die Falten im Material des Mantels hatten nichts mit den Formen ihres Körpers zu tun. Es war die Stunde der Dämmerung. Auf der Straße unter ihr zog eine lange Prozession von Kindern mit leuchtenden bunten Lampions vorbei, in denen Kerzen flakkerten. Die Kinder sangen mit ihren hellen, klaren Stimmen ein choralartiges Lied, und Madeleine fragte sich, welchem Heiligen zu Ehren dieser Zug wohl stattfand.

Dann wandte sie sich um und sah Laurent an. Sie war nicht geschminkt, und die Wirkung der schwermütig blikkenden Augen wurde durch den scharfen Ausdruck des Mundes vertieft, dessen Lippen blaß und spröde waren. Seit jener Nacht trug sie stets dasselbe Kleid. Laurent fühlte sich ungemütlich unter ihrem scharfen, verächtlichen Lächeln.

»Auf der anderen Seite ist ein Taxistand«, sagte sie. »Nimm dir einen Wagen und fahr zurück ins Hafenviertel.«

Laurent war auf sie zugetreten, stand jetzt ganz dicht bei ihr und streckte die Hand nach einer Locke ihres Haars aus. »Sei ein bißchen nett zu mir, Madeleine, ich wünsche es mir so sehr, schon seitdem ich dich kenne. Wir sind die einzigen, die übriggeblieben sind. Wir können es füreinander tun und uns trösten.«

»Nein«, sagte sie automatisch, mit dieser Stimme, die aus dem Trichter eines alten Grammophons zu kommen schien. »Ich gebe keine Almosen, und ich will keinen Trost, der nichts bedeutet, keine Illusionen. Die gelben Rosen da sind meine Illusionen, die einzigen.«

Sie schaute in sein hübsches, narbenübersätes Gesicht, aber sie hätte genauso einen zerkratzten Stuhl anschauen können.

»Ich danke dir für deinen Besuch. An einem der nächsten Sonntage gehe ich Paul im Gefängnis besuchen; wenn du willst, kannst du mitkommen.«

»Nein«, sagte Laurent. Er war in jener Nacht weggelaufen und schämte sich deswegen.

Madeleine ging zum Bett und ließ sich darauf niedersinken. Laurent folgte ihr wie ein Hund seinem Herrn. Sie atmete heftig durch, ohne ihn anzusehen.

»Ich verstehe schon«, sagte er, »aber Paul sitzt noch einige Zeit. Den kannst du erst mal abschreiben.«

»Soll das eine Empfehlung für dich sein?« fragte sie scharf.

Niedergeschlagen senkte Laurent den Blick. Dann schluckte er und griff nach seinem Mantel. An der Tür drehte er sich noch einmal um. »Adieu.«

»Ja«, sagte sie, »prima, Adieu!«

Sie hörte ihn langsam draußen die Holztreppe hinuntergehen und ließ etwas Grappa in das Glas laufen. Sie mußte haushalten, denn sie hatte nicht mehr viel Geld. Das also ist die Solidarität dieser harten Typen, dachte sie angeekelt, sonst kleben sie zusammen wie saure Zitronen und gucken sich mit feuchten Hundeaugen an, aber kaum ist einer vom Feld, macht sich der andere an dessen Mädchen ran. Erst das ganze Gefasel, wie sie in einer Männerfreundschaft zusammenhalten, und dann so was.

Sie war froh, daß sie Laurent so schnell losgeworden war. Er hatte sie gestört in diesem Zimmer, in dem sie an Paul dachte, hatte durch seine Anwesenheit und die gemeinsamen Erlebnisse eine Zusammengehörigkeit darstellen wollen, die nie bestanden hatte. Sie zusammen in einem Bett, Laurent und sie, nur weil sie gemeinsam müde waren, gemeinsam dumm gewesen waren, eine solche wohlbekannte Verbindung wollte sie nicht.

Scharf wie Säure rann der Grappa ihre Kehle hinunter. Sie streckte sich auf dem Bett aus und starrte die Decke an. In diesem Zimmer wollte sie keinen, der sie kannte, der sie stören konnte, der sich an sie erinnerte. Nur Paul, den sie an der Decke sehen konnte, wenn sie lange genug darauf wartete. Laurent hatte es gut gemeint, er wollte sich und sie trösten, aber das reichte nicht aus. Bei so einer Fahrt hätte sie die Karte bezahlt. Guter Wille oder Liebe, das reicht nie aus. Was zählt ist am Ende nur der Körper. Vielleicht war alles in Laurents Herz in Ordnung, aber er hatte nicht Pauls Körper, dieses schwere Gefüge, das auch im Bett kraftvoll und besser zuschlug als ein Laurent. Scheiße, sie wollte keinen Messerstecher wie Laurent, sie wollte einen Mann wie Paul. So ein Körper bringt automatisch ein bestimmtes Gemüt mit.

Sie dachte an das breite Gesicht des Deutschen, das bei aller Gutmütigkeit nicht flach wirkte, an seinen gleichzeitig stampfenden und energischen Gang, der niemals Zweifel am Weg oder am Ziel erkennen ließ, und an die Ruhe, die bei aller Gemächlichkeit nichts mit Trägheit zu tun hatte.

Sie beging allerdings nicht den Fehler, in Gedanken mit ihm zu sprechen. Sie hatten in der kurzen Zeit, die sie sich kannten, nur selten miteinander geredet. Er hatte kein Mitteilungsbedürfnis, dazu genügte er sich selbst zu sehr. Wenn er manchmal etwas von sich preisgegeben hatte, dann immer so, als geschehe es nur aus Gutmütigkeit; er wollte nicht, daß der andere so unwissend neben ihm her lebte.

Sie wurde nicht müde, an einen Paul zu denken, der mit dem wirklichen nicht mehr viel zu tun hatte.

## 43

»Na also«, sagte der Gefängnisarzt mit einem kleinen Lächeln, das mehr einem nervösen Tick ähnelte, »es geht uns schon besser. Jetzt haben wir Sie bald soweit, daß Sie wieder aufstehen können. Sie können Ihre Schlafanzugjacke wieder anziehen. Draußen wartet Ihre Anwältin, um mit Ihnen zu sprechen.«

Dann wandte er Paul den Rücken zu, ohne sich zu verabschieden und trat an das nächste Bett jenseits des Gangs. Die beiden Wärter, die hinter ihm gestanden hatten, warteten, bis Paul fertig war, ehe sie sein Bett aus der Krankenstation in das Besuchszimmer schoben. Einer der Wärter verließ das Zimmer wieder, der andere setzte sich auf einen Stuhl an der Tür.

»Na, wie geht's uns denn?« fragte die Anwältin mit einer Wärme, die der albernen Formulierung ihren beleidigenden Ton nahm. Anwälte und Ärzte bezogen sich immer mit ein, wenn sie Fragen stellten oder Auskünfte erteilten, vielleicht weil sie sich durch die Höhe der Rechnung für ihre Dienste mit dem Klienten innig verbunden fühlten.

»Besser«, sagte Paul, obwohl es nicht stimmte. Er fühlte sich matt und niedergeschlagen und hatte keine Lust, heute mit Donatella Zurlazzi zu sprechen. Außerdem fand er es nicht richtig, daß er im Bett vor ihr lag und zu ihr aufsehen mußte.

»Könnten Sie vielleicht?« fragte er und deutete auf die Kurbel, mit der man das Kopfende seines Bettes hochschrauben konnte.

»Natürlich, gleich«, sagte sie lächelnd und brachte ihn in

eine halb sitzende Stellung. Sein Kopf brannte, er war schlecht rasiert, und seine an den Rändern geröteten Augen blickten immer noch etwas verschleiert auf die junge Frau, die jetzt ihre Aktentasche öffnete. Er hätte lieber einen Mann als Anwalt gehabt, aber Donatella Zurlazzi hatte seinen Fall übernommen, weil er sie interessierte, und vielleicht hatte die Taktik, mit der sie ihn vertreten wollte wirklich etwas für sich.

Sie trug eine Brille. Das nußbraune Haar war zu einem Knoten zusammengefaßt. In ihrem khakifarbenen Kostüm sah sie tüchtig und erfolgreich aus, was sie auch tatsächlich war. Sie betrachtete Paul als den Prototyp des von Unternehmern als Spielball benutzten Arbeiters, der nun auch noch an ihrer Stelle gekreuzigt werden sollte.

Beim letzten Mal hatte sie versucht, Paul diesen Grundzug in seiner Verteidigung zu erklären, aber er hatte nicht ganz begriffen, worauf sie hinauswollte.

»Ich habe bessere Neuigkeiten, als ich selber hoffen konnte«, sagte sie und blickte ihn aus ihren großen, mit Lidschatten künstlich geweiteten Augen an. »Die Untersuchungen sind so weit fortgeschritten, daß man erwägen kann, auch im Hinblick auf Ihre Krankheit, die Anklage gegen Sie fallenzulassen.«

»Wer wird dann angeklagt?« fragte Paul verwirrt. Bisher hatte er sich immer für den Hauptschuldigen gehalten.

»Der Spediteur Poujouly, Ihr Auftraggeber. Gegen ihn liegt eine Anzeige der Versicherungsgesellschaft Generali vor; Nebenkläger ist die italienische Zollbehörde. Außerdem wird noch nach den Männern gefahndet, die Ihnen im Hafen aufgelauert haben. Sie wird man allenfalls der Mittäterschaft anklagen können, vielleicht bekomme ich Sie sogar auf Bewährung frei. Ihr Auftraggeber, Signor Poujouly, hat übrigens Konkurs angemeldet. Sie freuen sich ja gar nicht, Signor Grisbi!«

Paul zuckte beschämt zusammen. Sie hatte recht, er konnte sich noch nicht freuen. Es war ihm alles zu schnell gegangen, auf einmal; es lief so glatt ab, da mußte ein Haken sein. Außerdem hatte er Auguste und Etienne noch nicht vergessen, die ihm jetzt vielleicht von irgendwoher zusahen und ihre Rechnung mit der verglichen, die er bekam.

»Und Pastrelli?« fragte er.

Donatella Zurlazzi schwieg. Sie nahm die Brille ab und rieb sich müde die Augen. In diesem Moment konnte man sehen, daß sie nicht jenen Optimismus der leichten Schulter besaß, den sie zu verkörpern suchte.

»Er wird davonkommen, natürlich, denn selbst wenn man die Männer findet, die im Hafen auf Sie geschossen haben, werden sie es nicht wagen, gegen ihn auszusagen. Warum sollten sie auch? Er wird ihren Familien mehr zukommen lassen, als sie selber heimbringen würden, wenn sie nicht im Gefängnis säßen.«

Nach diesen Worten setzte sie die Brille wieder auf und schob die Papiere, die sie aus der Aktentasche genommen hatte, ohne sie zu brauchen, wieder zurück.

»Wenn ich das nächstemal komme, werden Sie nicht mehr in diesem Bett liegen müssen. Kann ich noch etwas für Sie tun, irgend jemand benachrichtigen, Ihnen Bücher bringen? Behandelt man Sie zufriedenstellend?«

»Ja«, sagte Paul Er hatte keine großen Ansprüche, es war nicht schwer, ihn zufriedenzustellen. Trotz allem ging es ihm schließlich besser als dem Rest ihrer kleinen Truppe.

»Ich danke Ihnen, Signora Zurlazzi, für alles«, sagte er ein wenig verlegen, denn er wußte nicht, ob sie auf seinen Dank Wert legte. Er hatte keine Erfahrung mit gebildeten Frauen wie sie eine war.

Mit raschen, etwas eckigen Schritten verließ Donatella Zurlazzi den Besuchsraum, nachdem sie einen Händedruck ausgetauscht hatten, und Paul schloß die Augen. Zum erstenmal seit langem dachte er wieder an Serge, der zu der Welt außerhalb der Gefängnismauern gehörte, in die er vielleicht bald wieder entlassen wurde. Er wünschte sich, daß Signora Donatella Zurlazzi auch vor ihm einen Freispruch für ihren Mandanten erwirken könnte. Aber das fiel nicht mehr in den Bereich ihrer Möglichkeiten. Vor einem Freund mußte man sich allein verantworten, selbst wenn man, müde und erschöpft, nicht auf eine gerechte Verhandlung hoffen durfte.

Die beiden Wärter packten das Bett am Kopf- und Fußende und rollten Paul zurück in die Krankenstation.

## 44

Der Tabakladen hatte zwei kleine runde Tische, an denen man einen Schnaps kippen konnte, und an einem dieser Tische lehnte Serge Mallet. Als er Laurent über die Straße auf den Laden zukommen sah, wandte er sich ab, damit man von der Tür aus sein Gesicht nicht sehen konnte. Die Glocke über dem Türrahmen erklang, Laurent trat ein, und der Besitzer fragte: »Wie immer?«

»Ja.«

Der Besitzer griff nach einer Schachtel Davidoff-Zigarillos. Es war so dunkel in dem kleinen Geschäft, daß Laurent Serge gar nicht bemerkt hatte. Er bezahlte und wollte gerade wieder gehen, als der Elsässer rief: »He, Laurent, komm, trinken wir einen zusammen!«

Laurent fuhr zusammen. Als er Serge erkannte, beschlich ihn Angst, dabei hatte er gar keinen Grund, sich zu fürchten. Schließlich war es ihm ja nicht gelungen, mit Madeleine zu schlafen.

»Serge, was machst du denn hier? Bist du nicht in Marseille? Mensch, dich hier zu sehen, was für eine Überraschung!«

Aber die arglos-erfreute Miene, die zu solchen Worten gehörte, schmerzte, wie ein schlecht geschnittener Schuh. Kein Grund zur Furcht, aber ein Anlaß.

Serge hob die Hand und bestellte zwei Cognac und eine Schachtel Gauloises. Sie tranken schweigend, denn Serge hatte Laurents Frage nicht beantwortet und in seinem Blick lag nicht die geringste Ermunterung zu einem Geplauder über die alten Zeiten. Als sie ausgetrunken hatten, bezahlte Serge und meinte ruhig: »Gehen wir zu dir.«

Während sie die Straße überquerten, dachte Serge mit einem kurzen, freudlosen Lächeln, daß er jetzt, wo es mit Poujouly wahrscheinlich aus war, Privatdetektiv werden sollte. Langsam bekam er Übung darin, Leuten nachzufahren, sie aufzuspüren und auszufragen. Er hatte das *Albergo Stella* verlassen, bevor die Polizei dort aufgetaucht war, und aus den Zeitungen erfahren, was sich im Hafen ereignet hatte. Den Berichten hatte er auch entnommen, daß Laurent überlebt haben mußte und sich wahrscheinlich noch in der Stadt aufhielt. Dann hatte er die Tabakläden der halben Stadt abgeklappert, bis er einen gefunden hatte, der Davidoff-Zigarillos führte. Exklusive Marken wie diese wurden in jeder Stadt nur in wenigen Geschäften geführt. Außer dem, das Serge ausfindig gemacht hatte, gab es die Zigarillos noch in zwei Läden, und nur in einem davon konnte sich der Verkäufer an den jungen Mann mit dem Narbengesicht erinnern.

»Hier ist es«, sagte Laurent zögernd. Serge gönnte der schäbigen Fassade des Hauses keinen Blick. Sie stiegen die Treppe zum ersten Stock hinauf und betraten dann ein Zimmer, das sich in nichts von dem unterschied, in dem Laurent Madeleine vorgefunden hatte.

Serge setzte sich auf den einzigen Stuhl und deutete auf das spartanische Bett. »Setz dich!« Blaß und von einem unguten Gefühl erfüllt, folgte Laurent der Aufforderung des Elsässers, der breitbeinig, die Schuhsohlen einander zugewandt wie Bücherstützen, dahockte und ihn anstarrte. Obwohl es gerade erst zwölf Uhr geschlagen hatte, war das Zimmer von grauem Dämmerlicht erfüllt, weil sich gleich gegenüber dem Fenster das nächste Haus erhob.

»Wo ist Madeleine?« fragte Serge.

Laurent hatte versucht, sich auf diese Frage vorzubereiten. Er hoffte zwar, daß Serge nach Paul im Gefängnis fragen würde oder danach, wie Etienne und Auguste gestorben waren. Irgend etwas, worauf er ihm mit der Wahrheit antworten konnte. Aber als Serge die ganze Zeit schweigend neben ihm her gegangen war, war ihm klargeworden, daß er nur eine einzige Frage stellen würde.

Eine Sekunde drängte es ihn, den Verblüfften zu spielen: Was, Madeleine, ja ist sie denn nicht schon längst wieder in Marseille, ich hatte gedacht . . .

Aber ein Blick auf Serge zeigte ihm, wie falsch das gewesen wäre. Der Elsässer hatte sich vorgebeugt, seine Hände baumelten zwischen den Beinen: Jeder Muskel seines Körpers schien angespannt.

»Ich weiß es nicht«, sagte er rasch, »ich weiß es wirklich nicht, Serge, glaub mir!« und kaum hatte er das letzte Wort ausgesprochen, merkte er, wie flach das geklungen hatte, wie jedes Wort nach Ausflucht und Angst klang.

Serge schüttelte müde den Kopf. »Du verstehst mich nicht, Kleiner, ich will ihr nichts tun. Was zwischen ihr und Paul war, interessiert mich nicht. Alles, was ich will, ist, sie wiederhaben.«

»Ich sage dir was, Serge«, warf Laurent rasch ein, »laß dir einen guten Rat geben! Laß Madeleine sausen, such sie nicht, sie ist es nicht wert. Sie hat einen Mann wie dich nicht verdient. Sei froh, daß du sie los bist, das ist mehr wert als das große Los im Lotto oder auf das erste Pferd beim Tiercé gesetzt zu haben. Du bist glücklicher dran ohne sie. Mensch, würdest du auf eine Stute setzen, der sie Drogen gespritzt, das Fell gefärbt und die Hufe lackiert haben? Laß Madeleine sausen, ich flehe dich an!«

Serge griff nach dem ersten Gegenstand in Reichweite. Der Gegenstand war eine Frühstücksdose aus Metall. Seine Finger schlossen sich um die Dose. Er sprang von dem Stuhl hoch und stürzte auf Laurent zu. Laurent zuckte zurück, aber sein Arm, mit dem er sein Gesicht schützen wollte, war zu langsam. Serges Faust mit der Frühstücksdose darin traf seine Lippen, er stürzte rückwärts auf das Bett, und Serge landete halb auf ihm. Wie aus einem Eimer geschüttet, spritzte Blut auf die Bettdecke. Serge starrte in die entsetzt aufgerissenen Augen des jungen Lkw-Fahrers.

»Wo ist sie?« fragte er scharf.

Dann sah er, wie Laurent würgte und zu husten versuchte, wobei er die zerplatzten Lippen bewegte wie ein Fisch im Aquarium. Er konnte nicht antworten, weil ihm die Zunge so weit in den Rachen gedrückt worden war, daß er daran erstickte.

Serge ließ die Dose fallen, schob zwei Finger in Laurents Mund. Sofort war seine Hand rot. Er spürte die ausgeschlagenen Zähne, die wie kleine Steine unter der Zunge klemmten. Dann bog er den Zeigefinger zu einem Haken, und es gelang ihm, die glitschige Zunge wieder nach vorn zu ziehen.

»Via del Lagaccio 17«, stieß Laurent hervor, und die Worte schwammen in Blut.

## 45

Das Klirren der Schlüssel in der Gittertür schreckte Paul auf.

»Besuch, Grisbi!«

Mühsam schwang Paul die Beine vom Bett und zog den Morgenrock an, den das Gefängnis ihm zur Verfügung gestellt hatte. Wer immer ihn jetzt besuchen wollte, er kam ungelegen. Gerade hatte Paul vor sich hin geträumt und sich zum erstenmal seit langem wieder richtig wohl gefühlt. Wenn das Gefängnisleben immer so gewesen wäre, hätte es ihm nichts ausgemacht, den Rest seiner Tage hinter Gittern zu verbringen. Ja, es war fast besser als draußen, selbst wenn man sich nicht jeden Tag gleich wohl fühlen konnte. Draußen tobte der Sturm, jeden Tag von morgens bis abends, während es hier drin ruhig war, kein Kampf, keine Verantwortung, keine Gefühle – mit einem Wort, kein Sturm.

Die Beine zitterten ihm noch ein wenig, als er, begleitet von einem Wärter, zum Besuchszimmer ging. Wieder setzte sich der Wärter auf den Stuhl in der Ecke, aber diesmal saß nicht Donatella Zurlazzi auf der anderen Seite des Tisches.

»Du?« fragte Paul überrascht.

»Ja«, sagte Madeleine, mehr nicht.

»Was machst du denn noch hier?« fragte Paul. »Du wartest doch nicht etwa auf mich?«

»Doch«, sagte Madeleine.

»Aber das ist idiotisch«, Paul wehrte sich gegen den Ausdruck in ihrem Gesicht, den er in dieser Intensität nur von den Marienbildchen kannte, die man als Kind fürs Gebetbuch bekam.

Er setzte sich, legte die schweren Hände auf den Tisch zwischen ihnen und betrachtete Madeleine, deren Haar nicht mehr so glänzte wie früher, deren Augen ein wenig trüber waren und deren Haut der seinen ähnelte.

»Du siehst schlecht aus«, sagte er fast zärtlich, obwohl er feststellte, daß er nichts für sie empfand. Er freute sich nicht, daß sie gekommen war.

»Ich hatte ein wenig Gelbsucht«, sagte sie, so wie man sagt, man hat ein wenig Fieber. »Ich war einige Tage im Krankenhaus. Aber du siehst auch schlecht aus, du bist abgemagert!«

»Ich hatte auch Gelbsucht«, sagte Paul. »Deswegen komme ich vielleicht bald hier raus.«

»Schön, das ist schön«, sagte sie und streckte ihre Hand aus, um die seine zu berühren. Sofort sprang der Wärter auf und sagte, daß es verboten sei, sich zu berühren. Madeleine zündete sich nach einem fragenden Blick auf den Wärter nervös eine Zigarette an und blies das Streichholz aus.

»Du solltest jetzt nicht rauchen«, sagte Paul.

»Ach was«, meinte sie. Paul sah an ihr vorbei zu dem kleinen Oberlicht. Dunkle Wolken füllten die schmale Scheibe, und ein Ast zitterte davor hin und her wie der Fühler eines riesigen Insekts. Er begann schon wieder zu träumen, fing sich aber rechtzeitig ab.

»Was gibt es draußen Neues?« erkundigte er sich, um ein Gesprächsthema zu haben, das nicht so persönlich war.

»Der Streik ist, glaube ich, beigelegt«, antwortete Madeleine. »Im Hafen wird wieder gearbeitet. In der Zeitung stand, daß Pastrelli an seinem Geburtstag beschlossen hätte, die Forderungen der Arbeiter, die er völlig begreiflich fände, nicht nur zu erfüllen, sondern ihnen auch noch einige Parmesankugeln zu schenken. Daraufhin haben sie wieder gearbeitet. Ach ja, und Poujouly hat sich angeblich umgebracht. Vor ein paar Tagen war ich im Hafen und habe nach der ›Luxor‹ gesucht, aber sie war nicht mehr da.«

»Hast du etwas von Serge gehört?« fragte Paul.

Madeleine schüttelte traurig den Kopf. »Nein, nichts. Er ist bestimmt schon wieder in Marseille und fragt sich, wohin wir alle verschwunden sind.«

»Und Laurent?«

»Ich habe ihn einmal zufällig auf der Straße getroffen, und er hat mich kurz besucht. Du mußt wissen, ich habe mir ein kleines Zimmer genommen. Aber wo er jetzt ist, weiß ich nicht. Es war, bevor ich ins Krankenhaus kam.«

Paul nickte und sah auf seine Hände herab, betrachtete die breiten, sauberen Fingernägel. Ohne aufzusehen, sagte er:

»Weißt du, du solltest nicht auf mich warten. Du gehörst zu Serge. Am besten, du fährst zurück nach Marseille.«

Jetzt sah er sie an. Ihre Augen füllten sich mit Tränen. Noch ehe Madeleine etwas darauf erwidern konnte, stand der Wärter an der Tür auf und sagte, daß die Besuchszeit zu Ende sei.

»Nein, noch nicht«, rief Madeleine erschrocken. Sie beugte sich vor und sagte heftig: »Verlang das nicht von mir, Paul, ich kann nicht, ich liebe dich.«

Sie hatte es nicht als erste sagen wollen, aber jetzt war es heraus. Ihr Blick war vollkommen offen; ungeschützt und verletzlich bot sie sich ihm dar.

»Aber ich gehe nach Deutschland zurück, wenn sie mich freilassen«, antwortete Paul. »Du bist Französin, du gehörst nach Frankreich. Du kannst doch nicht meinetwegen alles hinter dir lassen.«

»Das macht mir nichts aus«, sagte Madeleine leise. »Ich habe wegen Serge mit dem Singen aufgehört, weil die Vorstellungen immer so lange dauerten und er früh schlafen ging. Es macht mir nichts aus, für einen Mann auf etwas zu verzichten, wenn ich bei ihm glücklich bin. Es macht mir nichts aus.« Den letzten Satz sprach sie noch leiser aus als die vorangegangenen.

»Schluß jetzt, Signora«, meldete sich der Wärter erneut. »Die Besuchszeit ist zu Ende. Kommen Sie am nächsten Sonntag wieder.« Ohne einen Anflug von Humor fügte er hinzu: »Er ist dann auch noch da.«

Er hatte Paul die Hand auf die Schulter gelegt, und der Deutsche stand bereitwillig auf. Das Gespräch hatte ihn erschöpft. Er freute sich schon wieder auf sein Bett, in dem er Ruhe vor dem Sturm hatte, dem inneren sowohl wie dem äußeren.

»Adieu, Madeleine«, sagte er.

»Adieu, Paul. Bis nächsten Sonntag.« Sie stand ebenfalls auf, versuchte aber nicht, ihm die Hand zu geben, noch ihn zu küssen.

## 46

In der letzten Augustwoche wurde Paul entlassen, ungefähr einen Monat nachdem er verhaftet und in die Krankenstation eingewiesen worden war. Die Hepatitis war überwunden, obwohl er sich noch schonen mußte. Donatella Zurlazzi hatte erreicht, daß der Teil des Prozesses, der sich mit ihm beschäftigte, vom Hauptverfahren abgetrennt und verhandelt worden war, ohne daß er im Gerichtssaal anwesend sein mußte. Vor drei Tagen war er zu einem halben Jahr Gefängnis auf Bewährung verurteilt worden, zusammen mit der Auflage, Italien sofort zu verlassen, wenn er reisefähig war.

Am späten Nachmittag des 24. August, als sich die Tore der Strafanstalt für Paul öffneten, zog ein Gewitter auf Genua zu. Unschlüssig blieb der Deutsche auf dem mit Abfall bedeckten Bürgersteig stehen. Er trug dasselbe karierte

Hemd und die hellbraune Hose, in denen er eingeliefert worden war. In der Gefängniswäscherei hatte ein junger Mann, der zu drei Jahren wegen Totschlags verurteilt worden war, Augustes Blut aus den Kleidungsstücken gerubbelt und sie anschließend gebügelt.

Der laue Wind trieb Staub und Papier über die schmale Straße. Ein halb abgerissenes, von der Sonne gebleichtes Filmplakat flatterte leicht hin und her. Das Gefängnis lag mitten in der Stadt, nur nicht gerade in der besten Wohngegend. Paul öffnete seine Aktentasche und schob das Kuvert mit dem Geld, das Signora Zurlazzi ihm für den Flug und die ersten Tage in Freiheit vorgeschossen hatte, hinein.

Ein Laut auf der anderen Seite der Straße ließ ihn aufblikken. Da stand sie; in einem Torbogen, unter dem es so dunkel war, daß er sie kaum erkennen konnte. Er war nicht überrascht, sie zu sehen, obwohl er sie nicht verstand. Er war ein gefallener Mann und er würde immer weiter fallen, und dennoch schloß sie sich ihm an.

Sie kam über die Straße auf ihn zu, und er wiederholte, was er schon vor anderthalb Wochen gesagt hatte: »Das ist töricht, idiotisch.«

»Ich kann nicht anders, Paul.«

Er blickte ihr lange in die Augen und meinte auf einmal, einen schwachen Funken darin aufglimmen zu sehen, eine Art Triumph, denn jetzt hatte sie alle Karten ausgespielt und wußte, daß er nicht nein sagen konnte. Dann wandte sie sich ab und sah die Straße hinunter.

»Wir können einen Bus zum Flughafen nehmen«, sagte sie. »Signora Zurlazzi hat doch zwei Plätze buchen lassen, nicht wahr?«

Jetzt trat auch Paul auf sie zu, und sie küßte ihn auf die Wange.

»Du riechst gut«, sagte er.

»Wonach?«

»Nach heißem Sand. Da drin roch alles feucht und verschimmelt.«

Er empfand kein Glück bei der Vorstellung, daß sie mit

ihm fliegen würde, zu ihm auf den Hof kam. Aber er hatte schon am vergangenen Sonntag eingewilligt, sie mitzunehmen, weil sie so darum gebeten hatte und weil es ihm in Wirklichkeit gleich war.

»Ich bin noch nie geflogen«, sagte sie.

Nebeneinander gingen sie die Straße hinunter, langsam, als hätten sie kein rechtes Ziel, das diese Bezeichnung verdiente, und ohne sich zu berühren.

Es war warm. Der Abend kam wegen des Gewitters etwas früher. Sie stiegen in einen Bus, dessen Stromabnehmer kleine blasse Blitze aufzucken ließ. Durch die aufgeklappten Fenster konnten sie sehen, wie der Himmel über den Bergen langsam schieferfarben wurde, seziert von größeren, schnelleren Blitzen. Mit eingeschalteten Scheinwerfern schossen Personenwagen an ihnen vorbei und brachten Bewegung in die schwüle Luft. Über den Geschäften und Bars prangten bereits farbige Neonsilben und verliehen dem Abend frühen Glanz.

An jeder Haltestelle stiegen weitere Fahrgäste zu. Paul und Madeleine wurden gegeneinandergedrückt wie bei der Demonstration vier Wochen zuvor. Sie hielten sich an den von der Decke baumelnden Lederschlaufen fest, ohne sich anzusehen. Der Geruch von Knoblauch und Frisiercreme breitete sich aus.

Am Hauptbahnhof stiegen sie in einen Bus zum Flughafen Cristoforo Colombo in Sestri Ponente. Ihre Maschine startete in einer Stunde. Sie suchten den Schalter, an dem ihre Tickets bereitgehalten wurden. Madeleine war aufgeregt; alle paar Minuten fühlte sie nach, ob ihr Paß noch da war. Dann gingen sie ins Flughafenrestaurant und tranken einen Kaffee. Der nässeglänzende Leib einer Verkehrsmaschine senkte sich auf die Landebahn. Über der Stadt war der Himmel noch immer verhangen. Nur über dem Meer zeigte sich ein letztes Glühen, wo die Sonne die Wolkendecke aufgebrochen hatte. Als der Flug nach Mailand aufgerufen wurde, reihten Paul und Madeleine sich in die Schlange der anderen Passagiere, die sich an der Gepäckkontrolle stauten. Madeleine war so nervös, daß sie fortwährend fürchtete, sich übergeben zu müssen. Nachdem ihr Handgepäck durchleuchtet worden war, marschierten sie hinter einer japanischen Reisegruppe über das nasse Rollfeld zu der wartenden Maschine. Der Rückstoß der lärmenden Düsen preßte das Gras am Rand des Rollfelds zu Boden. Im Inneren des Flugzeugs war es heiß und stickig, als funktioniere die Klimaanlage nicht richtig. Paul und Madeleine quetschten sich auf zwei schmale Sitze im vorderen Teil der Touristenklasse.

»Ich habe Angst«, flüsterte Madeleine. »Du nicht?«

»Nein.«

»Aber ich.« Sie biß sich auf die Unterlippe.

Paul legte ihr beruhigend die Hand auf den Oberschenkel. Er blickte an ihr vorbei zum Fenster hinaus. Bleifarben türmte sich das Meer vor dem Horizont auf. Irgendwo da draußen waren Etienne und Auguste. Die Toten sind nichts als Schiffe, die mit geblähten Segeln über das nächtliche Meer fahren, hatte er einmal gehört. Er behielt den Gedanken für sich, weil Madeleine auch ohne lyrische Bilder aller Art schon aufgeregt genug war.

Wenig später spannte sich der Pilotwagen vor den Jet und sie rollten auf der Starbahn in die Nacht. Als die Düsen aufheulten, holte Madeleine gepreßt Luft. Sie umklammerte Pauls Hand auf ihrem Schenkel. Dann lehnte sie sich heftig gegen ihn. Das Flugzeug hob ab.

Sie weint, dachte Paul. Ihre Wangen schmeckten salzig, als hätte die Gischt des Meeres unter ihnen bis ins Flugzeug geschlagen.

## 47

Nach dem Start in Mailand war Madeleine eingeschlafen. Jetzt, in München-Riem, ließ die Neugier auf Deutschland sie wieder munter werden. Aufmerksam blickte sie sich in der verwaisten Ankunftshalle um.

»Seitdem ich dich kenne, war ich schon in zwei neuen Städten«, sagte sie. »Serge hat mich nirgendwohin mitgenommen.« Dann fügte sie, noch ganz im Traum befangen, hinzu: »Der arme Serge.«

Paul wäre es lieber gewesen, sie hätte nicht gerade jetzt von dem Elsässer gesprochen, aber die Tatsache, daß er wieder in Deutschland war, wo er sich auskannte, ließ es ihn leichter ertragen als unter anderen Umständen.

Sie warteten, bis die Wechselstube aufmachte, und tauschten dann das restliche italienische Geld in Deutsche Mark um. Es reichte gerade für ein Frühstück im Restaurant, die Taxifahrt in die Stadt und zwei S-Bahn-Karten.

Es war ein schöner, milder Spätsommertag, und sie gingen von der S-Bahn-Stadtion die restlichen drei Kilometer zu Fuß.

»Genauso habe ich mir Deutschland immer vorgestellt, wenn Serge mir davon erzählt hat«, sagte Madeleine. Es schien ihr überhaupt nichts auszumachen, an den Elsässer zu denken oder von ihm zu sprechen. »Erinnerst du dich noch daran, wie er dich einmal hier besucht hat, auf deinem Gut?«

»Ja«, sagte Paul, der sich noch daran erinnern konnte, als sei es erst eine Woche her. »Aber es ist kein Gut. Es ist ein Hof, ein kleines Haus und ein Stall, in dem der Wagen steht.«

Er machte große Schritte am Rand der schmalen Straße, die kaum je befahren wurde, aber sie hielt mit, ohne sich zu beklagen.

»Hast du auch Tiere?« wollte sie wissen.

»Die wären längst verhungert«, meinte er und stapfte mit gesenktem Kopf weiter.

»Oh, sieh mal, wie schön es hier ist!« Madeleine war stehengeblieben. Sie hielt Paul am Arm fest, um ihm die Landschaft zu zeigen.

Von der Straße aus konnten sie bei der klaren Luft weit in das Land hineinblicken, bis zu den Alpen. Das Geräusch eines Traktors zerteilte das Gesumm der Bienen. Vor ihren Augen erstreckte sich grellgelb ein Rapsfeld. Vereinzelte Lärchen begleiteten die Straße ein Stück zu Pauls Hof hin. Hinter dem Rapsfeld lag ein Dorf; eine quadratische, rosafarbene Kirche mit einem Zwiebelturm überragte kleine, rotgedeckte Häuser, in deren Fensterläden Herzen geschnitten waren. Aus dem Wald zur rechten stieg weißer Dunst auf, leuchtete im Sonnenlicht; es gab Paul auf der Zunge einen Geschmack wie Honig. Der leichte Wind verwehte die Töne der Kirchturmglocke über das Land; sie klangen zart und traurig.

»Wir gehen hier runter, das ist kürzer«, sagte Paul. Nebeneinander stapften sie durch das hohe, ein wenig feuchte Gras, Madeleine immer noch in dem viel zu großen Staubmantel, der weit über den Rocksaum hinunterreichte. Unter einer Gruppe von im Wind rauschenden Birken glitzerten vereinzelte Tautropfen zwischen den Schatten der Äste. Hinter den Birken konnte man schon Pauls Haus sehen, die verschlossenen Fensterläden, von denen der Regen die Farbe gewaschen hatte, das schindelgedeckte Dach und die grauweißgestrichenen Mauern.

»Oh, ist das schön!« rief Madeleine noch einmal. »Und es gehört dir ganz allein?«

»Ja«, sagte Paul.

»Hast du keine Angst, so einsam wie es hier ist?«

Paul lachte. »Das Dorf ist ja nicht weit. Hier kommt kaum jemand vorbei. Außerdem habe ich keine Feinde.«

Aus dem hohen Gras traten sie auf den schmalen Weg, auf dem auch jetzt noch deutlich die breiten Reifenspuren des Ford Transcontinental zu sehen waren. Paul stellte fest, daß die Erinnerung an den eigenen Laster ihm nichts mehr bedeutete; die Spuren waren kaum noch eine Geschichte wert.

Auf dem Hof, zwischen Haus und Stall, erhob sich eine alte, mächtige Buche, gleich neben einem kleinen ausgetrockneten Brunnen. Hinter dem Haus war ein Garten, in dem die Zwillingsschwester dieser Buche stand.

»Komm rein«, sagte Paul, steckte den Schlüssel in die verwitterte Tür und sperrte auf. »Ich zeige dir, wo alles ist.«

Gleich hinter der Tür lag ein gekachelter Gang, von dem eine Holztreppe in das obere Stockwerk führte. Rechts hinter der Tür befand sich die Küche mit ihrem großen Herd, der auf vier Beinen in der Mitte des Raumes stand; links das Eßzimmer, dahinter das Wohnzimmer, von dem eine Tür zum Garten führte. Der alte Bauer, der hier zuletzt gelebt hatte, war vor vier Jahren gestorben, und Paul hatte das Haus mit allen Möbeln von einem Makler erworben. Es waren Bauernmöbel, sehr solide gearbeitet, ein bißchen unbequem, aber in warmen Farben gehalten und mit reichen Verzierungen versehen.

Als er vor Madeleine durch die Räume ging und alle Türen öffnete, empfand er zum erstenmal das kühle, fast frostige Wesen dieser Räume, die Kälte, die von der schwarzen Höhle des Kamins ausging, die Leblosigkeit der kunstgewerblerischen Stilleben an den niedrigen Wänden und die staubige Starre des Leuchters an der Decke.

Er legte die Post, die er hinter der Eingangstür vom Boden aufgeklaubt hatte, auf den Tisch und öffnete die Tür zum Garten. Madeleine ließ sich auf einen der Holzstühle sinken, streckte die Beine aus und sah sich lächelnd um.

»Hier zu leben wird wie das Paradies sein«, meinte sie.

Paul blätterte die Briefe und Drucksachen durch und stieß auf ein Kuvert seiner Versicherung.

»Was ist oben noch?« fragte sie.

»Oben sind die Schlafzimmer und ein Arbeitsraum«, antwortete er. Er riß das Kuvert mit dem Daumen auf. Ein leichter Druck in der Magengegend zeigte ihm, daß er aufgeregt war. Welche Beschuldigungen mochte das Schreiben enthalten? Das Telefon klingelte. Ungnädig über die Ablenkung, sagte Paul: »Gehst du mal ran?«

Madeleine stand auf und ging zum Telefon, das im Gang auf einer kleinen Kommode stand. Nach dem dritten Rufzeichen hob sie ab. *»Oui?«*

»Du darfst dich nicht französisch melden«, rief Paul.

*»Allo?«* fragte sie und lauschte. Aber niemand meldete sich, nicht mal ein Atmen war zu hören, nur atmosphärische Störungen. Verwundert, aber nicht beunruhigt, legte Madeleine den Hörer wieder auf die Gabel, sie blieb vor der Kommode stehen. Mit den Fingerspitzen fuhr sie die obere Leiste des Möbelstücks entlang und zog dann neugierig die oberste Schublade der Kommode auf. Unter einem Dutzend Straßenkarten und einem Paar Handschuhe ragte der Griff einer Pistole hervor. Sie hob die Karten hoch und sah die ganze Waffe, die groß und schwarz und sicherlich geladen in der Schublade lag, eine Walther P 38. Sie kannte den Namen der Pistole, denn man sah sie manchmal in alten Kriegsfilmen. Schnell schob Madeleine die Schublade wieder zu. Sie hatte plötzlich eine Gänsehaut.

»Hör dir das an«, rief Paul aus dem Wohnzimmer. »Ich werde noch verrückt. Die Versicherung schreibt mir, daß sie einen Mann schicken, dem ich meinen Fall noch einmal schildern soll. Die Polizei in Amsterdam hat anscheinend den Fahrer des weißen Porsches gefaßt, nachdem er einen Personenwagen unter gleichen Umständen von der Autobahn gedrängt hat. Jetzt haben die sich plötzlich an meine Aussage erinnert. Hier steht, ich bekomme vielleicht siebzig Prozent des Schadens ersetzt. Damit kann ich mir einen neuen Laster kaufen, Madeleine, hörst du das?«

Paul hatte den Brief zu Boden flattern lassen, Madeleine gepackt und schwang sie nun lachend wie ein Kind um sich herum, und während er sich so drehte, wirbelten vor seinen Augen wieder die vergangenen Wochen und ihre Ereignisse vorbei. Ernüchtert ließ er Madeleine zu Boden und fragte keuchend:

»Wer war denn am Telefon?«

»Ich weiß nicht«, sagte sie und fuhr sich durch die Haare. »Es hat sich niemand gemeldet.«

# 48

Serge Mallet hatte nie gewußt, wie weh es tun kann, einen Telefonhörer wieder auf seine Gabel zu legen. Jetzt wußte er es.

Seitdem er aus Genua zurückgekehrt war, hatte er jeden Tag Pauls Nummer in Deutschland angerufen. Über eine Woche lang hatte niemand abgehoben, und nie hatte es Serge etwas ausgemacht, den Hörer wieder aufzulegen. Aber jetzt.

Paul war aus dem Gefängnis, und Madeleine war bei ihm in Deutschland. Sie war nicht zurück nach Marseille gefahren, wie er gehofft hatte. Sie war mit Paul nach München gegangen.

All die Unglücke in diesem Sommer. Erst brach er sich ein Bein, kam ins Krankenhaus und sein bester Freund brannte mit dem Mädchen durch, das er heiraten wollte. Dann wollte er Madeleine zurückholen, aber diesmal war sie im Krankenhaus. Und schließlich brachte Poujouly sich um. Im Augenblick lebte Serge von dem Geld, das er für den Renault bekommen hatte. Wenn er nicht bald eine Arbeit fand, würde er anfangen müssen, die Wohnungseinrichtung Stück für Stück zu verkaufen.

Madeleines Stimme wollte ihm nicht aus dem Ohr. Wenigstens hatte sie sich noch nicht mit Pauls Namen gemeldet. Aber das *Oui* und das *Alloh!,* zwei kurze Worte nur, aber sie waren ihm wie Eiswasser den Rücken hinuntergelaufen. Er preßte die Finger gegen den schwarzen, flachen Lauf der Beretta in seiner Hosentasche. Nicht durchdrehen, Serge, nur die Ruhe bewahren, sonst geht das auch noch schief. Du hast dich und du hast die Pistole; mehr brauchst du nicht, um Madeleine zurückzuholen.

Er zog die Pistole aus der Tasche und visierte den Fernseher an. Alles andere versank um den schwarzen, glänzenden Lauf der Waffe. Er drehte sich in einem Halbkreis, die Beretta in Schulterhöhe am Ende des ausgesteckten Arms erhoben, und war erstaunt, wie ungeheuer nah und scharf konturiert der Gegenstand erschien, auf den er die Waffe gerade richtete.

Er drückte ab. Klickend schlug der Hammer gegen das leere Magazin. Beinahe enttäuscht ließ er den Arm sinken. Dann ging er zu der Kommode, auf der die Patronen lagen, die er vor dem Anruf in München herausgenommen hatte. Wenn er Paul gegenüberstand, mußte die Waffe geladen sein. Grizzly hatte es nicht anders gewollt. Manche Leute suchten sich ihr Schicksal aus, andere wurden damit geboren. Aber wie man es auch drehte und wendete, es blieb immer eine Falle, ein Käfig.

Unruhig ging Serge in der Wohnung auf und ab. Seit dem Anruf war der Drang, etwas zu tun, in ihm übermächtig geworden. Er fühlte sich wie vor rund vier Wochen in jener Nacht, als er aus Amsterdam heimgekehrt war und entdeckt hatte, daß Madeleine mit Paul nach Genua gefahren war. Nun befand sie sich in München, und diesmal würde er sie finden. In Genua war es ihm nicht gelungen, aber in München hatte er den Wind im Rücken. Er kannte Pauls Hof und wußte, wie er ihn erreichen konnte.

Mit dem Handballen schlug er das geladene Magazin in den Griff der Beretta und schob die Waffe dann in die rechte Tasche seines Regenmantels, der auf der Couch lag. Draußen ging ein heftiger Sommerregen nieder. Obwohl in den Büros die Mittagspause kaum begonnen hatte, war es dunkel wie am Abend.

Serge fuhr in den Trenchcoat und verknotete den Gürtel. Dann griff er nach einem breitkrempigen Hut. An der Fensterscheibe schuf der Regen ständig neue Monochrome. Serge sah auf die Straße hinunter, deren Nässe das farbige Spiel der Ampeln an den Straßeneinmündungen variierte. Ein Mädchen in einem violetten Lackmantel lief über den Platz und verschwand im Eingang des Gare St. Charles. Die Uhr über dem Platz trieb den Tag eine Minute weiter voran. Serge erinnerte sich, wie er und Madeleine manchmal an diesem Fenster gestanden und der Zeit zugesehen hatten.

Er drehte sich um und warf einen letzten Blick auf den Raum, den er mit soviel Liebe eingerichtet hatte. Jetzt bedeutete es ihm nicht mehr als ein Hotelzimmer. Er biß die Zähne zusammen. Wenn er Paul doch nur nicht nach Marseille geschickt hätte. Sie waren so verdammt gute Freunde gewesen, vorher, hatten sich jeder für sich durchs Leben geschlagen und doch nie den Kontakt abreißen lassen, was auch geschehen war.

Jetzt war von all dem nichts mehr übriggeblieben als Neugier; und seine Augen, mit denen er Paul betrachten würde, wenn er versuchte, sich um die Antwort auf die Fragen zu drücken, die er ihm morgen stellen würde. Neugier und ein Paar Augen, das ist nicht viel. Und er würde geschickte Fragen stellen, über den Lauf der Pistole hinweg. Keine großen Fragen, auf die sich Paul einfach mit großen Lügen aus der Affäre ziehen konnte.

Nein, er würde diese großen Fragen in viele kleine, scheinbar unbedeutende aufteilen, auf die er viele aufrichtige, scheinbar unbedeutende Antworten erhalten würde, die er dann zu einer großen, wahren Antwort zusammensetzen konnte.

Und dann, wenn er diese große, wahre Antwort hatte, dann würde er sich überlegen, ob er drückte oder nicht. Ob er Madeleine noch haben wollte oder nicht.

Aber, mein Gott, was für gute Freunde waren sie gewesen! Und das Leben, das Leben und die Wirklichkeit mit ihren Elefantenfüßen hatten die Fassade niedergetreten, hinter der plötzlich alle Gefühle als sentimentaler Kitsch auf einem Haufen lagen wie schmutzige Wäsche, die sauer riecht.

Als Serge das Haus verließ, wurde der Regen ein wenig schwächer. Der Himmel hatte eine bläuliche, dunstige Farbe, und die Sonne war nur als blasser roter Fleck zu erkennen. Der Elsässer wußte, daß es keinen Zweck hatte, einen geparkten Wagen aufzubrechen und kurzzuschließen, denn er würde unterwegs ein paarmal tanken müssen, und da durfte man den Motor nicht laufenlassen. Er brauchte einen Wagen mit Zündschlüssel und Papieren, nach Möglichkeit sogar einen schnellen, denn er wußte nicht, wie lange Madeleine und Paul in München bleiben würden.

Systematisch suchte er die Straßen seines Viertels ab. Er hoffte, daß wegen des schlechten Wetters vielleicht jemand ein paar Minuten in seinem Wagen sitzenblieb, um das Ende des Regens abzuwarten. Das Wasser sprühte von der Krempe seines Huts. Der Griff der Pistole hatte sich in seiner Hand erwärmt, und die Schultern seines Regenmantels, die der Regen schwarz gefärbt hatte, lagen schwer und klamm auf der Haut.

Nach einer Viertelstunde hatte er Glück, mehr als er erwarten durfte. In einer schmalen Einbahnstraße parkte ein brauner Lamborghini Espada, zwei Reifen auf dem Trottoir. Serge drehte sich um. Hinter ihm war niemand. Dann spähte er durch die beschlagenen, grüngetönten Scheiben des Sportwagens. Auf dem mit Lammfell bespannten Beifahrersitz lag ein junger Mann in Blue Jeans und eierschalenfarbenem Rollkragenpullover und schlief. Seine blonden Locken waren verwuschelt, und die blasse Haut des hübschen, verweichlichten Gesichts ließ darauf schließen, daß er eine lange Nacht hinter sich hatte.

Der Elsässer vergewisserte sich noch einmal, daß keine Passanten in der Nähe waren, dann legte er schnell die linke Hand auf den nassen Türgriff an der Beifahrerseite, während er gleichzeitig mit der Rechten die Beretta aus der Manteltasche zog. Der junge Mann erwachte, als Serge ihm die Mündung der Pistole an die Schläfe setzte und scharf sagte: »Los, rutsch rüber!«

Der Junge kam der Aufforderung sofort nach, denn obwohl eine Beretta nicht unbedingt zu den großen Pistolen gehört, ist ihre Mündung kein besonders schöner Anblick, und es gibt auch angenehmere Gefühle, als diese Mündung an der Schläfe zu spüren.

Mit dem linken Ärmel wischte Serge sich die Nässe vom Gesicht. »Weißt du, wie man zur Schweizer Grenze kommt?«

»Ja.« Die Wangen des Jungen wiesen plötzlich rote Flekken auf.

»Dann fahr los! Hinter der Grenze lasse ich dich raus.

Wenn du dich anstellst, muß ich dir wehtun. Das lohnt sich nicht, der Wagen ist schließlich versichert, oder?«

»Ja.« Der Junge begriff sofort und startete. Beim erstenmal soff der Motor ab, aber gleich darauf ertönte das tiefe Röhren eines hochgezüchteten italienischen Sportwagens. Serge lehnte sich zurück, hielt die Beretta aber weiterhin auf den Jungen gerichtet. Die Scheibenwischer schlugen leise hin und her.

»Wie heißt du?« fragte Serge.

»César.«

»Schön, César. Freunde können wir zwar kaum werden, aber ich bin auch kein Bandit. Fahr schnell und vorsichtig, dann geht alles gut.«

Der Junge namens César riß den Lamborghini vom Trottoir hinunter und jagte ihn die Einbahnstraße hoch. Der Regen war wieder stärker geworden. Der Junge beugte sich über das Steuer, das Gesicht dicht an der Windschutzscheibe, um bei der hohen Geschwindigkeit rasch reagieren zu können. An der Ecke streifte er die Beretta mit einem Seitenblick. Sie war noch immer da, sie war echt, und von da an konzentrierte der Junge sich ganz aufs Fahren.

## 49

Der Himmel war schon dunkel, aber die Nachtkühle hatte noch nicht eingesetzt. Paul und Madeleine saßen an einem Tisch im Garten dicht an der von wildem Wein überrankten Mauer. Das Licht der Kerze zwischen ihnen ließ den Rotwein in ihren Gläsern aufleuchten. Süßer, schwerer Blütenduft hing in der Luft. Ganz hinten, wo der Rasen in der Dunkelheit schwarz wurde, erhob sich ein Kirschbaum. Zwei oder drei Vögel, die noch zu munter zum Schlafen waren, veranstalteten eine kleine Nachtmusik.

Paul fühlte sich müde und angenehm erfüllt, eine seltene Stimmung, die normalerweise dazu führte, daß er noch eine zweite Flasche Wein entkorkte, aber weder er noch Madeleine beabsichtigten, die Warnungen der Ärzte nach der kaum überwundenen Krankheit in den Wind zu schlagen.

Eine Mücke, deren Kreise um die Flamme immer enger geworden waren, leuchtete mit einem leisen Zischen auf und fiel leblos auf die Tischplatte. Dummes Ding, dachte Paul. Andere Insekten befanden sich bereits im Anflug und würden genauso bei dem Versuch umkommen, ihr Ziel zu überleben.

Ein wenig traurig betrachtete Paul Madeleine. Mit einem konzentrierten Ausdruck auf dem Gesicht zerteilte sie einen Pfirsich, dessen feuchtes Fleisch im Kerzenschein schimmerte. Sie würde ihm nie näherkommen als jetzt. Er hatte den ganzen Nachmittag darüber nachgedacht und gespürt, daß die Wärme, die sie seinem Leben vielleicht zu geben imstande war, ihn ersticken würde. Jetzt bot sie ihm mit einem Lächeln, das wie der Pfirsich halb Gold und halb zerteiltes Geheimnis war, die eine Hälfte der Frucht an, und er ließ sie sich in den Mund schieben. Während er kaute, strich er Madeleine unbeholfen über das frisch gewaschene Haar.

Dann wurde ihm die Trostlosigkeit dieser Geste bewußt, und er sah auf sein Glas hinunter. Es war zu drei Vierteln leer getrunken. Ein abgesacktes Insekt paddelte um sein kümmerliches Leben.

Paul drückte die Kerze in den Hals der Flasche und schob sich hinter dem Tisch hervor. »Ich gehe schlafen. Bringst du die Gläser in die Küche?«

Madeleine ließ den Pfirsichkern, den sie gedankenverloren zwischen den Finger hin und her gedreht hatte, in ihr Glas fallen und stand ebenfalls auf.

Im Sommer herrschte in Pauls Arbeitszimmer den ganzen Tag über das grünliche, gebrochene Licht des aufsteigenden Morgens, denn das dichte Laub der mächtigen Buche direkt vor dem Fenster hielt den Sonnenschein ab. Paul saß an einem Tisch und suchte alle Unterlagen zusammen, die er für den Besuch des Versicherungsmannes brauchen würde.

Seine Hände waren schweißfeucht, nicht nur von der Hitze, sondern auch, weil ihm die Arbeit mit den Belegen, Vertragsergänzungen und Formblättern lästig und unbequem war. Madeleine hielt sich im Garten auf. Beim Frühstück hatte sie angeboten, das Unkraut von den Beeten zu jäten, und er hatte zugestimmt, damit sie sich nicht ganz überflüssig vorkam. Zwischen zwei Ästen hindurch konnte er ihren gebeugten Rücken in der roten Bluse sehen. Er beobachtete einen Moment lang ihre flinken Hände bei der Arbeit, wie sie das Unkraut ausrissen und in einen Eimer warfen, der hinter ihr stand. Das sind Dinge, die kann jeder Mann und jede Frau, ohne daß man sie ihm beibringt, dachte er; ganz egal ob Tankwart oder Sängerin, Maler oder Zuhälter. Man braucht ihn bloß in ein Beet mit Blumen zu stellen und er beginnt, das Unkraut auszureißen.

Paul ging ins Schlafzimmer, wo ein kleiner Plattenspieler stand, um eine neue Platte aufzulegen. Dann aber entschloß er sich, die gerade gehörte noch eimal abzuspielen, weil sie so gut zu seiner Stimmung paßte. Es war Zigeunerjazz, Django Reinhardts Gitarrenimprovisationen mit dem Titel *Echoes of Spain.*

Vom Schlafzimmerfenster aus konnte man den Weg sehen, der vom Dorf zum Hof führte. Der helle Staub leuchtete in der Sonne. Auf dem Weg näherte sich ein dunkelbraunes Sportcoupé. Die Scheiben blitzten. Da der Weg sich noch weiter ins Land zog, nahm Paul an, daß der Wagen einem Ausflügler gehörte und schenkte ihm keine weitere Beachtung.

## 50

Serge hatte den Jungen namens César an einer einsamen Stelle in der Schweiz abgesetzt und war dann durchgefahren. Er trug eine dunkle Brille, um seine müden Augen vor der Sonne zu schützen. Er entdeckte Madeleine schon von weitem. Obwohl sie halb von Büschen verdeckt war und sich gerade bückte, erkannte er sie, das blonde Haar, die rote Bluse und ihre Art, sich zu bewegen. Sie war gar nicht zu übersehen.

Er fuhr jetzt langsamer, um sie besser in sich aufnehmen zu können. Sie war hier, sie stand wirklich und wahrhaftig hier in diesem Garten, und er hatte sie eingeholt. Seit Wochen hatte er diesen Augenblick herbeigesehnt, und jetzt war es ihm egal, was sie sagen würde, denn er konnte sie wenigstens sehen.

Langsam lenkte er den staubbedeckten Lamborghini von dem ungeteerten Weg auf den Hof. Das Hauptgebäude entzog Madeleine seinen Blicken. Sie hatte den Wagen gehört und aufgeschaut, aber er glaubte nicht, daß sie ihn erkannt hatte. Er stieg aus und streifte den Regenmantel über, denn das war die unauffälligste Art, die Pistole zu transportieren, in der rechten Tasche. Zu Madeleine würde er später gehen, erst mußte er mit Paul sprechen.

Die Haustür stand offen. Serge trat in den schattigen Gang und ging durch alle Räume, die unten lagen. Vom Wohnzimmer aus konnte er Madeleine im Garten sehen, die immer noch darauf zu warten schien, daß, wer immer auch in dem Lamborghini gekommen war, er den Weg durch den Garten nahm. Sie wirkte blaß und beunruhigt, wie sie da inmitten der bunten Blumen im Sonnenlicht stand, und er widerstand nur mit Mühe dem Impuls, hinauszugehen und sie in die Arme zu schließen.

Paul war in keinem der unteren Räume. Also machte Serge kehrt und stieg langsam die schmale Holztreppe zum oberen Stockwerk hinauf. Beide Hände hatte er in die Manteltaschen geschoben. Als Paul von seinem Schreibtisch aufblickte, lehnte der Elsässer schon im Türrahmen. Ein kleines, kaltes Lächeln huschte über sein Gesicht wie ein Sonnenstrahl über einen Eiszapfen. Dunkelblaue Bartschatten und die Sonnenbrille gaben seinem traurigen Gesicht einen verwilderten Ausdruck.

Paul hob nur die Augen. Seine Stirn legte sich in Falten, die von seinen Mundwinkeln abwärts führenden Kerben vertieften sich, und er sah plötzlich älter aus.

»*Salut*, Serge«, sagte er.

»*Salut*, Paul«, erwiderte der Elsässer, wieder mit einem kleinen Lächeln, aber einem ganz anderen diesmal, einem, das um Entschuldigung zu bitten schien. Dann nahm er die Sonnenbrille ab und ließ sie in der linken Tasche des Regenmantels verschwinden. Seine Augen schienen an Paul vorbeizublicken, aber Paul kannte diesen Ausdruck, der neutral wirkte, dabei aber nur verbergen sollte, wie traurig er war. Man sah ihm an, daß er mit dem Vorsatz hergekommen war, von allen möglichen Sätzen nur die wichtigsten zu sagen und von allen denkbaren Taten nur eine auszuführen, genau wie Paul sich das für diesen Moment vorgenommen hatte, den sie beide schon seit Wochen mit allen Gesten und Blicken vor sich gesehen hatten. Und jetzt wagte keiner den Anfang zu machen. Serge versuchte es dennoch.

»Laß dich hierdurch nicht stören«, sagte er und zog die Beretta aus der Manteltasche. Sein Haar war an der Schläfe feucht. Das grüne Zwielicht im Raum ließ ihn müde und erschöpft aussehen. »Du siehst doch ein, daß es nicht ewig so weitergehen kann, ohne zu einem Ende zu kommen, nicht wahr?«

Paul erhob sich langsam, aber ohne sichtbare Angst.

»Warum konntest du nicht früher kommen?« fragte er.

»Wann früher?« gab Serge zurück.

»Vor alldem, vor einem Monat . . . Vor Genua, vor Marseille, vor Poujouly . . . vor Madeleine.«

Die Mündung der Beretta wies auf seinen Bauch, ohne zu zittern.

»Ich konnte nicht, das weißt du«, sagte Serge. »Außerdem war es nicht nötig. Oder vielleicht *war* es nötig, und ich hielt es nur nicht für nötig, so wie ich dich für meinen Freund hielt. Vor alldem warst du es ja auch. Ich habe große Stücke auf unsere Freundschaft gehalten.«

Paul schwieg. Jetzt war ihm nicht mehr heiß, sondern kalt, kalt wie der schwarze Lauf der Pistole, kalt wie die Asche ihrer Freundschaft.

»Eine Freundschaft wie unsere, wo man zusammenhält,

die findest du sonst nirgendwo«, sagte Serge. »Nicht unter den Intellektuellen, die ihren Verstand benutzen, nicht unter den Künstlern – ich weiß das, ich habe bei ihnen gelebt –, nicht einmal bei Frauen wie Madeleine oder Bonzen wie Poujouly. Nur bei Männern wie uns, die 100 000 Kilometer zusammen abgespult haben.«

»Und bei Jungen«, sagte Paul, »auf dem Spielplatz.«

Die Ernsthaftigkeit, das Mitleid in seinem Ton verwirrten Serge. Wollte Paul sich über ihn lustig machen? Sein ehrliches Gesicht, das von der klaren Traurigkeit seiner Augen erleuchtet zu werden schien, bezog sich plötzlich, als er die Stirn kräuselte. Er machte eine rasche Bewegung mit dem Lauf der Beretta.

»Was ist das da auf deinem Schreibtisch, in der Tasse?« fragte er.

»Kaffee«, sagte Paul.

»Bleib stehen, rühr dich nicht!« befahl Serge, während er mit schnellen Schritten zum Schreibtisch ging. Die Pistole auf Pauls Bauch gerichtet, griff er mit der anderen Hand nach der Tasse und schüttete den Inhalt hinunter, wobei er über den Rand hinweg argwöhnisch auf Paul schielte.

»Kalt«, sagte er enttäuscht und leckte sich die Lippen ab. Dann nahm er wieder seinen Platz an der Tür ein, als fürchtete er Pauls Nähe.

»Ich warte«, sagte er.

»Worauf?« fragte Paul

»Daß du dich endlich verteidigst! Daß du endlich anfängst mit deinen Lügen und Entschuldigungen, daß du einen Grund erfindest für dich und Madeleine.«

Jetzt waren nicht mehr nur die Haare an den Schläfen naß, auch auf Serges Stirn und Oberlippe standen kleine Schweißperlen.

Paul suchte nach einem Weg, den Elsässer daran zu hindern, daß er sich noch mehr in seine Enttäuschung, seine Wut verbiß. Auch er schwitzte. Das Hemd juckte unter den Achseln und klebte am Rücken fest.

»Für alles, was geschieht, gibt es einen Grund«, sagte er,

»man braucht ihn nicht erst zu erfinden. Und wenn ich lügen würde, dann nicht, um etwas vor dir zu verschleiern, sondern um es weniger kompliziert zu machen.«

»Du hältst mich für einen Idioten, das habe ich mir gdacht«, meinte Serge. »Zugegeben, ich habe mich idiotisch benommen. In meinem Alter noch einmal von vorn anfangen zu wollen, in der Liebe, und dabei zu glauben, Madeleine wäre anders als alle Frauen . . . Nur ein Idiot glaubt in meinem Alter noch an Glück, Romantik. Aber das gab dir noch nicht das Recht, dich in mein Verhältnis zu Madeleine einzumischen, mich mit jedem Wort, das du zu ihr gesagt hast, mit jedem Kilometer zwischen Amsterdam und Genua ein bißchen mehr zu töten. Und jetzt, wohin hat es dich gebracht? Stehst vor meiner Pistole, ohne dich zu wehren. Am Ende hatte ich die intelligentere Idee, Paul! Du wolltest mich höflich umbringen, höflich und leise, mit Worten, mit Kilometern, leise und sanft wie Sand. Aber ich bin gekommen, um dich mit einer Kugel zu töten, auf einmal, und es sieht fast so aus, als wärst du jetzt der Idiot, nicht?«

»Das täuscht«, erwiderte Paul. »Was erwartest du noch von mir? Wenn du es so siehst, dann drück ab!«

»Du wehrst dich nicht?« fragte Serge erstaunt.

»Was für eine Chance hätte ich denn schon?« wollte Paul wissen. Plötzlich fühlte er sich wieder so müde, so erschöpft wie auf dem Krankenbett in Genua. All seine Erwartungen hatten sich erfüllt.

»Ist das wichtig? Im Krieg hatten wir da eine Chance, du auf deiner Seite und ich auf meiner?«

Paul lachte freudlos. »Du meinst, warum sterbe ich nicht für meine Liebe wie ein Ritter in einem Märchen? Nur damit du beweisen kannst, daß Liebe dasselbe ist wie Krieg und daß wir jetzt nachholen, was wir vor dreißig Jahren schon hätten tun sollen? Wenn du die Pistole wegsteckst, Serge, dann erkläre ich dir, wie das mit mir und Madeleine gekommen ist und meinetwegen auch, daß das Leben kein Spielplatz für Gassenjungen ist und Freundschaft kein Aufschub für eine Kugel, die man unbedingt loswerden will.«

Seine Hände hatten sich, während er sprach, um die Kante des Schreibtisches geschlossen und sie so fest gedrückt, daß die Fingerspitzen schmerzten. Er sah, daß der Lauf der Beretta zu zittern begann, und spürte, daß sie einen Moment erreicht hatten, in dem wieder alles möglich war, in dem der Stein auf dem Gipfel des Berges lag und nach beiden Seiten herabrollen konnte. Einige Minuten lang hatte alles – das Ticken seiner Uhr am Handgelenk und das Rauschen der Blätter der Buche vor dem Fenster, ein fernes Hupen und die Schatten im Zimmer, der Schlag seines Herzens und die Bewegungen von Serges Lippen – in bezug zu dem Lauf dieser Pistole gestanden, und jetzt hatte er gezittert. Serge wirkte plötzlich mutlos und klein. In den letzten Wochen war er, zu müde zum Fragen, zu enttäuscht, um abzuwägen, von seiner Sehnsucht nach Madeleine und dem Wunsch nach Rache vorwärtsgetrieben worden, und jetzt, wo Paul sich ihm nicht als triumphierender Sieger entgegenstellte, schien alles in Frage gestellt.

Serge ließ die Waffe sinken. *Ich bin hergekommen, um dich zu töten,* sagten seine Augen, *aber um alles in der Welt, warum eigentlich?* Er leckte sich über die Lippen. Ihre Freundschaft hatte wegen einer Frau begonnen und nun endete sie an einer Frau. Der Kreis hatte sich geschlossen, es gab keine losen Enden mehr.

In diesem Augenblick öffnete sich die nur angelehnte Tür in Serges Rücken. Paul erblickte Madeleine, sah den entschlossenen Ausdruck auf ihrem Gesicht und die Pistole in ihrer Hand und machte eine abwehrende Bewegung. Serge mißdeutete das Zucken von Pauls Arm und riß die Beretta wieder hoch, aber er kam nicht mehr dazu, abzudrücken.

Madeleine schoß zweimal auf sehr kurze Distanz. Die Mündungsflamme versengte fast den Regenmantel des Elsässers. Er wurde einen Meter auf die Mitte des Zimmers zugetrieben, als hätte er einen Faustschlag in den Rücken erhalten. Seine Hand öffnete sich. Die Beretta polterte auf den Dielenboden. Verlegen sah er an sich hinunter; dort wo eine der Kugeln oberhalb der Gürtelschnalle wieder ausgetreten war, zeigte sich ein roter Fleck.

»Paul, Mensch!« sagte er mit einem erschrockenen, aber freundlichen Lächeln, als hätte der Schock sein Mißtrauen und alles, was zwischen ihnen stand, weggewischt. Er berührte den roten Fleck mit der Hand und zog sie zurück, als sie sich verfärbte.

Dann brach er zusammen, ehe Paul ihn auffangen konnte. Fassungslos blickte Paul Madeleine an, die noch immer die Walther P 38 umklammerte. Ihre Hände zitterten, aber der starre, entschlossene Ausdruck auf ihrem Gesicht wich nicht.

»Mein Gott, woher hast du denn die Pistole?« fragte Paul.

»Aus dem Schrank, dem Schrank mit dem Telefon«, antwortete Madeleine. Ihre Stimme war beinahe unhörbar vor Entsetzen, schraubte sich dann aber plötzlich immer höher. »Ich habe dich gerettet, er wollte dich erschießen! Serge wollte dich töten, Paul, ich habe dich gerettet!«

Paul gab ihr eine Ohrfeige, damit sie still war.

## 51

Serge wußte nicht, wer oder was ihn getroffen hatte. Wenn jemand ihm gesagt hätte, daß er von zwei Kugeln in den Rücken getroffen worden war, von denen eine oberhalb des Nabels wieder ausgetreten war, während die andere sich in die unterste rechte Rippe gebohrt hatte, wäre es ihm schwergefallen, diesen Worten zu glauben. Direkt vor seinen Augen schob sich ein rotes Rinnsal über die grobe Maserung eines blankgetretenen Dielenbretts, aber er brachte diesen Vorgang nicht in Zusammenhang mit den Schmerzen, die sein Inneres zu verbrennen schienen. Wären die Schmerzen nicht gewesen, hätte er sich fast wohl gefühlt, wohl und voll tröstlicher Ruhe. Seit Amsterdam war er hinter etwas hergejagt – was war das nur gewesen? –, hatte alles beiseite gefegt, das sich ihm in den Weg gestellt hatte, und jetzt hatte irgend etwas den Antrieb zerstört, und er konnte sich endlich ausruhen.

Die rote Flüssigkeit leuchtete auf, glasiert von einem Sonnenstrahl. Schmerzhaft laut hallten Worte durch das Zimmer, aber er verstand keins davon. Irgendwo dröhnte Musik, melancholischer Zigeunerjazz, der etwas in ihm zum Schwingen brachte, aber das war nicht gut, denn es tat weh.

Der Schmerz war so schlimm, daß er erst mit den Zähnen knirschte und sich dann auf die Zunge biß. Er drehte den Kopf ein wenig, denn er lag direkt auf dem Ohr. Er hätte den Kopf gern noch weiter gedreht, aber es ging nicht. Er verfiel wieder in Starre. Er war gefallen ... wie ein Knopf, nachdem der Faden gerissen war, ein abgeplatzter Knopf.

»Serge? Serge?«

Jemand rief seinen Namen. Er sah ein Paar Füße. Dann schob eine Hand ihm eine brennende Zigarette zwischen die Lippen, aber sie tat es nicht richtig, denn der Rauch stieg ihm in die Augen. Außerdem wurden die Schmerzen stärker, wenn er an der Zigarette zu ziehen versuchte. Er schob sie mit der Zungenspitze aus dem Mund. Zischend erlosch die Glut in der Feuchtigkeit unter seinem Gesicht.

Ihm war heiß. So behutsam wie möglich hob er den Arm und legte die Handfläche in die rote Flüssigkeit. Dann verrieb er sie auf seinem Gesicht, obwohl ihm Wasser lieber gewesen wäre.

»Serge?«

Wieder diese Stimme. Was wollte sie bloß? Laß mich in Ruhe.

»Du darfst nicht sterben.«

Ach nein? Hast du eine Ahnung, mein Alter. Ich darf sterben, wann ich will. Weil ich das Leben nämlich nicht liebe. Ich habe es immer schon gehaßt. Bis vor kurzem war mir nur nicht klar, daß das ein Grund ist, zu sterben ...

»He, Serge!«

Jetzt erkannte er die Stimme. Sie gehörte Paul, Paul Grisbi.

»Adieu, Grizzly«, sagte er.

Er spürte die Veränderungen in seinem Körper, während er reglos dalag. Die Dunkelheit kroch aus allen Ecken des

Zimmers auf ihn zu. Er konnte nicht einmal mehr seine Hand sehen, selbst wenn er sie bewegte.

»Adieu, Serge.«

Das war Paul gewesen, der da gesprochen hatte, sein Freund Paul. Sie hatten zusammen Lastwagen gefahren. Noch einmal wich die Dunkelheit zurück. Er sah einen Laster über eine Straße rasen, vom Weg abkommen und eine Böschung hinunterfallen. Der Laster verformte sich wie eine Streichholzschachtel, die man zerdrückt. Ein Rad drehte sich wie eine Roulettescheibe, löste sich aus seiner Halterung, sprang von der Nabe und rollte davon. Die Schraubenlöcher wurden zu einem zweiten Rad, das sich in entgegengesetzter Richtung zu drehen schien. Dann schrumpfte das Bild zu einem Punkt in der Mitte des Rads. Der Punkt erlosch.

## 52

»Ist er tot?«

Paul sah auf Serge hinab. Die Frage war nicht wichtig, und er hatte sie gleich wieder vergessen. Wenn er die Augen schloß, war Serge da, und er würde dableiben, auch wenn die Leiche entfernt worden war.

»Paul, ich habe Angst. Sie können uns doch nichts tun? Wir sind doch unschuldig, nicht?«

Unschuldig, dachte Paul, was für ein komisches Wort für uns. Idioten, das war besser. Er fühlte sich nur noch von seiner Betäubung, seinem Schmerz zusammengehalten.

»Du darfst nicht traurig sein, Paul. Er ist jetzt bei Etienne und Auguste und seiner Tochter.«

Paul sah auf. Nicht traurig sein, dabei weinte sie selber. Sie schämte sich ihrer Tränen nicht, denn im Moment waren sie beide nicht mehr als Kinder über einer toten Katze, einem schuldlosen, unglückseligerweise toten Ding.

Paul sah Madeleine an. Wie sie da stand, den Kopf leicht geneigt, das Gesicht blaß und die Pupillen übergroß und dunkel in ihren Höhlen, mehr Mitleid als Schuldbewußtsein im Blick, wußte er, wie schnell ihr Schmerz vergehen würde. Jetzt hielt sie die Walther in der Hand und preßte sie gegen ihre rote Bluse, als sei sie selbst zum Wegwerfen zu eklig, wie es manche Insekten sind, bei denen man sich vor lauter Widerwillen nicht zu bewegen traut.

Aber aus dem Entsetzen würde eine Art von Unentschlossenheit werden, und dann würde sie anfangen, Entschuldigungen zu finden, die ihr zu vergessen gestatteten. Und sie hatte recht, denn es war nicht ihre Schuld gewesen. Sie hatte nur zwischen zwei Männern gewählt; er hingegen hatte eine Freundschaft verraten.

»Geh!« sagte er.

Sie sah ihn verständnislos an, als er aufstand.

»Auf was wartest du eigentlich noch? Hau endlich ab!«

Sie stand in der Tür, schmal und klein, und begann zu zittern. Sie blickte mit einem hilflosen, verwirrten und durch die Tränen fast unerträglichen Ausdruck in den Augen in Pauls Gesicht.

»Bleibe ich denn nicht bei dir?«

»Nein!« schrie Paul. »Begreif endlich, wir haben einen Menschen erschossen!«

Er ging auf sie zu, riß ihr die Pistole aus der Hand und warf sie achtlos auf den Boden. Dann packte er ihren Unterarm und zerrte sie aus dem Raum. Er zog sie hinter sich her zur Treppe, die Stufen hinunter und aus dem Haus in die grelle Sonne. Sie stolperte und wäre beinahe gefallen, viel zu schwach, um ihm Widerstand entgegensetzen zu können.

Dann ließ er sie stehen, mitten im Hof, und lief zu dem Stall hinüber. Er zog die knarrende Tür auf, hinter der sein alter Mercedes 180 Diesel im Schatten stand. Er scharrte den Zündschlüssel unter einer Kiste hervor und ließ sich auf den Fahrersitz fallen. Der Wagen ächzte unter seinem Gewicht. Er schob den Zündschlüssel in das Startschloß und drehte ihn um. Der Wagen war lange Zeit nicht mehr gefahren worden und sprang nicht sofort an, sondern gab ein monotones, trockenes Leiern von sich.

Paul wartete eine Minute und startete dann erneut. Diesmal sprang der Diesel an. Im Rückspiegel konnte er Madeleines Gestalt in der Mitte des Hofes, dicht beim Brunnen, sehen. Die Sonne lag auf ihrem blonden Haar und den Bakkenknochen, über die die Tränen liefen.

Paul legte den Rückwärtsgang ein. Mit quietschenden Reifen schoß er aus dem Stall. Er sah Madeleine im Rückspiegel größer werden, sah sein eigenes Gesicht, das bei aller Verbissenheit den Tränen so nahe war wie Madeleine.

Wenige Meter von der jungen Frau wendete er, legte den Leerlauf ein und stieg aus. Das Metall erwärmte sich schnell in der Sonne. Eine Staubwolke zog über den Hof.

Paul nahm Madeleins Hand und schob die junge Frau wie eine Gefangene zu dem Wagen.

»Steig ein«, sagte er, »mach, daß du wegkommst. Ich regle das mit der Polizei.«

Willenlos ließ Madeleine sich auf den Fahrersitz schieben, aber sie griff nicht nach dem Lenkrad.

»Kannst du nicht fahren?« fragte Paul.

»Doch.«

»Also, dann Adieu!« Er schlug die Tür zu, aber sie kurbelte das Fenster runter und sah ihn aus dem Schatten an.

»Ich will nicht fahren. Ich will bei dir bleiben. Du kommst doch nach, oder? Oder?« Paul beugte sich vor, als versuchte er, einen unsichtbaren Gegner in die Knie zu zwingen. Dann schlug er die Hände vors Gesicht. Fünf Sekunden stand er so, ohne sich zu bewegen.

»Ja«, sagte er dann.

»Versprich es!« verlangte Madeleine mit ihrer verweinten Stimme.

»Ich verspreche es.«

Paul nahm die Hände vom Gesicht und blickte sie an. Er wußte, daß sie auf ihn warten würde, an der Stelle, die er ihr gleich nennen würde, zu der Zeit, die er erfinden würde, und daß sie sich abgrundtief betrogen fühlen würde.

»Wir treffen uns um drei Uhr vor dem Hauptbahnhof«, sagte er.

Er stand in der heißen Sonne und sah sie an, und ihr Blick verriet die Ahnung, daß sie betrogen werden sollte, und deswegen fuhr sie nicht los. Wütend trat er gegen die Karosserie des Mercedes.

Da legte Madeleine, noch immer ohne die Augen von ihm zu nehmen, den ersten Gang ein. Der Wagen tat einen Satz, weil sie die Kupplung zu früh kommen gelassen hatte.

»Sieh auf die Straße!« rief er, und dann rollte der sandgraue Mercedes vom Hof. Paul ging rückwärts zum Haus zurück, mit langsamen, kleinen, fast taumelnden Schritten. Er ließ die Arme vor der Brust herabhängen und sah dem Wagen nach, wie er in einer hellen Wolke den Weg entlangrollte, auf dem Serge in dem Lamborghini gekommen war.

Er dachte daran, daß er Madeleine nie kennengelernt hätte, wenn er nicht nach Marseille gefahren wäre. Und daß er Serges Auftrag nie angenommen hätte, wäre da nicht seine Furcht gewesen, daß die Versicherung nicht für den Schaden an seinem Laster aufkommen würde. Und jetzt lag der Brief auf seinem Schreibtisch und Serge war tot, eine Folge unglückseliger Zufälle. Aber Zufälle halten keine Walther P 38 in der Hand und können nicht belangt werden.

Paul ging ins Haus. Die Platte war zu Ende, von oben drang jetzt nur noch Stille herunter. Er stieg die schmale Treppe hinauf und betrat den Arbeitsraum, in dem Serge lag, zwei kleine Löcher in seinem Regenmantel. Er hatte ein Gefühl, als erwachte er ganz langsam aus einer Narkose. Madeleines Gesicht im Schatten, ihr Haar in der Sonne, ein zerronnener Schrei und eine zuschlagende Tür unter einem schwarzen Regenbogen, und trotz allem lebte er.

Eine Lichtzunge leckte in die Mitte des Raums hinein. Paul trat über sie hinweg ans Fenster und blickte auf den Garten. Dort stand noch immer der abgewetzte Metalleimer im Gras, in den Madeleine das Unkraut geworfen hatte; daneben lagen eine kleine Schaufel und etwas weiter ein Paar Handschuhe, die sie im Gehen abgestreift haben mußte.

Paul hatte plötzlich ein Gefühl, als sei er zum Spielball

der Zeit geworden, die ihren normalen Ablauf verzögerte und ihn immer zuerst an einem Ort ankommen ließ, an dem er normalerweise erst später oder gar nicht eingetroffen wäre. Jetzt, als er am Fenster stand, sein Blick behindert vom Laub der Buche, das im Wind hin und her schlug, meinte er, das Verrinnen der Minuten nur an den Geräuschen erkennen zu können, die um ihn herum waren. Vielleicht werde ich wahnsinnig, dachte er.

Dann ließ er sich auf den Stuhl vor dem Schreibtisch fallen, an dem er gearbeitet hatte, bevor Serge erschienen war. Er fühlte weder Reue noch Trauer. Angesichts der Leiche zu seinen Füßen wäre beides ihm wie ein sinnloses Alibi erschienen, wie eine weitere falsche Entscheidung. Er hatte genug von Alibis, den guten sowohl als den schlechten.

Er stand wieder auf, nahm die Walther und wischte sie ab, ehe er seine Finger auf Griff und Lauf preßte und sie wieder neben den Elsässer legte. Er schlug mit der Faust auf die Schreibtischplatte, daß die Knochen wehtaten. Er setzte sich wieder und wartete, ohne zu wissen, worauf.

Was hast du nun davon gehabt, Serge? dachte er. Du hast einen Fehler gemacht, mein Alter, einen einfachen und irreparablen Fehler. Du wolltest mich nicht erschießen, ohne mich vorher anzuhören. Aber wenn man einmal eine Pistole auf einen Freund richtet, dann muß man auch abdrücken, denn nach einer solchen Geste gibt es keine Freundschaft mehr. Ich habe auch einen Fehler begangen, dachte er weiter. Ich hätte die Walther nicht aufheben dürfen. Waffen sind keine Souvenirs. Eine Waffe geht immer wieder los, und dann tötet sie. Es schien fast so, als hätte diese hier all die Jahre lang gewartet, um sich Serge doch noch zu holen, und sich dazu wieder einer Frau zu bedienen, denn Frauen und Sterben, das lag dicht beieinander.

Plötzlich ertrug Paul den Anblick des Toten nicht mehr, und er ging hinunter und durch alle Räume in den Garten, um den Eimer, die kleine Schaufel und die Handschuhe zu holen.